金子《きんこ》と裕而《ゆうじ》

歌に生き　愛に生き

五十嵐佳子
KEIKO IGARASHI

朝日新聞出版

金子と裕而

歌に生き　愛に生き

主な登場人物

内山（古関）金子　愛知県豊橋市に住む、オペラ歌手を夢見る少女。馬蹄や馬の飼料などを扱う軍の御用商人の家の三女。

古関裕而　独学で作曲を学ぶ青年。福島市有数の呉服屋「喜多三」の長男。

【内山家（豊橋）の人びと】

安蔵　金子の父

みつ　金子の母

勝英　内山家の長男

富子　内山家の長女

清子　内山家の次女

松子　内山家の四女

貞子　内山家の五女

寿枝子　内山家の六女

【古関家（福島）の人びと】

三郎次　裕而の父

ヒサ　裕而の母

弘之　裕而の弟

雅子　金子と裕而の長女

紀子　金子と裕而の次女

正裕　金子と裕而の長男

1

夢の中で、金子《きんこ》は一六歳だった。

芳醇《ほうじゅん》な匂いが金子を包んでいる。見上げると、淡い新緑の間に、真っ白な花が見えた。ブドウの房のように重たげに連なるその花々から甘い匂いが放たれている。アカシアの花だ。

金子は、東洋のパリと呼ばれる大連《だいれん》の街の通りに立っていた。街の中心の中山広場から放射状に伸びた大きな通りには、何本ものアカシアの木々が植えられ、街全体がその香りに覆《おお》われている。

「アカシアの花が、大連に春の始まりを告げる。いってみれば日本の桜のようなものだ」

兄・勝英《かつひで》の笑い声が耳奥に響く。

一二歳の時に父を亡くした金子にとって一一歳違いのこの兄は父代わりの存在だった。アメリカのフォードという自動車会社の雇い人になると、兄は大連支社に派遣され、その誘いで、金子は海を渡った。

いくら兄が待っているとはいえ、一〇代の女の子がたったひとりで中国まで旅することを心配した母親や姉たちは反対したが、思い込むとまっしぐらに進む金子の性格に根負けしたように、半年間という約束でしぶしぶ家から送り出してくれた。

金子は異国をこの目で見てみたかった。異なる言葉、文化の中で生きる人に出会いたかった。見知らぬ大地を渡る風に吹かれてみたかった。

大連は予想以上に美しく、すべてが新鮮だった。

春を告げる花の違いは、土地と人の違いそのもののような気がする。

日本の桜は、薄い花びらをふわりと開き、光を透かし、淡い雲のようにあたりを静かに染め上げる。咲ききると、惜しげもなく、花びらを散らす。光をまとい、はらはらと舞い落ち、やがて雪のように大地に降り積み、あるいは水面をおおい、ゆっくりと消えていく。

アカシアは甘い匂いで冬がすっかり終わったことをほがらかに告げ、咲ききると、ぱらぱらと音をたてて、地面に落ち、朽ちていく。

人の目鼻立ちや髪の色、話す言葉や風習が違えば、心に響く花の色も様も違うのだろう。

調和と穢《けが》れないものの中に美が宿るとする日本。明確な秩序と力強さ、華やかさを求める大陸。その違いが花の好みにもあらわれているのかもしれない。

大連の街には中国語、日本語、ロシア語があふれ、耳を澄ませばエキゾチックな胡弓《こきゅう》やきらきらした響きのバラライカの音色が聞こえた。

レンガ造りの洋風建築など、コロニアルスタイルの建物が並ぶ大通りを、中国服を着た人や、中折れ帽にロイド眼鏡をかけた紳士、短髪にクロッシュ帽をかぶり細身のドレスを身につけた婦人、軍服で闊歩する男たち、おかっぱに髪を切り揃えた和服の女の子が行き過ぎる。その傍らを、馬車に交じって、帽子をかぶった運転手がハンドルを握る自動車が走り、チンチンと鐘を鳴らしながら路面電車が駆け抜けていく。

明治三八年に日露戦争に勝利した日本は、遼東《リヤオトン》半島の先端に位置するこの大連の租借権をロシアから譲り受けた。それから二三年。大連は様々な国の人たちが入り交じる大都市となっていた。

一七歳の誕生日を迎えたのも、この大連だった。

「金子、向こうは狭くて窮屈だろ。……こっちに残ってもかまわんぞ」

また兄の声が聞こえる。窓からさしこむ月の光が、ポマードで艶やかに七三になでつけた兄の頭と広い肩を照らしている。

「わ、私は……」

兄がゆっくりふりむきはじめた。その顔が見えない。本当に兄なのだろうか。もしかして知らない誰かではないか。金子の胸に不安と期待がさざ波のように広がっていく。金子は自分の喉《のど》がぴたりと閉じてしまったことに気がついた。

声が出ない……。

ひゅっと自分の喉が鳴る音で、金子は目をさました。布団から体を起こしたとたん、冷気が金子を包む。手探りでカーテンを開けると、空には星が残っていた。

金子はもう一度布団に戻り、唇をかんで目をつぶった。まだ朝までは間がある。少しでも眠っておきたかった。

だが頭は冴えるばかりだ。

なぜあんな夢を見たのだろう。

高等女学校を卒業するとすぐ、兄を訪ねて大連に行き、半年ほど滞在した。

広々とした大陸のスケールの大きさに目を輝かせた金子を見て、兄は確かにこのまま大連で暮らしてもいいぞといった。

けれど、金子は首を横に振り、予定通り帰国した。

いくら大連が美しい国際都市であっても、住む場所は生まれ育った故郷豊橋《とよはし》以外に考えられなかった。

豊橋は、愛知県の東端に位置する東三河地方の中心の町だ。

豊橋平野を中心に、町の西側を大河・豊川《とよがわ》が流れ、東側と北側には赤石山系の山地が連なり、南側は三河湾と太平洋に面している。晴れた日には、北のほうに富士山を見ることもできる。

平野、山、川、海のすべてがそろった自然豊かな土地である上、全国でも有数の製糸の生産地としても知られ、また陸軍の歩兵第十八連隊《れんたい》が駐留する軍都でもある。

歴史をさかのぼれば、豊橋は江戸時代、譜代大名が藩主を務める三河吉田藩であり、歴代の藩主は幕閣を務めることも多かった。

そんな由緒ある吉田城址に、今、歩兵第十八連隊が駐留している。

父・内山安蔵《やすぞう》と母・みつは仲の良い夫婦で、金子は、長兄と六人姉妹の七人兄姉妹の四番目の三女として明治四五年誕生した。

上には長兄・勝英、長女の富子《とみこ》、次女の清子《きよこ》、下には、四女の松子《まつこ》、五女の貞子《ていこ》、六女の寿《す》枝子《えこ》がいる。

金子が生まれたとき、父は「また女か……」といったという。その話が出るたびに、金子はぷっと頰をふくらませた。

金子のあとにも、松子、貞子、寿枝子と女が続いたが「またまた女か」と父がつぶやいたとは聞いていない。父は金子以来、男子誕生をあきらめたということなのだろうが、父を落胆させたきっかけとなったのがまるで自分のようで、それも金子は気に入らなかった。

六女の寿枝子は物心つくようになると、「末吉、捨て吉、とめ……あたしは寿枝子。この名前、嫌い」とすねるようになった。お気の毒様と思いつつ、放っておくこともできず、末子と寿枝子は字も意味もまったく違うとなだめたりもしたが、納得しない。だが、近ごろになって寿枝子はようやく自分の名前を話題にしなくなった。話題にすれば誰より自分の気分が悪くなることにやっと気がついたのだろう。

実を言えば、金子も自分の名前が好きではない。

幼い頃は「かねかね、コガネムシ」などと近所のやんちゃな男子にはやされた。学校にあがると、「金庫番」だの「金食い虫」だの「鼻くそ丸めて万金子丹（万金丹）」などさんざんからかわれた。

金子は歌うことや、お話を読むのが好きな少女だった。男子の口さがない言葉にうんざりし、はやされるたびに自分自身も、自分の中にある美しい世界も穢されるような気がした。

さくらやゆき子といった響きが柔らかな名前の同級生がうらやましかった。

大連で出会った中国人から、金子という名前を「高貴で縁起が良くて素晴らしい」と絶賛されたのにはところ変われば品変わると驚いたが、今でも名前を聞かれると、一瞬答えに躊躇《ちゅうちょ》してしまう。

父はかつて歩兵第十八連隊の陸軍獣医部につとめる獣医だったが、金子が生まれてまもなく退職し、その後は馬蹄《ばてい》を作る工房をはじめ、軍に納入する馬の飼料なども扱う軍の御用商人となった。

父は背が高く、中高のはっきりした顔だちをしており、普段は寡黙で必要最小限のことしか話さない。そのくせ、客好きで、酒が入るとたちまち上機嫌になり、歌を歌い、いつも真っ先に酔いつぶれてしまうのがお決まりだった。座布団を枕に寝てしまった父に、母が黙って毛布をかけるのも、見慣れた内山家の光景だった。

店兼住居は大通りに面したところにあり、奥には蹄鉄《ていてつ》の工房と飼料を納める倉庫があった。

金子が物心ついたときには、父は馬蹄作りの名人として知られていた。

軟鉄を弓型に打ち、溝と釘孔を打って作る馬蹄は、いわば馬の靴にあたる。

馬の全体重を支える足は体の健康に直結していて、走るだけでなく、作業などをこなすためにも蹄鉄の調整は重要だった。

一ヶ月に一回、馬の着けている蹄鉄を外し、伸びた蹄《ひづめ》を切って整え、馬蹄を蹄の形に合わせて叩いて調整し、再び釘で蹄鉄と蹄を留めてやらなければならない。これを装蹄という。

一頭一頭蹄の大きさも形も違う。歩き方にもそれぞれ癖がある。年齢からくる疲労部分なども見極めなくてはならない。その馬にとって最適な蹄鉄の形に整えるのが父の腕の見せどころだった。

父が扱うのは、もっぱら上級兵の乗る馬だったが、調子が悪い農耕馬のために一本の棒から蹄鉄を作ることもあった。

金子は作業する父を見に、よく工房に出かけた。カンカンとリズミカルに響く槌《つち》を打つ金属音が好きだったのかもしれない。

新しい馬蹄を着けた馬が、飼い主に引き取られていくとき、父は工房から出て必ず見送る。そして馬の首を愛おしげに軽くたたき、馬を励ますように話しかける。

「働き者だな、偉いぞ」

その姿を見るたび、金子の唇がちょっとだけ、とがった。子どもをほめることなど皆無に等しいのに、馬には決まって優しい言葉をかけるなんて我が父ながらおかしな人だと思う。

ただ一度だけ、金子は父にほめられたことがある。尋常小学校三年のときのことだ。学校から歌を口ずさみながら帰ってきた。その日、学校で教わった『からたちの花』だった。

からたちの花が咲いたよ
白い白い花が咲いたよ

からたちのとげはいたいよ
青い青い針のとげだよ

父は、店の前で、注文の確認に来た軍人を見送っていた。軍人が去ると、父は金子に向き直った。謹厳実直ないつもの堅い表情だ。

大声をはりあげて歌うやつがいるかとしかられそうだと、金子は首をすくめた。

「ハイカラな歌だな」

意外な父の言葉にびっくりして、金子はぽかんと父を見上げた。

「大竹先生が教えてくれたの」

「女子師範出の女先生か？」

担任の大竹通子先生はその年、転任してきたばかりの若い女の先生だった。

「うん。先生、いろんな歌を知ってるんだよ」

「金子はカナリアだな。歌がうまい。澄んだいい声をしてる」

金子は目を見はった。父がいい声だとほめてくれた。歌がうまいといってくれた。金子はうれしくて飛び上がりそうだった。

「あたしね、歌手になりたいの」

ついに調子に乗って、本心がぽろりとこぼれ出た。そういったとたん、金子はしまったと思った。父が真顔に戻っている。

「歌は家の中で歌え。娘が往来で大声で歌うなんてみっともないまねをするな」

案の定、雷がどかんと落ちた。

オルガンが家に届いたのはそれから半年してからだった。近くの地主の娘さんが使っていたという中古のオルガンを父が買ってくれたのだ。

金子だけでなく、内山家の姉妹はみな音楽が大好きだった。

父が歌うのは酔ったときの真田節《さなだぶし》くらいだったが、母もよく歌を歌っていた。

家には琴やマンドリンなどもあり、ひとつ上の姉清子は琴を習っていた。夕食後に琴とオルガンを演奏し、合唱することもあった。

だが、長姉の富子が金沢の師範学校の教師をしている隣村の旧家の次男に嫁いだ翌年、父は脳溢血で突然、亡くなった。金子は小学六年生だった。

みつは夫の死後も気丈に家業を女手で切り回したが、商いは甘いものではなく、父が存命のときのようにはいかなかった。蹄鉄の仕事はやめざるをえなかった。

悪いことは続くもので、父が亡くなった三年後の昭和二（一九二七）年には金融恐慌が勃発した。この金融不安の原因は、政府の緊縮財政策による物価の下落や、関東大震災で発生した不良債権によるものだといわれている。全国で銀行への預金の取り付け騒ぎが起きた。

不景気は豊橋にもおよび、飼料の取引額も減ってしまったが、母は娘たち全員を豊橋高等女学校に進学させた。女の子にも教育をというのが、父の願いでもあったからだ。

兄は家業に興味を示さず、すでに家を出て東京で働いていた。母が再三、家業を継ぐよう説得もしたようだが、兄は帰ってこない。

母がもっぱら頼りにしたのは、金子のひとつ上の姉の清子だった。商売が忙しいときには、母は清子に女学校を休むように命じた。

学校を休むのがいやで、すぐに清子が返事をしないときには「お父さんが亡くなれば女学校などやめなければならない人も多いのに、なんとか教育だけは受けさせなければと、こっちはがんばっているのに。それを思えばたまに休むくらい何ですか」としかりつける。

そんなわけで清子は学校を休んでばかりいたが、持ち前の負けん気で勉強を続け、女学校を優秀な成績で卒業した。

以来、清子は母親の女房役として店を切り盛りしている。この姉のかげに隠れるようにして、金子はわりあい自由に生きてきた。

清子は家の商売を継ぐために、同業の家の息子との祝言がすでに決まっている。向こうの家の姓になるが、結婚後は夫に内山家に入ってもらう。商売を引き継ぐ商売養子という約束で、母にとっても願ってもない相手だった。

長姉の富子の連れ合いも、母のお気に入りだ。

金沢の師範学校の教師だったが、昨年、東京・市ヶ谷にある陸軍幼年学校の師範となった。

陸軍幼年学校は無試験で陸軍士官学校予科に入学できる日本男子のあこがれの学校である。入試の倍率は一〇〇倍ともいわれ、秀才が集まる超エリート学校といっていい。それも道理で、陸軍幼年学校・陸軍士官学校を卒業すればあっという間に、陸軍少尉に任官できる。

早期一貫教育によって優秀な日本陸軍将校を育てることを目的にした陸軍幼年学校には、皇族の子弟も在籍しており、娘婿がそこで教鞭《きょうべん》をとっているというのは、みつの自慢でもあった。

「どうしたん？　起きちゃったの？　眠らなきゃ。今日は忙しいんだから」

隣の布団から清子の声が聞こえた。

女学校を卒業してから、金子は家の手伝いをしている。音楽の道に進むために音楽学校に入りたいと母に懇願したが、家にそんな余裕はなかった。

手伝いといっても、実際は清子や母の使い走りにすぎず、働き手として当てにされているとはいえない。週に一度、小学校時代の恩師大竹先生のところに歌の稽古に通うことが今の金子の最大の楽しみであり、生きがいだった。

「金子ちゃん、今日は忙しくなるから、しっかり手伝ってよ」

「わかってる」

小さくつぶやき、金子はかけ布団を顔のところまでかきよせた。

金子の澄んだきれいな声がきんと冷えた夜明け前の部屋に鈴のように響く。

声の良さにはさらに磨きがかかっていたが、近ごろ金子は自分が役立たずのような気がしてならない。どこにも身の置き場が見つからない。

「さっさと食べて。今日は十八連隊に飼料を納める大事な日だよ。働かざる者、食うべからず！」

母・みつは立ち上がると、自分の茶碗を手早く洗った。

濡れた手を前掛けでふきながら、店に向かう。みつは背が低く、ぽっちゃりとしているが、しっかり者で、せっかちだった。娘たちにも口やかましい。

歩兵第十八連隊は、満洲警備や山東《さんとう》出兵に、出動をくりかえしている。二年前に、国民革命軍に敗れて満洲へ撤退した張作霖が爆殺される事件が起き、満州は混沌としていた。

豊橋の郊外に一時、駐留していた第十五師団は廃止されたが、約五〇万坪のその敷地に下士官候補者の教育を行う豊橋陸軍教導学校が新たに開校している。みつはそこにも軍馬用のエン麦《バク》などの飼料を納入していた。

二月のその日、十八連隊との間を往復する荷馬車に積まれた肥料の数量を、金子は一日中、数えて過ごした。

「金物屋のさと子ちゃん、お産で戻ってきているそうだよ」

夕飯のちゃぶ台を囲むなり、みつがぶっきらぼうに切り出した。さと子は金子よりふたつ年上の幼なじみだ。

みつはこのごろ、金子がいやがるのがわかっていて、近所の知り合いや遠い親戚が見合いをしたとか、子どもが生まれたという話題を頻繁に持ち出す。清子の結婚の次は金子の番だといわんばかりだった。

またかと、金子は眉をよせた。

清子は首をすくめて、黙りこんでいる。

「さと子ちゃんの旦那さんは名古屋の実業家の跡継ぎだってね。高等女学校を何年でやめたんだっけ」

ぱくぱく米を口に放り込みながら、みつは話し続ける。

「……二年」

「あの子は、美人だからねぇ。金子、あんたもそろそろ考えなきゃね」

縁談が決まれば、高等女学校をやめ、嫁入りする。美人は高等女学校を卒業できないといわれた。金子はみつと目を合わせもせずにつぶやく。

「いいじゃない。そんな話。清子姉ちゃんの祝言もまだなんだし」

「金子はもう一八じゃないか。あっというまに一九になって二〇歳になる。気がついたら二一、二二。それから慌てたって、遅いんだよ。早く決めておかないと」

高等女学校に通っているときはちゃんと勉強しろといっておいて、卒業するなりさっさと嫁に行き子どもを産むのが女の幸せだという母を、金子は恨めしそうに見た。

金子だって器量が悪いわけではない。

ふっくらとした唇、低からず高からずの鼻、七難隠す色白まではいかないが肌はなめらかで、二重の大きな目はかわいらしいと人に言われたりもする。

付け文をされたこともあるし、大連からの帰りの船「ばいかる丸」では男たちに声をかけられた。

大連での日々を忘れたことはない。半年過ごした大連を後にしての船旅は、切ないような気持ちでいっぱいだった。家に戻り、母や姉妹に会えるというほっとした思いと、異国での非日常から日常に戻るという夢から無理矢理覚めるような気持ち。相反する感情を味わいながら、青い空と海に抱かれていた。

甲板に出て、手すりにもたれて、いつもハミングしている一〇代の女の子は実際、船上で目立ったに違いない。「いい天気だね」「どこから来たの？」「偉いね、ひとり旅だなんて」。乗客たちは金子に次々に話しかけてきた。

その中に二五歳の商社マンがいた。背の高い、目鼻立ちがはっきりしている人だった。若い女が男と出歩くことすら不道徳とされている時代だったが、金子も少し気持ちが浮きたっていたのだろう。

「素敵な声をしている。君の歌をもっと聴きたい」

京都帝大出身だというその男にいわれたとき、恋はこんな風に始まるのかと、金子は思った。

だが、朝鮮半島最西南端に位置する港町の沖、済州島《チェジュ》近くの木浦《モクポ》沖を航行中に突然、その恋は、終わった。

朝から数メートル先も見えないひどい霧が海面をおおっていて、船はまるで白い雲の中を進んでいるかのようだった。

いきなり、船の前部で轟音がして、船全体がぐらりと大きく揺れた。真っ青な顔をした船員が「座礁《ざしょう》して浸水中です。すぐにデッキに上ってください」と叫びながら船室に飛び込んできた。

お土産に買ったモロゾフのキャンディーを風呂敷に包み、ハンドバッグとカバンを抱えて、金子はデッキに続く階段に向かった。

すでに船はゆっくりと傾き始めていた。階段も左にぐいと傾き、左側の壁に向かってごみ箱や椅子、ロープなどあらゆるものがすべり、転がっていく。ときおり、ギシギシという船のきしみが不気味にこだまする。

死にたくないという一心で、震える手で手すりを必死につかみ、金子は斜めになった階段をよじ上った。

デッキは騒然としていた。

船員たちは声を張りあげながら、年寄りや子どもたちを避難ボートへと案内している。金子は夢中で手伝った。泣きべそをかいている子どもをなだめ、励まし、動転する老人の手を引き、腰を支えた。

早く、早くと思うのに、ボートへの避難はなかなか進まない。

順番を待っていられないとばかり、海に飛び込む人もいた。耳元に甘い言葉をささやいたあの青年が船に固定された救命浮き輪を乱暴にはずして胸に抱えるなり、甲板から飛びだし、海にジャンプする姿を金子は啞然《あぜん》として見つめた。

金子が船を離れたとき、デッキに残っていたのは牧師と船員たちだけだった。

幸い、数時間後に避難ボートはもとより、海に飛び込んだ乗客もみな日本の貨物船「長生丸」に助けられた。朝鮮の仁川《インチヨン》港で数日休養し、陸路で釜山《プサン》に行き、再び船に乗り、帰国したときには、疲労困憊《こんぱい》だった。

一ヶ月ほどして、あの青年が手紙を寄越したが、金子は封もあけなかった。

自分だけ助かろうと思う男なんてごめんだ。

終わってみると、男に恋をしていたわけではなく、恋に恋していただけのような気がした。

「私は、ほんとに好きな人と結婚したいの」

「何を夢みたいなことを。誰と一緒になるかで、女の人生は変わってしまうんだよ。安定した仕事を持つ人と結婚するのが幸せなの。見合いがいちばん。馬には乗ってみよ、人には添うてみよ、っていうでしょ。恋愛なんて不良のすることだ。ふしだらだよ」

みつは音をたてたくあんをかみ、じろりと金子を見る。

「だったら、私は結婚なんかしない」

「金子、世の中はおまえが思っているほど、甘くはないよ」

「歌手になりたいの。あきらめられないの。あきらめたら終わりだもの」

すぐ下の妹で女学校に通っている松子がいたずらっぽい目で金子を見た。

「歌い手は無理でも、音楽の先生にならなれるんじゃない？　高等女学校を出てるんだから代用教員ならなれるでしょ。音楽の先生なら、金子姉ちゃん、ずっと好きな歌を歌ってられるんじゃない」

教員が不足しているため、師範学校を出ていなくても、旧制中学や高等女学校を出てさえいれば小学校の代用教員にはなれた。母が目をむく。

「ああ、やだやだ。職業婦人なんて外聞が悪い」

目を三角にした母を恐れもせずに松子は続ける。

「お母さんだって清子姉ちゃんだって働いているじゃない。農家や漁師さんとこだって、八百屋さんだっておそば屋さんだってみんな、おかみさんたちも働いてるじゃない」

「女が家の仕事を手伝うのは当たり前。亭主の手伝いだから職業婦人なんて呼びやしない。外に出てひとりで働くのとは違うんだよ」

みつは面倒くさそうに早口でいう。金子は箸を止めた。

「外聞なんてどうでもいいじゃない。やりたいことをやらなきゃ、つまんないわ」

「富子も清子も素直に見合いで結婚を決めたのに、おまえはへりくつばっかり。金子、後悔先に立たずだよ」

みつは金子にたたみかける。松子はご飯をかきこむと箸をおき、首をかしげる。

「でも確実なことなんてないかもねぇ。このへんの会社、今、大変なんでしょ。絹恵ちゃんがお嫁に行った先は、大きな製糸工場だったけど、正月を前に一家で夜逃げしたって聞いたよ」

「私も聞いた。それから美枝子ちゃんの実家も大変だって。不渡りのせいで家を売ったって」

清子が続ける。絹恵も美枝子も、姉妹の幼なじみだった。

豊橋周辺は養蚕《ようさん》業が盛んで、全国でも名だたる製糸の生産量を誇っている。生糸は、明治維新後、常に日本の重要輸出品目でもある。

しかし前年のニューヨークの株の暴落のあおりを受け、生糸の価格は半分以下に下落してしまった。そのせいで、倒産する会社がこのあたりでも増えている。近ごろでは不況は養蚕業だけでなくすべての業種に及んでいた。

みつは不愉快そうに顔をゆがめた。

「ごちそうさま」

金子は箸をおき、立ち上がった。

「女は男次第なんだから。何をいったって、ちゃんとした勤め人か、土地持ちがいちばんさ」

流しで食器を洗う金子の背中に、母の声が追いかけてくる。

「お父さんの親友の息子さんが、来年、陸軍大学を卒業されるそうだよ。人柄もよく、秀才だって。これ以上ない話だ。この話、進めていいね」

「陸軍大学!? すご〜い。出世しそう」

貞子が声をあげる。

陸軍大学校卒は、陸軍の幹部候補生である。この大学を受験できるのは、連隊長から推薦を受けた優秀な陸軍将校だけ。さらに入学を許されるのは、わずか六〇名足らずといわれる。陸大の卒業式には天皇陛下が行幸なさり、卒業席次上位のものには恩賜《おんし》の軍刀が授けられることでも知られていた。

「この人なら、少佐、中佐、大佐、少将、中将、大将だって夢じゃない」

みつは得意げにいった。金子は唇をかんだ。

「私は、歌手になる。クラシックの」

「いいところにお嫁に行けば、歌も歌わせてくれるよ」

「東京の劇場やパリやミラノの大きな舞台で歌うの」

「いい年をして絵空事いってるんじゃないよ。なれるわけがないじゃないか」

「なります！　代用教員にもならない。お嫁さんにもならない。私はオペラのプリマドンナになるんです」

「金子っ！」

「私を歌手にしたいという人なら、考えてもいいけど！」

二階に駆け上がり、部屋の戸をしめ、本棚から楽譜をとった。

『からたちの花』『カチューシャの唄』『ゴンドラの唄』『恋はやさし野辺の花よ』『宵待草』

……。

小遣いを貯めて、一冊ずつ買いそろえた金子の宝物だ。

『ゴンドラの唄』の楽譜を開く。

いのち短し　恋せよおとめ

朱《あか》き唇　あせぬ間に
熱き血潮の　冷えぬ間に
明日の月日の　ないものを

そっと口ずさむ。不意に涙がこみあげた。

母が口うるさく、結婚のことをいうのは、不景気が金子の家にも影をさしてきたせいもあるのかもしれなかった。

軍の御用達《ごようたし》とはいっても他の納入業者との間で価格競争が激しくなり、利が減っていると、このごろ清子はしょっちゅうぼやいている。

生活力のある人と結婚してほしいという母の気持ちはわからないわけではない。

けれど、歌手になりたいというのは、子どもの頃からの夢だ。そのためにできる限りのことをやってきた。覚えなくてはならないことも独学でひとつひとつ学んだ。

ドレミファソラシド……。

ト音記号、ヘ音記号、全音符、二分音符、四分音符、八分音符、十六分音符、
三連符、五連符、四分の四拍子、四分の二拍子、四分の三拍子、八分の六拍子、
シャープ、フラット、ナチュラル、
ハ長調、イ短調、ト長調、ホ短調……。

ダ・カーポとフィーネ、ダル・セーニョとコーダ、

ラルゴ、レント、アダージョ、アンダンテ、モデラート、
アレグレット、アレグロ、ヴィヴァーチェ、プレスト、プレスティッシモ、
ピアニッシモ、ピアノ、メゾピアノ、メゾフォルテ、フォルテ、フォルティッシモ、
クレッシェンド、デクレッシェンド、ディミヌエンド、
スフォルツァンド、ポコアポコ……。
譜面に音楽そのものが詰まっていることを知り、子どもが「いろはにほへと」を覚えるように記号も音符も約束事も、金子は夢中で覚えた。
最初はオルガンを指で押さえてメロディラインをたどるのがやっとだった。
でも今は、譜面をみれば音楽が胸の中に流れ出す。
今も、毎日、歌を歌っている。
週に一度は小学校のときの音楽の大竹先生のところに行き、歌を聴いてもらい、教えも受けている。
先生が集めた声楽のレコードを聴かせてもらうこともある。この地の音楽家たちが集う音楽会にも、先生のつてで出演することもある。
いくら金子の声がきれいで澄んでいても、歌い手なんかになれるわけはないと母はいう。音楽大学も出ていない。音楽大学に行ける見込みもない。だから、さっさと嫁に行け、と。
確かに今は、素人に毛が生えたくらいの音楽会に出演するのが精いっぱいだ。
舞台で歌って喝采と拍手に包まれて暮らしていくなんて、夢のまた夢だ。

大連に行ったときには、あんなに恋しく帰りたかった故郷・豊橋なのに、金子は近ごろは自分の居場所が消えてしまったような心細さを感じていた。

だから、あんな夢をみたのだろうか。

このところ、連絡が途絶えているが、兄は元気だろうか。

指で涙をぬぐい、『恋はやさし野辺の花よ』の楽譜を開く。

恋はやさしい　野辺の花よ
夏の日のもとに　朽ちぬ花よ
熱い思いを　胸にこめて
疑いの霜を　冬にもおかせぬ
わが心の　ただひとりよ

胸にまことの　露《つゆ》がなけりゃ
恋はすぐしぼむ　花のさだめ
熱い思いを　胸にこめて
疑いの霜を　冬にもおかせぬ
わが心の　ただひとりよ

きれいな曲に、やさしい言葉が乗っている。唇をふるわせ、金子はまた口ずさむ。

この曲は、オーストリアのフランツ・フォン・スッペという人が作曲したオペレッタ『Boccaccio（ボッカチオ）』の劇中歌に基づく歌だという。

オーストリア、ドイツ、イタリア、フランス、イギリス……そうした国には、金子が知らない美しい歌がきっと他にも山ほどあるのだろう。

知りたい。楽譜がもっとほしい。オーケストラの音に包まれて、思い切り歌ってみたい。私の歌を人々に聴いてほしい。

本当の私を理解してくれる人に出会いたい。

風が鳴っていた。窓がカタカタいっている。カーテンをあけると、晴れた夜空に白い雲が走るように流れていた。

金子は楽譜を胸に抱きしめた。


その朝、仕事が一段落して、新聞を読んでいると、軍の本部に出かけていた小僧の乙吉が帰ってきた。今日も冷たい風が強く吹いていて、乙吉のほっぺは真っ赤だ。

「金子さん、新聞なんておもしろいっすか」

上がりかまちに腰をおろした乙吉が新聞をのぞきこむ。

「字、ばっかり。これ、全部、読むんですか?」

「うん。お母さんだって、清子姉さんだって読むでしょ」

「隅から隅まで読むのは、金子さんぐらいですよ」

「あら、そうぉ？」

「そんなことする気が知れないなぁ。……今日、軍本部で、ここのお嬢さんたちはみんな女学校に行ったのかって聞かれて、はいと答えたら、学問した女は始末に負えないだろっていわれて……」

「で乙吉、その軍人になんて答えたの？」

乙吉の話を遮り、金子はきっと見つめる。乙吉はきょろりと目玉をまわした。

「いや、……そんなことありません、優しいお嬢さんたちです、って」

金子は乙吉のイガグリ頭をつるりとなでた。尋常小学校を卒業したばかりの男の子だ。

「気を遣ってくれてありがとう。これからも余計なことはいわないでね」

また金子は新聞に目をやった。乙吉が言うとおり、金子は新聞を毎日全部読む。音楽と同じくらい、活字も好きなのだ。実際、新聞はおもしろかった。

強盗に入った先で「番犬を飼いなさい」「戸締りをしっかりしなさい」など防犯の説教をひとくさりする説教強盗犯が捕まったことも、新聞で知った。

不況の影響で、東京の大学や専門学校の卒業生の半数近くが就職できず、ついには『大学は出たけれど』という映画が大ヒットしていること――

大正一二（一九二三）年の関東大震災で焼失した上野松坂屋が、地上八階、地下一階の立派なルネサンス様式の建物となって新装開店したこと――

ドイツの大型飛行船「ツェッペリン伯号」が世界一周の途中に霞ヶ浦海軍航空隊施設に降り立ったこと——

ニューヨークの株式市場で大暴落となった日を《暗黒の木曜日》ということ——

地下鉄銀座線の上野駅から万世橋駅までが開通したこと……。

遠く離れた場所で起きたさまざまなことを、新聞を読むだけで身近に感じることができる。世の中にはさまざまな人が生きていて、そこにそれぞれの生活があることも教えてもらえる。

金子が今いるところだけが世界ではないと、新聞から風が吹いてくるような気がする。

ラジオ放送も開始されていたが、ラジオ本体は高価で庶民には手の届かぬ高嶺の花であり、世の中の動きを知るには、やはり新聞だった。

ときには新聞に、音楽の記事も載っていた。

西條八十《さいじょうやそ》作詞、中山晋平作曲の『東京行進曲』が日本ビクターから発売されたとか、トスカニーニという偉大な作曲家がいることも、世界にはジャズやシャンソンという音楽があることも新聞で知った。

そろそろ、仕事を再開しなければみつにまた叱られてしまうと、新聞を閉じようとしたそのとき、金子の目がひとつの記事に釘付けになった。

「無名の青年の快挙　国際作曲コンクール入賞　福島県の古関勇治《こせきゆうじ》くん」

社会面、いわゆる三面にその記事は載っていた。

福島県川俣町《かわまたまち》に住む古関勇治が作曲した舞踊組曲『竹取物語』他四曲が、イギリスのロンドンチェスター楽譜出版社の作曲懸賞コンクールに入賞したという。古関は福島商業学校を卒業後、川俣銀行につとめる会社員だった。

音楽大学出身ではなく、独学で音楽を学び、竹取物語をテーマにフルオーケストラの大作を作り上げ、この受賞により、古関はイギリスの授賞式に招待されるという。日本人が音楽の国際コンクールで入賞するのも初めてで、前代未聞の快挙であると、記事は結ばれていた。

古関の顔写真も掲載されていた。学生服を着ているところをみると、学生時代の写真だろうか。

オーケストラの楽譜を書くというのは、並大抵のことではない。

この人は、どうやってそれを独学で身につけ、世界に感動を与える楽曲を作り上げたのだろう。金子はもう一度、写真を見つめた。

短く切りそろえられた髪、シャープなあごのライン、筋の通った高い鼻、眉は凜々しく、一重の目が穏やかで、そっと結ばれた唇からは優しさと意思の強さが同時に感じられる。

オーケストラは様々な楽器で編成されている。

第一ヴァイオリン、第二ヴァイオリン、ヴィオラ、チェロ、コントラバスといった弦楽器。フルート、ピッコロ、オーボエ、クラリネット、ファゴットといった木管楽器。ホルン、トランペット、コルネット、トロンボーン、チューバといった金管楽器。ティンパニやシンバルなどの打楽器、もしかしたらハープやピアノも。

作曲家は、これらの楽器の音色と特性、音域を考えつつ、どの楽器がどの音で鳴ると、よりよく自分の思いを表現できるかを考え、立体的で複雑な音形を作り上げ、変化させていく。

「清子姉ちゃん、ちょっとこれを見て！」

気がつくと、金子は新聞を持ったまま、立ち上がっていた。

帳場にいた清子が顔をあげる。

「何？」

「これ、この記事」

金子は清子に駆け寄って新聞を手渡すと、古関勇治の快挙を伝える記事を指さした。清子は記事を目で追う。

「……その曲は、日本のかぐや姫の生い立ちから天に戻るまでの物語を作曲したもので、入選の賞として、イギリスへ招かれるって……すごいじゃない。音楽を専門に勉強したわけじゃないのに、世界で認められたって……こんな人がいるのねぇ」

しみじみと清子がつぶやく。

金子は清子の手元から新聞を取り戻すと、頰に手をやった。

「たいしたものよねぇ。……どんな曲なのかしら。この楽譜、なんとか手に入らないかしら。送ってもらえないかな」

「まさか。なんでそこまでしてくれるのよ、見ず知らずのあなたに。……金子、かぐや姫つながりで、よけいに興奮してるでしょ」

金子は清子にくしゅっと笑って見せた。もちろんそれもある。

小学五年生の学芸会で、金子のクラスはかぐや姫の劇をやり、金子は主役のかぐや姫に抜擢された。評判は上々で、しばらくの間、金子はかぐや姫と呼ばれていた。

竹取物語は、竹から生まれた美しいお姫さまが、やがて月に帰って行ってしまう物語だ。

金色に光っていた竹を不思議に思ったおじいさんが切ってみると、竹の中には小さな輝く女の子がちんまりと座っていた。おじいさんは女の子を家に連れて帰り、おばあさんとともに神様からの授かり物として大切に育てる。

以来、おじいさんは竹取に行くと、次々に黄金が入った金色の輝く竹を見つけるようになり、お金持ちになり、かぐや姫は美しい娘にすくすくと成長していった。

年頃になったかぐや姫のもとには、その美貌に魅せられた求婚者が次々に集まってくるが、かぐや姫は無理な注文を連発して首を縦にふらない。

やがて十五夜が近づいたある日、かぐや姫は「自分は月の都の者で、この晩、月から迎えがやって来る」と泣きながら告げるのだ。

おじいさんたちは出迎えの者からかぐや姫を守ろうとするが、月からの使者はまぶしい光を放ちながらかぐや姫を連れ帰っていく。

この物語を、この青年はどう音楽で表現したのだろう。文化がまったく違うヨーロッパの人々の心を打つ作品にどう昇華させていったのだろう。

舞踊組曲で思い出されるのは、チャイコフスキーの三大バレエといわれる『くるみ割り人形』『白鳥の湖』『眠れる森の美女』だ。

金子は『くるみ割り人形』を聴いたときのことを思い出した。昨年秋のレコード鑑賞会のとき、大竹先生が借りてきたそのレコードに針をのせたとたん、おもちゃ箱をひっくり返したかのように、楽しい曲が次々に空間に流れた。

くるみ割り人形もまた不思議な話だった。

クリスマスイブに女の子クララがくるみ割り人形をプレゼントにもらったところからはじまる。せっかくもらった人形だったのに兄と取り合いになり、壊れてしまい、クララは壊れた人形を白いリボンで手当てする。

そして真夜中になると、クララの体は人形ほどの大きさになって、おもちゃの世界に飛び込んでしまうのだ。ねずみの王様が率いる軍隊と戦っていた、くるみ割り人形率いるおもちゃの兵隊たちを、クララが助けて勝利へ導くと、くるみ割り人形は凜々しい王子様に変身。クララを、お菓子の国へと誘い入れてくれる。

そして雪の国の、キラキラ輝く雪の精や、美しい雪の女王の踊り、金平糖の精（お菓子の国の女王）、スペインの踊り（チョコレート）、アラビアの踊り（コーヒー）、中国の踊り（お茶）、ロシアの踊り（トレパック：大麦糖の飴菓子）、フランスの踊り（ミルリトン：アーモンド味のタルト）、花のワルツなどが繰り広げられる。

そんな夢のように楽しい時間を過ごしたクララは、自分の家のクリスマスツリーの下で目を覚まし、くるみ割り人形をひしっと抱きしめる——。

確か全二四曲だった。

竹取物語はどんな構成なのだろう。

おじいさんが金色の竹を見つけるシーンは第一ヴァイオリンで始めるのかしら。竹の中に座った小さなお姫様がおじいさんを見上げるとき、ピッコロのきらきらした音が伸びやかに、でもピアニッシモで流れてくる？

おじいさんとおばあさんが、かぐや姫の成長を笑顔で見守っているシーンは柔らかなヴィオラの響きが似合うかも。

美しい娘に育ったところは？　月の使者がやってくるところは？

どんなメロディが、和音が、響きが……この舞踊組曲からあふれ出すのだろう。

古関さんという人は、どんな思いで五線紙にペンを走らせたのだろう。

この作品を作るまでに、音楽とどう向き合ってきたのだろう。

古関さんが暮らす福島という土地はどんなところなのかしら。

古関のことを考えているうちに金子は胸がどきどきしてきた。この思いを古関本人に伝えなくてはと思えてきた。

「手紙を書いてみようかな」

「そんなことをしたって、先方はきっと忙しいだろうし、相手にされないわよ」

清子はけんもほろろにいう。金子は唇をとがらせた。

晩ご飯を終えると、金子は二階の自室の机に向かった。

風のうなる音が今日も外に響き渡っている。このあたりは冬、風が強い。冷え込みも案外きつく、朝、路面に薄氷が張ったり、霜柱がたつこともしょっちゅうだ。

金子はどてらの上に羽織った肩掛けをかき寄せた。火鉢を傍《かたわ》らに引き寄せ、机の引き出しを開いた。

古関への憧れが苦しいほど胸にこみあげている。

やっぱり、古関に手紙を書こうと思った。

女学校時代から、金子は封筒と便せんを何種類もそろえている。級友との手紙のやりとりのために、叙情画家の高畠華宵《たかばたけかしょう》や加藤まさをなどのレターセットも買い求めた。

けれど、憂いを秘めた白バラや可憐なすみれが描かれたものは、古関への最初の手紙にふさわしくないような気がする。

取り出したのは、薄青色の小ぶりな便せんと濃紺のインク壺、そして細字用のペンだった。細字用なら小さな文字を書いてもインクつぶれしにくい。濃紺の文字は薄青の便せんになじみがいい。

筆をにぎり、インクをふくませる。

『突然、お手紙を差し上げるご無礼をお許しください。

このたび、新聞で貴方様のことを知りました。なんと素晴らしい才能をお持ちなのでしょう。我がことのように感激し、胸を弾ませております。

私はオペラ歌手を目指して声楽を勉強している者です。音楽学校で正式に学びたいという希望を持ち続けてきました。けれど、家の事情もあり、今は働きながら、週に一度、地元の音楽の先生の元に通い、勉強しています。

恵まれている環境とはいえませんが、それでも、自分の声と音楽性を信じております。』

筆が走りすぎているかもしれない。声には自信があるなんて書いて、慢心している娘だと思われはしないだろうか。なれなれしすぎるだろうか。

金子は唇を引き締め、首をわずかに横に振った。

この人に対しては、正直でありたいと思った。独学で音楽を学び続けてきた人だから、金子の焼けるような焦燥の思いもわかってくれるのではないか。

また気をとりなおし、便せんに向かう。

声には自信があるが、経済的な問題もあり、声楽の先生の本格的指導は望めない状況にあること、それでもあきらめていないことを一気に書いた。

さらに、古関がどのように音楽を学んできたのか、独学でオーケストラの作曲をどうやって可能にすることができたのか、尋ねた。

思いがけないほど筆が進む。

小さな字で書いたのに、あっという間に、一枚目がいっぱいになった。金子は便せんを裏返した。

インクが表ににじみませんようにと祈りながら、またペンを握る。

『いつか機会がありましたら、ぜひ一度、私の歌を聴いていただけませんでしょうか。

真の実力をお持ちの貴方のような方に聴いていただけたら、どんなにかうれしいことでしょう。

『竹取物語』は舞踊組曲だそうですが、歌はないのでしょうか。

こんなこと素人の私が言えることではないかもしれませんが、もし歌が入っていれば、ぜひ貴方の作られた歌曲を歌ってみたいのです。その楽譜だけでも、拝見したいと切に願っております。』

それから、ふと思いついて古関の写真の印象を綴る。

『新聞で貴方様のお写真を拝見し、きりっとしたまなざしが印象的でした。

お写真からも誠実で意思の強いお方とお見受けしました。意思を強く持たなければ音楽は成就できませんものね。

近々渡欧なさるとのこともうらやましく思っております。どうぞ、たくさんのことを吸収していらしてくださいませ。

かなうことなら私も留学したいのですが、それは夢のまた夢。でもいつか世界の檜舞台にたち、オペラの主役を演じ、世界中の人を私の歌で、あっと言わせたい……そんな夢を抱いて勉強を続けて参ります。

私は貴方という素晴らしい方が今の世に存在するということを知って、ひとりで興奮しております。

その興奮のまま、このような不躾《ぶしつけ》なお手紙を差し上げたこと、どうかお許しくださいませ。

貴方さまが歩む音楽の道が光り輝いていますように。遠くから応援しております。』

名前を書き終えると、金子はもう一度読み返した。便せんを三つ折りにし、揃いの封筒に入れた。

そのときになって、金子は古関の住所を知らないことに気づいた。わかっているのは、福島県川俣町にある川俣銀行に勤めているということだけだ。

「お願い。届きますように」

福島県川俣町　川俣銀行内　古関勇治様と表に書くと、金子は封筒を胸に抱きしめた。


手紙が豊橋から川俣に届くまで、何日かかるだろう。

三日？　四日？

ちゃんとした住所を書いていないので、宛先人不明で、戻ってきてしまうかもしれない。いや、銀行に配達されれば、きっと古関の手元に届くだろう。

手紙を受け取った古関はどう思うだろう。下書きもせずに書いてしまったことを、投函してから金子はちょっと後悔していた。

なんて無遠慮で生意気な娘だと、不愉快に思われるのではないだろうか。

豊橋という町に、自分と同じように音楽の魅力にとりつかれている娘がいることを、どうぞ嬉しく思ってくれますように。

そしてお返事をもらえますように……。

「金子、何、ぼやっとしてるの？　手がお留守になってるよ」

母の叱責の声で、金子ははっとして、あわてて請求書に目を落とした。しっかりしなきゃと自分に言い聞かせながら、そろばんを引き寄せる。

古関はすぐに返事を書いてくれるだろうか。

仕事に集中しようとしても、気が定まらない。

雲が低く垂れ込め、午後から冷たい雨がふりはじめた。軒端《のきば》のしずくがひっきりなしにしたたり落ちる。

その雨音が、音楽のように、金子の耳には響いた。


手紙を投函して四日目、その日も雨が降っていた。夕方になって、すっかり濡れそぼったカッパをかぶった郵便屋の高橋がやってきた。

「速達ですよ」

金子は飛び上がって高橋に駆け寄り、封書をうけとった。

「これで拭いてくださいな。雨の中、ご苦労様です」

カッパにたまった雨水を外ではたき落としていた高橋に、母のみつがすかさず乾いた手ぬぐいを手渡す。

「汚れちまいますよ」

「いいんですよ。高橋さんが風邪をひいたら郵便が届かなくなって困るもの」

「助かります」

ほっと頬をほころばせ、高橋は濡れた顔をぬぐった。高橋はこのあたりを受け持つ四〇がらみの愛想のいい配達夫だった。

古関からの返事ではなかった。宛名書きの字から、長姉からのものとわかった。裏を返すと案の定、富子と書いてある。

「お母さん、姉さんから」

みつの頬が引き締まる。

「富子が!?　どうしたんだろ、速達なんて」

あわてて、みつがはさみを握り封を切った。両手で便せんをぴんと持ち、目を走らせる。

「流感をこじらせて、寝込んでいるって。たぶんよくなると思うけど、もしかして入院するようなことになったら、手伝いにきてほしいって」

「そんなに悪いの?」

「子どもがふたりいるから、その世話もある。万が一のことを考えて連絡をよこしたんだろうよ」

「心配だね」

みつと姉妹は顔を見合わせた。

その日、郵便配達の高橋はもう来なかった。

2

姉・富子の容態は気になったが、連絡がこないというのは良い便りに違いないと、病気もよくなりつつあるのだろうとみな少しばかり胸をなでおろしている。

速達が来て三日後の土曜日、金子は週に一度の大竹先生のお稽古に行った。大竹通子は、師範学校を卒業し、小学校教師をしている。二〇代後半の独身の女性である。

通子の部屋からは鯉が泳ぐ池の広がる緑豊かな庭が見えた。白襟のワンピースに身を包み、まっすぐの黒髪を首の後ろでひとつにむすんで、ピアノを弾く姿はきりりっと美しい。

ひとしきり発声の練習をすると、通子は金子に新しい課題曲『Vissi d' arte, vissi d' amore(歌に生き、愛に生き)』の譜面を手渡した。

「これって……」

みるみる金子の目が輝きだした。

「プッチーニというイタリアの作曲家、知っているでしょう。そのプッチーニが作曲したオペラ『トスカ』で最も有名なアリアがこれなの。五月の演奏会で、金子さん、歌ったらどうかと思って」

「オペラのアリアを演奏会で……私が歌うんですか。歌っていいんですか」

「とても難しい曲だけど、あなたならきっと大丈夫」

金子の目をのぞきこみながら、通子がいった。

胸の鼓動が高まる。金子にとって、はじめてのオペラのアリアだ。はじめてのイタリア語の曲だ。

「『トスカ』は、画家・カヴァラドッシと、その恋人で有名歌手のトスカとの悲劇の物語なの」

「トスカは歌手……」

「そう、この曲はヒロインの、歌手であるトスカが歌うアリアなんです」

金子が知っているオペラのヒロインといえば、アメリカ海軍士官のピンカートンに一途な愛を捧げる「蝶々夫人」こと、蝶々さんや、パリ社交界の花とよばれた高級娼婦の愛と運命を描く「椿姫」ことヴィオレッタ、スペインの伍長ドン・ホセとの破滅的な愛を描く「魔性の女」ことカルメンくらいだ。

蝶々夫人はトスカと同じプッチーニ、椿姫はヴェルディ、カルメンはビゼーの作品である。それぞれ代表曲は、レコード鑑賞会で聴いたことがある。

蝶々夫人のアリア『ある晴れた日に』、椿姫の『乾杯の歌』、そしてヴィオレッタの歌うアリア『花から花へ』は金子が大好きな歌でもある。

弦楽の繊細な響きに純真無垢な愛のメロディが絡まる甘美なアリア『ある晴れた日に』。

弾むようなワルツのリズムに乗って、ひたすら楽しく調子よく歌われる『乾杯の歌』。

『花から花へ』は、ゆったりと始まり、暗く重い表情から、真実の恋に目覚めた喜びにと変わっていく。

『Vissi d' arte, vissi d' amore（歌に生き、愛に生き）』、このアリアはどんなメロディなのだろう。どんな物語の中のどういう歌なのだろう。

「物語の舞台は一八〇〇年のローマ。孤児のトスカは修道院で育ち、二〇歳のときには知らない人がいないほどの人気歌手になっているという設定なの。神様を信じ、愛の世界に生きている純粋な女性よ」

『トスカ』は悲劇の物語だった。トスカの恋人・カヴァラドッシは脱獄した政治犯の逃亡を手助けしたとして、王制の警視総監・スカルピアに捕らえられ、拷問を受ける。

『歌に生き、愛に生き』は死刑宣告をされた恋人のカヴァラドッシを解放することと引き換えに、スカルピアに身体を捧げることを要求されたトスカが、絶望と悲しみの中で歌うアリアだという。

「アリアはオペラの中心。ヒロインの心情はもちろん、作品の世界観までも伝わってくるものなのよ。『歌に生き、愛に生き』も」

それから通子は、イタリア語の歌詞の読み方を教えはじめた。

イタリア語は基本的にローマ字読みだが、子音が二つ並んだときには、小さい〝ッ〟が入り、母音にはさまれたSは濁るなどちょっとした約束事がいくつかあるという。

フォルテやピアノなど、音楽用語はイタリア語なので、まったくなじみがない言語というわけでもないが、歌で聴かせるとなると話は別で、金子は一言一句聞き漏らさないようにと通子の話に一心に耳をかたむけた。

「Rは巻き舌で、Lは前歯の後ろに舌をつけて。Bは唇をとじて開く、Vは下唇に歯をつけてふるわせて。どの音もはっきりくっきり明るく……巻き舌はちょっと難しいんだけどね」

Vissi《ヴィッシ》 d'arte《ダールテ》, vissi《ヴィッシ》 d'amore《アモーレ》,
non《ノン》 feci《フェチ》 mai《マイ》 male《マーレ》 ad《アド》 anima《アニマ》 viva《ヴィーヴァ》 !
Con《コン》 man《マン》 furtiva《フルティーヴァ》
quante《クワンテ》 miserie《ミゼリエ》 conobbi《コンノビ》, aiutai《アイユタイ》.

通子について口にすると、メロディにのせなくても、金子はまるで歌を歌っているような気になってきた。巻き舌も、難なくできてしまった。通子は目を見開いた。

「金子さん、イタリア歌曲にむいているのね。金子さんが歌詞を読んでいるのを聞いているだけでも気持ちがいいもの。イタリア語は歌を歌うためにあるといわれるって、わかるくらい巻き舌ができなくて、練習を積む人もかなりいるのよ」

ほめられたのがちょっとくすぐったいような気がして、金子は首をすくめた。

通子は、歌詞の意味についても語る。

私は歌に生き、愛に生き、

他人を害することなく、
困った人には、手を差し伸べ、助けてきました。
いつもひたむきに主を信じ、
私の祈りは聖なる祭壇に昇り、常に真の信仰をもって、祭壇に花を捧げてきました。
それなのになぜ、苦難のこのとき、
主よ、私はこんな報いをうけなくてはならないのですか。
聖母の衣に宝石を捧げ、星と天に歌を捧げ、星と天はいっそう美しく輝いて。
それなのにこの苦しみの中、どうして、どうして、
主よ、私はこんな仕打ちをうけるのですか。

さらに、楽譜上に書かれていた「dolcississimo con grande sentimento」が「とても優しく、深い感情を込めて」という意味だと付け加えた。

「この注意書きがあるのは、〝どうしてこんな仕打ちを〟という風に、相手を責めるような歌い方をしがちだからかもしれないわ。でも、それじゃだめなの、この歌は。トスカは子どもの頃から信仰していた神様に向かって歌っているのだから。これまで自分を守ってくれていた神様に純粋に優しく問いかけるように歌わなければ」

自らピアノを弾きながら、通子は『歌に生き、愛に生き』を歌い出した。

信じられないほど美しいメロディ。通子のきれいな声。

まるで暗闇の中に注がれる一筋の光を一心に見つめているような、トスカの無垢な魂。高みにあるものを見つめるまなざし、高揚感が濃厚に伝わってくる。

音を取るのは次回までの宿題になった。

「金子さんには好きな人がいないの？」

帰り際に、通子はいたずらっぽい目をしていった。一瞬、新聞で見た古関の顔を思い出した。瞬きを繰り返し、その幻影を振り払う。

「……まさか」

「今日の金子さん、きれいに見えたから。縁談の話でもあったかな。もしかしたら恋をしているのかもって」

あわてて、金子は両頰を手で押さえ、首を左右にふった。

「結婚する気なんて、私にはさらさらありません。ましてや恋なんて、そんなふしだらなことは……私は歌手になるつもりですから」

つい思い出してしまったみつの顔を振り払い、金子は口をとがらせる。

「あら、金子さんは、恋の歌を歌うのがきらい？」

「……」

驚いて、金子は通子を見上げた。

男が女を、女が男を好きだと口にするなんて、恥ずかしいことだと思われている世の中だ。男女七歳にして席を同じゅうせず。男女が並んで町を歩くだけで、破廉恥だといわれる。

「人を好きになるのは、ふしだらなことなんかじゃないと私は思うけど。オペラの歌は人を愛したり恋したりする気持ちを歌うものがほとんどよ」

きっぱりとそういった通子を金子は改めて、不思議なものを見つめるような目で見た。こんなことをいう大人は、はじめてだった。

通子は穏やかな笑みを浮かべている。

「先生は好きな人はいるんですか？」

思い切ってたずねた。

通子は大きな商売をしている家の娘で、これだけ美しく魅力的なのだ。縁談は降るようにあったはずだった。

なのに、通子は二〇代後半、いわば行き遅れである。どうして独身なんだろうと、前から金子は思っていた。

通子はわずかに肩をすくめると、鍵盤に指をおき、レファラと、ぽろんと弾いた。

「……人には話したことがないんだけど。私ね……あなたと同じ年の時に出会った人がいたの」

彼もまた音楽を志す人だったという。お互いに惹かれあい、結婚の約束もした。だが、両親が諸手をあげて賛成するような人ではなかった。

家の釣り合いがとれない、貧乏暮らしをしてほしくないと大反対されて、通子は折れた。自ら連絡を絶って三年後、その人が肺結核で亡くなったという噂を聞いた。

「亡くなっちゃったなんて……」

「ねぇ。ひどい話よね……」

肺結核は、不治の病として恐れられている国民病だ。

「後悔していますか?」

ふっと笑みを作った通子の眉の間に影がさした。

「恋はやっかいね……プッチーニみたいに駆け落ちすればよかったかな、なんて思ったこともあったけど」

「ええっ⁉　こんなに偉い作曲家が駆け落ちしたんですか」

驚きのあまり腰を浮かした金子を通子は手招きした。つばを飲みこみ、近づいた金子の耳元に手をあて通子がささやく。

「それも不倫!　相手はふたりの子持ちの人妻」

「げぇ〜〜〜っ!　内縁関係!」

「これ、大声を出さない」

プッチーニは貧乏作曲家だった二六歳のころ、ふたりの子どもを連れた人妻と駆け落ち同様に同棲を始め、相手の夫が死んだ二〇年後にようやく正式に結婚したと、通子はいって、ふっと肩をすくめる。

「決してほめられた生き方じゃないけど、それだけ激しい情熱を持って愛に忠実に生きられるなんて、やっぱり芸術家はすごいなって思っちゃう。……ではまた来週!　音取りがんばってね。これが見事に歌えれば、あなた、演奏会の花になるわよ」

金子は通子とピアノに向かって一礼して、大竹宅を後にした。

すぐにでも、音取りがしたかった。

歌に生き、愛に生き……歌を天に、神様、イエス・キリストに捧げる。トスカは、歌うことを自らの生きる意味、与えられた使命として考えていたのだ。だとしたら、ことその点においては、自分もまたトスカと同じといえるのかもしれない。

そう考えると、金子の胸がどきどきしてくる。

トスカは神様を愛して生きてきた。そして画家のカヴァラドッシに恋をした。

その恋のために、想像を絶する悪であるスカルピアに出会い、スカルピアを殺し、やがて自らの命を絶ってしまった。神の愛の中で生きてきたトスカが、神が禁じていた殺人と自殺という大罪を犯してしまったのだ。

恋はやっかいね。

通子の声が耳の奥で響いた。


毎晩『歌に生き、愛に生き』を口ずさむ。

Vissi d'arte, vissi d'amore,
non feci mai male ad anima viva !

Con man furtiva
quante miserie conobbi aiutai.

Sempre con fè sincera
la mia preghiera
ai santi tabernacoli salì.
Sempre con fè sincera
diedi fiori agli altar.

Nell'ora del dolore
perchè, perchè, Signore,
perchè me ne rimuneri così ?

Diedi gioielli della Madonna al manto,
e diedi il canto agli astri, al ciel,
che ne ridean più belli.

Nell'ora del dolor,

perché, perché, Signor, ah!
perché me ne rimuneri così?

歌い始めると、古関の顔が脳裏に浮かぶ。

「先生があんなことを言うから」

金子さんには好きな人がいないの？　通子がそう言ったせいだ。

まわりに適当な男がいないせいで、古関を意識してしまうのかも、と気持ちを切り替える。

古関は音楽家。歌を歌うときに思いを馳せてもばちは当たらないだろう。悲劇に終わったトスカの恋を思うと、縁起が悪いような気もするが、この気持ちは恋とは違うのだからかまわないと、金子は苦笑した。


郵便配達夫の高橋が、待ちかねたものを持ってきたのは、金子が手紙を投函してから五日後のことだった。受け取ったのは金子ではなく、清子だった。

倉庫で在庫確認をして店に戻ってきた金子に、清子はにやっと笑った。

「待ち人、きたる」

そういってすれ違いざま、清子は金子に封筒を渡した。表に自分の名前、裏に古関勇治とあるのを見て、金子の目が驚きで丸くなった。清子はくすっと笑って、二階を指さす。金子はうなずき、封筒を胸元にすべりこませると二階の部屋にかけあがった。

文机《ふづくえ》の前に座り、母親がいないのを確認してから、胸から封筒をとりだした。

改めて封筒を見つめる。表に『内山金子様』、ひっくりかえすと、裏には『福島県川俣町川俣銀行　古関勇治』とある。伸び伸びとした字だった。男性にありがちな角張っている文字でもない。線が素直で、少しだけ柔らかい。ハネは大きく勢いがあり、どことなく音楽的な感じもする。

引き出しをあけ、ペーパーナイフをとりだし、封を切った。弾む心で便せんを開く。

『お手紙、ありがとうございました。音楽を志している方からの心のこもった言葉を、うれしく読ませていただきました。

あなたは世界の舞台で歌う声楽家を目指されているのですね。きっとあなたは立派な声をお持ちで、日々、研鑽《けんさん》を積まれているのでしょう。

働きながら学ばれているところは、私と重なります。

私も昼間銀行に勤めていますので、音楽の勉強をしたり、作曲するのは夜になります。けれど、好きこそものの上手なれという言葉があるように、好きな音楽の勉強は楽しく、作曲していると時がたつのも忘れてしまい、夜中の二時三時になることも日常茶飯事です。

あなたもそうではないでしょうか。

声楽家を目指すなら、最初は信頼できる歌い手を探してはどうでしょうか。

私は、音楽をたくさん聴くことこそ、第一の学びだと思っています。同じ曲でも演奏者によってその解釈が違います。その中から自分がいちばんいいと思う演奏を選び、何度も聴くようにしています。

信頼できる歌い手の歌を繰り返し聴き、その歌を自分の栄養とする、自分のものとするのです。ですが、それだけでは足りません。同時に、自分なりの表現を生み出し、自分の個性を磨くことにもつとめてください。もちろん、基本がもっとも大切ですので、発声練習は怠りなく続けてください。

あなたの手紙を読みながら、いつか、あなたの歌を聴かせていただきたくなりました。そのときには、私の作った歌を歌ってください。

残念ながら『竹取物語』の楽譜は今、手元になく、あなたにお送りすることはできないのですが、こうして知り合えた友のために、曲を作り、プレゼントします。

近いうちに必ず私の曲をお送りします。

音楽の道を歩む者として、ともに頑張りましょう。

私はこれから東京で外国語会話などを学び、半年後、あるいは一年後くらいに、渡欧する予定です。早ければ来月にでも上京したいと考えています。

そのころ、あなたが東京にいらっしゃればきっとお会いできるだろうと思います。

こうして、お手紙をいただいたのも大切なご縁だと思います。お時間がありましたら、またお便りください。

追伸
私の容姿のこと、ほめてくださり、いたみいります。ご覧の通り、いたって平凡な男です。
古関勇治』

一度目は急いで、二度目はゆっくり、三度目は一言一句かみしめるように読んだ。
現実ではないような気がした。
この人は、私の手紙を読んでくれた。
心のこもった手紙を返してくれた。
喜びがじわりと胸の奥からこみあげてくる。
現実ではなく、まるで夢の中にいるみたいだ。
音楽を志している方、世界の舞台で歌う声楽家、音楽の道を歩む者――
ひとつひとつの言葉が、音楽への道を照らす光のようだ。
音楽をたくさん聴く。
いいと選んだ曲を何度も聴く。
発声練習を大切にし、自分の表現、個性を磨く――
私の作った歌を歌ってほしい。曲をプレゼントします――
なんて素敵なことを言ってくれるのだろう。
そして追伸の、いたって平凡な男というくだり――

謙虚で優しくて、親しみを感じずにはいられない。

包み隠すことなく、音楽への憧憬《しょうけい》と将来の夢を書いた金子の手紙を受け入れてくれた。金子を尊重し、認めてくれた。

ありのままの自分を理解してくれる人がこの世に存在し、出会うことができたという喜びがあふれる。

金子は便せんを取り出した。すぐ返事を書きたかった。

「金子、どこにいるの？　夕飯の支度、なんにもしていないじゃないか」

大きくもない家なので、ぶつぶついうみつの声もれなく聞こえる。だいたい、金子の声は母譲りで、みつの声もやたらに通る。

「は〜い、今行きます」

勇治の手紙を引き出しの奥にしまうと、金子は階段を駆け下りた。

里芋とイカの煮物、大根の味噌汁、小松菜のごま和え……。金子は手際よく、料理していく。食いしん坊なので、料理はお手の物だった。

食事が終わり、みつが風呂に入ると、また二階の自室に戻ろうとした金子の袖を清子がきゅっとひいた。

「顔がにやけてる」

「何、言ってんのよ。やだなぁ」

「さてはいいこと、書いてあったのね。あとで、見せてね」

訳知り顔にいう清子には答えず、金子は袖の手をふりはらう。清子の口がとんがった。

「誰が内緒で渡してあげたと思ってるの。もう、手紙が来ても知らんふりするわよ。お母さんに封を開けられても知らないわ」

「清子姉ちゃんが思っているようなことは書いてないわよ」

「見せて！」

「しょうがないなぁ……じゃあ、今回だけよ」

しぶしぶ金子がいうと、清子は満足げにうなずく。

「金子、顔が真っ赤」

あわてて金子が手で頬を押さえると、清子が笑った。

「嘘よ！　そんな気がしただけ」

「もう、お姉ちゃんったら」

そのとき、みつが風呂から戻ってきた。首に巻いた手ぬぐいで顔を押さえ、みつは金子を手招きした。

「金子、ちょっと座って」

いやな予感がした。

長火鉢の前がみつの定席だった。金子はその対面にぺたんと座る。

「この間の話、進めてもいいわね」

「話って？」

みつが眉根をよせる。金子の丸い顔と大きな目はみつ譲りだ。

「この子ったら。ほら、お父さんのお友だちの息子さんのこと」

「あれは断ってっていったでしょ」

「何をいってるの。断るなんてできゃしませんよ。これ以上の縁談はもうないもの」

そのとき玄関をたたく音がした。

「内山さ〜ん。速達ですよ」

郵便配達の高橋の声だ。

「なんだろ、こんな時間に」

「は〜い、今！」

清子が玄関に駆けていく。

差出人は富子だった。

玄関の弱々しい電球の下で、清子から受け取った封筒を開き、みつは無言で目を走らせた。

読み終えると、清子にその手紙を渡す。金子と妹の松子と貞子と寿枝子は、清子に頰をくっつけるようにして、手紙をのぞき見た。

こじらせた流感が今も治らず、富子は医者から入院を勧められたと書いてある。とりあえず、東京にいる夫の姉に子どもたちを預かってもらうことにしたが、できれば誰か手伝いにきてほしいと続いていた。

一番幼い寿枝子が不安げに顔をあげる。

「流感で入院って。まさかスペイン風邪じゃないよね」

「スペイン風邪だなんて、冗談でもそんなことを口にするんじゃないよ」

みつは寿枝子をにらんだ。

「だって学校で先生がその話をして、流感から肺炎になると、大変だって」

スペイン風邪は大正七年から九年にかけて流行した致死率が高い流感で、日本全国で四〇万人を超す死者をだした。スペイン風邪でなくても、感染症治療薬のペニシリンが実用化される前のこの時代、肺炎は死に直結する病だった。

「あのときだって、うちはみんな大丈夫だったんだ。流感なんかに富子が負けるもんか。めっそうもないことを口にするもんじゃないよ」

みつは、金子に向き直ると、明日、東京の富子のところに手伝いに行くようにといった。

「松子と貞子と寿枝子は学校があるし、清子と私は商売でここを離れられない。おまえにしか頼めないんだ」

「……わかった。じゃ、用意しなきゃね」

金子はみつにうなずき、自室に戻った。

「あんたたちは、富子を励ます手紙を書いて。金子に持っていってもらうよ」

清子と松子、貞子、寿枝子にいう母の声が下から聞こえる。

正直言えば歌の稽古に通えなくなることも残念だったが、富子のことを思うとそんなことはいっていられなかった。

着替えや櫛《くし》などの日用品、便せんに筆記用具、『歌に生き、愛に生き』の楽譜を風呂敷に包み、柳行李鞄に入れた。

それから、引き出しから勇治の手紙を取り出した。もう一度、ゆっくり読んだ。

「金子姉ちゃん、きれいな白封筒、ない？」

「富子姉ちゃんへの手紙を入れるの」

「あるわよ。あとから持ってってあげる」

下に向かって叫ぶ。金子はもう少しだけ、勇治との時間をひとりで味わいたかった。

「あとからじゃなくて、今がいい。取りに行く」

「三分、待って！　持っていってあげるから」

「わかったぁ。三分ね」

金子はまた手紙に目を走らせた。


「駅で、ちくわを買って行ってよ。富子の好物だから。ヤマサのちくわ、わかってるわね」

ふりむくと、みつは店の前でまだ叫んでいた。木綿《もめん》の着物に前掛けをかけ、綿入れを羽織っている。

「どんな具合か、すぐに知らせてよ。病気がうつらないように、マスクをして、手洗いをして。気をつけてよぉ」

昨晩も朝食の時も言った言葉をみつは繰り返している。

みつ本人が富子の看病に飛んで行きたいのだ。だが、店を離れることはできず、気ばかりが空回りしている。角を曲がるときふりむくと、みつはまだ手をふっていた。

「お母さん、くどかったね」

荷物を積んだ自転車を引きながら清子が苦笑した。

「富子姉ちゃんのことが心配なのよ」

「大丈夫かなぁ」

「大丈夫よ。富子姉ちゃん、根が丈夫だから」

「じゃなくて、金子のこと。東京、初めてでしょ。こんな重たい荷物を持って、迷子になったら大変だよ」

「心配ご無用よ。あたし、大連に行ったときも迷子にならなかったもの。東京までは鉄道で一本だし、今朝、義兄さんから東京駅に迎えにくるって電報もあったでしょ。いざとなりゃ、人に聞けばいいんだもん。東京だろうがどこにだってたどり着けるわよ」

「金子はほんと、度胸があって、たくましいよね」

清子は感心したようにいう。

「音楽や小説が好きで浮き世離れしているかと思うと、これだもん。私たち姉妹の中で、実はいちばん、ふてぶてしくて図太いんじゃない？」

「乙女に対して、清子姉ちゃん、そのいい方はないんじゃない？　機転がきくとか、頭がまわるとか、もうちょっといい方を工夫してほしいわ」

ふたりは顔を見合わせて笑った。

あっとつぶやき、清子の足が止まった。

「やだ。どさくさにまぎれて、古関さんの手紙を見せてもらうの、忘れてた」

金子はすかさず、万が一、古関からの手紙が届いたら、みつの目につかないように、さっと回収して、富子の住所に転送してくれるように頼んだ。

「お願い！」

「ちゃっかりしてるんだから。調子の良さも金子は姉妹でいちばんね」

「恩にきます」

金子は胸の前で手を合わせ、あきれ顔の清子に深々と頭をさげた。


金子は一〇時一四分発の三等列車に乗りこむと、椅子の上に立ち、柳行李鞄とちくわの包みを荷物棚にあげた。窓際の席に座り、窓を上にあけ、外で見送る清子に手を振る。ポーッ！と汽笛がなった。

「富子姉ちゃんのこと頼むね、金子」

「まかせて！」

ガチャンと大きな音をたてて、蒸気機関車が動き始める。少しずつ列車は加速し、豊橋の町を離れていく。

金子は窓をおろし、水筒のふたに水を注いで、ひとくち飲んだ。三等列車はそれほど混んでおらず、ふたりがけの座席にひとりで座っている。背もたれと座面が直角の堅い椅子だが、金子は気にならなかった。

特急「富士」や「桜」には食堂車も連結されて豊橋から東京まで約五時間だが、これを利用するのは偉い人やお金持ちだけで、庶民は使わない。この列車は七時間半ほどかけて東京駅に向かう。

しばらくして金子は、手提げから薄紅色のふくさをだした。その中から、勇治からの手紙をとりだし、胸にあてて、ほんの少しの間、目をつぶり、勇治のことを思う。

それからまた手紙をふくさでくるみ、手提げにしまい、そのかわりに下敷きと小さめの便せんと鉛筆をとりだす。手提げを台にして、金子は手紙を綴り始めた。

『早速お手紙をくださいましてありがとうございました。手紙を受け取ったとき、夢のようだと思いました。拝読して、幸せな気持ちでいっぱいになりました。

音楽を志したいと私が申しますと、そんな無謀なことは考えず、趣味にとどめておくようにと、周りの人にはいわれ続けて参りました。母はそんなことより、早く結婚することこそ女の幸せだと、ことあるごとに私をせかします。

あなたは歌い手になるという私の気持ちを認めてくださり、心からの励ましをくださいました。どんなに勇気づけられたでしょう。言葉に尽くせないほどです。

あなたが教えてくださった勉強方法を、これからちゃんと実践して参ります。レコードをたくさん聴き、私の好きな歌い手を見つけます。そして、自分はどう表現したいかと自問しつつ、個性を磨いていきます。

名古屋で開かれる五月の演奏会で、プッチーニの『トスカ』の『歌に生き、愛に生き』を歌うことになりました。ご存じだと思いますが、とても素敵な曲です。そして私にとって、はじめてのオペラのアリアです。

一心に練習に励むつもりでしたが、東京に住む姉が病気になり、その看病のために急遽、上京することとなりました。

残念ながらしばらくの間、歌の稽古に通えなくなりました。

でも、そんなことでは私はへこたれません。

楽譜を見れば、音楽の世界にたちまち入ることができますもの。あなたが励ましてくださったんですもの。

あなたは、私のために歌を作曲してくださると、お書きくださいましたね。私はうれしくて、天にも昇りそうな気持ちになりました。

どんな曲を書いてくださるのでしょう。

お言葉に甘えます。あなたの歌曲を歌う日を心待ちに致しますね。

もちろん、お仕事に音楽にと、日々、あなたがお忙しく過ごしていらっしゃることはわかっております。

ですから、私のための作曲はゆっくりで結構でございます。

決して急いではいません。でも、早く歌ってみたい気もしております。
私は今、東京に向かう列車の中でこの手紙を書いております。
もし、この間に、あなたが東京にいらっしゃって、お会いできたとしたら、どんなにうれしいでしょう。
またお便りいたします。お体にお気をつけてお過ごしくださいね。

追伸
お返事は姉の家のほうにお送りいただけますでしょうか。
東京府阿佐ヶ谷《あさがや》〇丁目△番中島久方・内山金子で届きます。
あなたの新聞記事を切り取り、お守りのように持ち歩いています。

内山金子　』

金子が東京駅に着いたのは、夕方六時近くだった。

3

姉・富子の入院は幸い五日間ですんだが、一度弱った体はすぐには回復せず、金子は富子の家に住み込みで手伝い続けた。

実際、骨が折れるのは、富子より、尋常小学校に通っている元気なふたりの女の子たちの世話だった。ふたりは若い叔母が家にいるのがうれしくて、学校から飛んで帰ってきて、金子にむしゃぶりついてくる。歌、ダンス、相撲……遊び始めると止まらない。

「おばちゃんはちょっとお使いに行ってくるから、おかあさんと一緒にいてあげてくれる?」

日日薬《ひにちぐすり》とはいったもので、退院して三日もたつと富子はなんとか起き上がれるようになった。

当初、富子のそばを離れるのが不安で、御用聞きに野菜やら魚など細々したものまで頼んで金子は家に陣取っていたが、そのころから子どもたちがいるときに、留守番を頼み、用事をすませることもできるようになった。

朝から空がすかっと晴れあがった小春日和だった。お使いについて外に出て行きたそうな顔をした姪たちに、金子はトランプと百人一首をさしだした。

「今日はおかあさんとばば抜きでもする? それとも坊主めくり?」

「坊主めくりがいい!」

子どもたちが富子にひっついた。

そのすきに前掛けをはずし、えりまきをし、買い物かごを持って、金子は外に出た。

富子の退院の日、勇治から金子に手紙が届いた。何度も読み返し、もう言葉はそらんじている。

『私のような無名の作曲家を信頼してくださいます貴女。

私と同じような境遇にある貴女。

お互いに、万難を排して、目的の貫徹を期して進んでいきましょう。

芸術家は、時代の先端を行かなければなりません。

私はアルノルト・シェーンベルクのような未来派の音楽を作っていきます。

貴女は、ただ歌うのではなく、語るように歌う歌い手になってください。日本で語るように歌える方は、私が知る限り、ソプラノの荻野綾子氏ひとりだけです。

歌い方の根本を定め、語る歌い方をご自分のものにしてくださいますように、切望します』

シェーンベルクのことはよく知らなかったので、金子は大竹先生に手紙を書き、尋ねた。速達で、速達用の切手をはりつけた返信用の封筒まで同封されていたことに驚いたのか、通子はすぐに返信してくれた。

アルノルト・シェーンベルクは、新しい音楽の表現形式を模索し続けているオーストリアの作曲家だった。無調音楽という世界を生み出したものの、ウィーンの一般聴衆に受け入れられなかったが、近年になって、十二音音楽を生み出したという。

従来の音楽では、たとえばハ長調なら主和音はドミソと決まっているが、無調音楽は、その規則に縛られない。また十二音音楽とはドレミファソラシの七音の間にある半音五音も含めて音階とする音楽だという。

それだけではどんな音楽なのか、ちょっと想像がつかないが、音楽界を驚かせるような新しい音楽を作りたいという勇治の情熱に胸が躍った。

荻野綾子が歌う『からたちの花』を金子も聴いたことがある。声が美しいだけでなく、滑舌が素晴らしく、歌詞が胸にすーっと入り込んでくる。歌を聴きながら、一面に咲く白い花や長く鋭い緑のとげが見えるような気がした。

福岡の名家に生まれた荻野は、東京音楽学校声楽科に入学。卒業後は山田《やまだ》耕筰《こうさく》の抜擢を受け、フランス歌曲を学んだ。シャンゼリゼ劇場で西洋歌曲とともに日本の古謡を歌い、パリの人々からも歌唱力が評価されたソプラノ歌手だった。

勇治の手紙は続く。

『私は貴女が想像されたような、完成した人間ではありません。
田舎者ですし、語学、音楽のこと、すべて独学でやってきました。
何より大切なのは熱です。
貴女も熱で、音楽に向かってください。
今、貴女からのお手紙が机の上にあります。
なんだかかすかに、かすかに、歌声が聞こえます。貴女の声のような。
白い　白い　花が咲いたよ
からたちも　秋は実るよ

『からたちの花』の歌です。私は夢を見ているのでしょうか。貴女は遠い遠い東京におられるのに。

貴女という本当に良い友を得たことを心からうれしく思います。

貴女に私の曲をいつか歌っていただきたいのです。

異性だから、交際してはいけないということはないと私は思います。

二人は清く、公明に、お互いを励まして、芸術の道を歩んでいきましょう。

古関勇治　』

追伸
貴女の声域を教えてください。

『からたちの花』は、山田耕筰が荻野綾子に捧げたといわれる曲だった。ふたりは愛し合っていたともいわれる。そして金子にとっては、生前、父がいい声だとほめてくれた思い出の歌だ。

金子に自分の曲を歌ってほしいという勇治。自分たちも、山田耕筰と荻野綾子のようであると思ってくれているのだろうか。

金子はすぐに返事を書いた。

『お手紙、ありがとうございました。

上京しましてから、姉の看病と話し相手、姪のお世話とおさんどんで毎日がすぎていきます。こうした中で受け取りました貴方からのお手紙、うれしくうれしく、何度も繰り返し、読ませていただきました。

こちらでは先日開かれたオペラ『椿姫』のことが話題となっています。関屋敏子氏と藤原義江《ふじわらよしえ》氏の共演で、せっかくなので私もぜひ行こうと思っていたのでしたが、姉のことがあり、残念ながらあきらめざるを得ませんでした。

おふたりの共演はレコードでは何度も聴いています。立松房子氏の『椿姫』も聴きました。私のようなものが論評するのはいかがなものかとは思いますが、立松氏のトレモロはきれいでしたが、関屋氏のほうが情熱的でゆとりの香りがあるように感じました。

荻野氏は東京音楽学校を卒業後、フランスに留学。関屋氏は東京音楽学校を中退し、イタリアに留学。そしてミラノのスカラ座のオーディションに合格なさったと聞いております。

おふたりともプリマドンナとして日本のみならず、世界で活躍なさって……。

立松氏も東京音楽学校で学び、三浦環《みうらたまき》さんと同じハンカ・シェルデルップ・ペッツォルト氏に学ばれたとか。

私の切なる希望は、洋行して、本場で学ぶことです。貴方のような方と洋行できましたら、話も合って、いっそうおもしろく、さぞ音楽の勉強もはかどるでしょう。そんなことを想像するだけで、心に翼が生えたように、楽しくなって参ります。

お尋ねの私の音域ですが、発声できるのは「下のＤ（レ）」（テナーの声域）から「上の上のＦ

（ファ）」まで。発語できるのは「下のE（ミ）」から「上の上のC（ド）」までです。

歌う場合は、一般にソプラノの音域は「下のC（ド）」から「上のA（ラ）」とされていますが、私は「下のF（ファ）」から「上のB（シの♭）」まででも歌えます。

ここ数日、東京でも雪の日が続きました。福島も、雪が降っているのでしょうか。

お忙しい中、大変な努力を重ね、音楽に向き合っている貴方の姿がまぶたに浮かんでまいります。

貴方の中から、どんな音楽が生まれるのでしょう。生まれる瞬間はどんな気持ちになるのでしょう。音楽が貴方からあふれ出すのでしょうか。

ああ、貴方の曲を、この耳で聴いてみたい。歌ってみたい。

その思いは渇望といってもいいほどです。

貴方を知り得たのは、運命の糸を操る神の力の御技によるものではないでしょうか。

あの新聞記事が私の心にとまって、思い切って差し上げた手紙に、貴方がご返事をくださって、この広い世界でこうして結ばれた魂と魂。

貴方が、そして私も、真剣に生一本な心を持ち続けたら、必ず偉大な芸術を生み出すことができると信じております。

お体を大切になさいませね。

それからひとつお願いがあります。お写真一枚、お送りくださいませんか。私の写真も、そのうちにお送りいたします。

勝手なことばかり申し上げました。お許しくださいね。

貴方のお手紙を、待っています。

内山金子　』

返事を出して三日後、また勇治から手紙が来た。勇治は金子の手紙の到着を待つことなく、手紙を書いてくれたのだ。


『こちらはみぞれ雪が降っています。

こたつに入ってひとり、楽想にふけっています。五線紙の上をきれいなメロディが流れていきます。

今、荻野綾子氏からの催促を得て、作曲に集中しています。

昨日、福島市の実家に帰り、両親と今後のことについて相談しました結果、九月には日本を離れて、ロンドンに行くことに決めました。

ロンドンに行く便船、決定次第、お通知いたします。

私は英国で一生懸命作曲し、楽譜を出版し、きっときっと貴女をお呼びいたしましょう。まだ、貴女の声に接していませんが、きっと素敵な声だと信じます。

あと六ヶ月です。ぜひとも、あなたとお会いしたい。

渡英前に大阪に行く用事があるので、その折、貴女が豊橋にお帰りになっていられるようなら、豊橋に逢いにまいります。

私が上京するときに、貴女が東京にいらっしゃるなら、そちらの近くまで行きましょう。すぐにでも上京したいのですが、今少し、体の具合がよくありません。過激に勉強したせいかもしれません。医者には過労だと言われました。寝る時間がおしいのです。

とりとめもないことを書きました。あしからず。

清く、いつまでもご交際、願います。ではまた二、三日後に。

古関勇治

追伸
金子というお名前、どう呼ぶのか、教えていただけますか』

英国に行ったら、勇治は自分を呼んでくれるという。金子は歓喜した。ロンドンの街の風景を想像し、勇治とテムズ川のほとりを歩いている風景を思うと、天にも昇る気持ちになる。

いったい、これは本当のことだろうか。まさか戯れではないか。

勇治は金子に逢いたいと望み、また二、三日後に手紙を書くともいう。これが現実であると信じていいのだろうか。

手紙を胸に抱きながら、ふうっとため息をつく。

「早く、豊橋に帰りたい」

そう金子が思う理由は、富子だった。富子はみつからいわれているのか、少し元気になった途端に、今度の縁談を受け入れるようにと、くどいほどいう。姉妹という気安さからか、母よりも遠慮なく迫ってくる。

もちろん、古関のことはひとことも富子にはもらしていない。一日に何度もポストをさりげなくのぞき、封書が届いていればさっと懐に隠し、富子がまわりにいないことを確かめ、そっと便せんを開く。手紙を書くのは、深夜、みなが休んでからだった。

『貴方の手紙に、私はどれだけ勇気づけられるか、おわかりになりますでしょうか。

私のために作曲してくださる。そして理想にしても、外国へ呼んでくださるなどおっしゃっていただけるなんて、私はなんて幸せなんでしょう。

貴方は語学がおできになるのでしょう。私は英語、ロシア語、支那語が片言でできるだけです。赤ちゃん程度の言葉しか話せず、全然ものになりませんが、これからは怠りなく英語をちゃんと学びます。現地にまいりましたら意味は通じるくらいに必ず学び直します。

器楽は何をおやりになりますか。私は、琴は『千鳥』『大内山』程度、自己流でマンドリン、ハーモニカをやっています。何よりピアノが大切と思いますが、家にありませんので、ちょっとしかできません。

貴方のお手紙を何度も繰り返し読み、どんな方かしらといつも考え続けています。

私も何も成し遂げずに死ぬのはいやです。

母と姉が縁談をすすめ、音楽の道をあきらめるようにと、しきりに誘惑を試みます。私の意思は、もちろん固いのですけれど、しゃくにさわりますし、困ります。

結婚は、二、三年は絶対にいたしません。

声楽を理論的に根本からやり直したいのです。

もっともっと勉強し、声を洗練させたいのです。

英国に呼んでくださるという貴方の言葉を私は信じます。頼ります。待っています。一年でも二年でも。

生涯の岐路にあるこのときに、貴方という力強い、すがれる友人と出会えたのは幸運という言葉では足りません。

貴方が今、私の未来を照らしてくださっています。

私の名前はキンコと呼びます。華やかな名前だという人もあれば、堅く冷たそうに光った名前だという人もいますが、私自身は欲張りみたいな感じがする名前だとずっと残念に思っておりました。私なぞ、ニッケルで十分だと。

しかし、今は、この名のごとく、光輝く尊い人間になろうと考えなおしております。

音楽の勉強に夢中になり、新しい音楽を生み出そうとしている貴方は素敵です。

どうぞお体にはお気をつけ遊ばしてくださいませ。貴方あっての音楽ですから。

お返事お待ちしています。

内山金子』

『私の初めて知り得た芸術の友・内山さんを、私の力で、私の親友として、世界楽団の先端を行く、偉大なる、最大の声楽家としたい。私は貴女に、最大の期待をかけております。

そして地方の町でひとりで勉強なさる貴女の寂しい姿を想像して何とかしてあげたいという心でいっぱいです。独学の辛さがわかるのです。

私も今まで独学を続けてきました。

「和声学」「対位法」も楽器なしで、ひとりで研究しました。ちょうど美術家が、カンバスも油絵の具もなく、本で勉強するのと同じようなものです。私の背中を後押ししてくれたのは、音楽への情熱です。

貴女も、熱を、情熱をもって勉強なさい。

天は自ら助くるものを助く。神はきっと貴女にいつか、その情熱に値するものを与えてくださるでしょう。

私をお信じください。


貴女とのお約束の写真、お送り申し上げます。和装と洋装と二枚、同封します。

田舎者で見苦しく、恥ずかしいのですが、なにとぞ、友としてとこしえにこのつまらない写真をお持ちください。

貴女のお写真、一日も早くお送りください。

待っています、本当に。

もう彼岸ですね。私の住む町にも、春は訪れようとしております。木々の若芽も萌えてきました。青い空は高く澄み切って、子どもたちが遊ぶ凧《たこ》がその中を小舟のごとく走っています。

もうすぐ出会いです。貴女との。そう思うだけで、気が進みます。

春の気持ちで、二人はこれからも進んでいきましょう。貴女よりのお手紙とお写真を待ちつつ、筆を止めます。

古関勇治

親友　内山金子様』

勇治からはもう五通の手紙を受け取った。金子も五通返事を書いた。

高女を卒業して以来、宙ぶらりんの暮らしが続き、金子はこの先、どうなるのだろうと、途方にくれる思いをしていたが、勇治の手紙にすくわれたような気がした。

手紙を読み、手紙を書いているときは、夢をみているようだった。


『お手紙とお写真、いただきました。

本当にありがとう存じました。とてもお若く見えますが、非常に落ち着いていらっしゃるようにも感じられました。機知に富んだユーモアを飛ばしそうな……。

和声学を独学でおやり遊ばしたとのこと、どんなに困難なことでしたでしょう。

私の写真も差し上げましょう。家に戻ってからになりますので、もう少しお待ちくださいませ。お互いにますます励みましょうね。でも、勉強、過度になりませんように。お気をつけ遊ばしてくださいまし。お返事、お待ちしています。

内山金子　』

せっかく東京にいるのだから、東京在住の著名な作曲家・中山晋平に会いに行ってはどうかと、勇治が書いてきたとき、金子はそんなことができるのかと驚いてしまった。

中山晋平は歌劇の劇中歌『カチューシャの唄』や『ゴンドラの唄』を作曲している。日本ビクターの専属であり、オペラ歌手藤原義江、佐藤千夜子が歌う『波浮《はぶ》の港』や『出船の港』も彼の手による。

すぐにまた東京の大学の学生で音楽活動を行っている勇治のいとこが中山晋平に約束をとりつけたという勇治の手紙が届き、金子は再び心底驚いた。

その日、金子は姉には東京見物に行くといい、緊張した面持ちで日本ビクターに中山晋平を訪ねた。この出会いは、金子にとって生涯忘れ得ぬものとなった。

『本日、中山晋平氏を訪問しました。午後三時のお約束できっちり会ってくださいました。いろいろお話ししてから、歌を聞いていただきました。

「声の質良し。量あり。これから勉強したら必ず将来、相当な歌い手になれる」

とおっしゃってくださいましたが、私はまだ不安なので、

「もちろん真剣に勉強いたしますけれど、本当に先生は、私がこの道に進んで成功しうると認めてくださいますか。見込みがありますか」

と一生懸命いいましたところ、

「見込みがあります」

とはっきり言い切ってくださいました。

中山先生は声楽の専門家ではありませんが、民謡の大家でもあります。立派な耳をお持ちの方だと思います。今後の勉強についても、細々とおっしゃってくださいました。

歌を歌うときにどうしても普段使っている言葉のアクセントがでるので、東京の言葉を常に用いること。

ピアノの伴奏で、基礎から正式にやるのがよいということ。

歌い手になりたい人がたくさんいるので、一生懸命勉強すること。

このような言葉をいただき、本当にうれしく、ますます希望が沸き立つのを感じました。先生は玄関まで送ってくださって、

「死にものぐるいでおやりなさい。石にかじりついてもやりとげるという気持ちで」

と、おっしゃってくださいました。

夕闇間近の駅に向かいながら、私は歌い手になるために、これからも夢中で、一生懸命に学び続けなければならないと改めて思いました。

東京で学ぶのがいちばんですが、姉のところは、義兄が理学の研究をしておりますから歌の練習などとてもできません。私の家では妹などの教育費もかかりますから、私への仕送りを望むこともできません。

ですので、近々、田舎に帰らなくてはなりません。これからは、自分の名誉は望みません。ただ、真の芸術を創造したいと望むきりです。

ピアノを持っていませんので、進歩が遅いかもしれませんが、ピアノを習います。そして本を読みながら声楽を勉強します。このふたつしか、私にはありません。

努力、勉強は少しも苦しいとは感じません。むしろ楽しい幸福なことです。

けれど、思うままに学べないというのは、やはり苦痛です。

東京には親に学費を出してもらっていながら、カフェー遊びをする人もあんなにいるのに。世の中にはブルジョア、プロレタリアートがあり、私は後者。いつもお金の壁に阻まれてしまいます。

けれど、遊ぶだけの放埒《ほうらつ》なブルジョアにはなりたくありません。

できるだけ前に進む。その言葉通り、私は実行する決心です。

自分のことばかり、書いてしまいました。でも貴方に手紙を書きながら自分の感情を整理することができました。

ロンドンへは船で五〇日の旅ですね。

私も大連に行ったときに、わずかですが船で過ごしました。海を見ながら、人間の小さいこと、世界は広いことなど静かに考えることもできました。
貴方のお手紙が私の力です。すがり、信じ、突き進む、絶対の大いなる力です。
貴方が洋行なさった後のことを考えると灯りを失うように感じられます。
貴方に私を信じ、導いてくださるお心がある限り、私に力を与えてください。
お返事、勉強のおひまにでも簡単で結構ですから、絶えずくださいまし。
ご健康を祈りつつ。

内山金子

親愛なる古関様』

金子は豊橋に帰った。東京にいる間に二週間がたっていた。

4

豊橋に戻って一週間ほどしたころ、突然、金子の就職が決まった。就職先は、名古屋の健康第一会という会社だった。

健康第一会は、政府から補助を受けて運営している会社で、工場に働きに出ている女工の健康のために、種々のニュースを冊子にして配布したり、全国の工場で健康にまつわる講演会、音楽会などを開催している。

社長の村田千吉は、高女時代、金子の作文が三年を通して一〇点満点だったことや音楽が好きなことを知り、ぜひにと迎えいれてくれたのだった。

村田の家に下宿させてもらうことも決まり、あわただしく金子は家を離れた。

村田は、父が軍の獣医だった頃に知り合った六〇過ぎの人物で、健康第一会だけでなく、保険の代理店なども手広くやっている温厚な男だった。

今年還暦を迎えた妻の康子は生け花の名取りの看板をあげており、弟子も多い。豊かな髪をきれいに結い上げ、小太りの体をいつも太縞の少し粋な着物で包んでいる。

村田夫妻には、東京の会社に就職し、働きながら経営を学んでいるひとり息子がいるが、自宅に戻るのは盆と正月だけ。女の子が珍しくもあり、夫婦は何彼《なにか》と金子の世話を焼いてくれた。

当時、女工たちのほとんどは紡績工場で働いていた。生糸の生産は当時の輸出総額の多くをしめており、富国殖産の要《かなめ》だった。現金収入の少ない農家の娘たちが一二歳そこそこで家を離れ女工となる。わずかな賃金で、長時間労働を強いられていた例も少なくない。

健康第一会は、そうした娘たちを支えるための組織だった。

職場で、金子は編集部員として原稿を書くだけでなく、ピアニストの小股久の音楽会の手伝いもまかされた。

金子は、この幸運を逃しはしなかった。小股に懇願し、週に一回ピアノを習い、普段の練習に中京高等女学校のピアノを使わせてもらえるようとりつけた。

小股は童謡の作曲で有名な音楽家だった。ＪＯＡＫ名古屋放送局の仕事をしたのがきっかけで名古屋での音楽活動が増え、名古屋に居を移したという人物でもある。

一方、勇治との便りのやりとりの頻度は増す一方だった。夜、手紙を書き、翌朝にポストに投函し、昼休みの合間にも筆をとり、郵便局に寄って帰る。勇治からもまた、二日に一回、ときには毎日手紙が届いた。

だが、どうしたことだろう。かわいらしく写っている写真を選りすぐり、金子の写真を送って以来、三日ほど勇治からの手紙が途絶えた。

写真が気に入らなかったのだろうか。

金子の容貌が好みではないのだろうか。

金子は不安でたまらなくなった。誰もが振り返る美人ではないというのは自分でもわかっているけれど、人を不快にさせるような顔をしているわけではない。百歩譲っても、かわいい部類に入る顔だと自負している。

それなのに、手紙がこない。

こういうときに限って、みつから、見合いをするようにと懇々と説得するようなはがきが届いたりする。それが金子の幸せのためだと信じているみつは決してあきらめない。

勇治は金子が嫌いになり、邪魔になったのか。

他に好きな人ができたのか。

夢も希望も勇治とともにあるはずの金子の未来も、粉々に砕け散ったかのように思えた。

苦しく切なく、悲しみで金子の胸ははち切れそうだった。

その日も勇治からの便りはなかった。

『昨日も一昨日も、その前も毎日貴方のお便り待っていました。そして今日も今も待っているのです。

私は泣けそうです。いったい、貴方はいかがなすったのでしょう。

東京へいらしたのかしら。それとも体をいためたとかおっしゃっていたのでお病気にでもおなりになったのかしら。

ね、本当にどうなさったの？　こう書いていても涙が出そうです。何か、私のさしあげた手紙に気に入らないところがあったんですの？　それだったらごめんなさい。

私は貴方の写真を肌身離さず持ち歩いて、いつも眺めています。夜の勉強にも、眠くなると貴方のお写真を見直してはまたやります。

お送りした写真、あまりに不美人で驚かれたのでしょうか。顔も瞳もまん丸で、唇が小さくて薄くて。でも歌を歌うときには大きくなりますのよ。瞳はまじめになると、光ってじっとしています。笑うとまぶたがふくらんで、とても優しくなると人にはいわれます。

運命の前に、自分が小さい、はかないものに思われてきます。

死にものぐるいで未来を切り開いてみせようとしていますのに、なるようにしかならないというあきらめの気持ちが、私をさいなみます。

最も大きな不安は、貴方に忘れられるということです。なにとぞ、私を導いてくださいませ。お願いいたします。

貴方の手紙が数日途絶えただけで、こんな気持ちがするなら、貴方が外国へいらしたら、私はどんな気になるでしょう。耐えられるでしょうか。

明日の朝、貴方からお手紙がきたら、どんなにうれしいでしょう。

こちらにいらっしゃる間だけでもお手紙をください。

お体がお健やかでありますように。お祈りしています。

内山金子

敬愛する古関勇治様のもとに』

悲しみをこらえて、顔をあげ、仕事に行く。夜は楽譜を見ながら、ハミングを繰り返す。紙にかかれた鍵盤の上で指を動かし、実際にピアノを練習する日に備える。

時間が過ぎるのが遅く感じられてならない。自分が勇治に忘れられたのではないかと思うと胸がしめつけられる。気がつくと涙ぐんでいることもある。

いつのまにか、名古屋に春が来ていた。

外を歩けばほんのりあたたかな風が頬をなぶり、穏やかな陽光が町を照らしている。街路樹のシダレヤナギの葉がいつのまにか淡く芽吹き、柔らかな緑が通りを染め、名古屋城のまわりがほんのり桜色に変わりはじめている。

自分は勇治に恋をしているのだと、金子は認めざるを得なかった。恋は唐突にはじまったわけではない。手紙を書いたあの日から、勇治に恋心を抱き始め、やりとりが重なる中で、のっぴきならないほど好きになっていた。

ただ、恋をしている自分を自覚するのは恥ずかしく、勇治は音楽の世界に導いてくれる尊敬する人物だと自分に言い聞かせていた。

けれど、手紙が途絶え、本当の気持ちを自分に隠すことができなくなった。

もうあきらめようとも思った。自分の思いを認めた途端、恋が終わるなんて、悲しすぎるが、音楽にかける思いをわかってくれる勇治のような人がこの世の中にいることがわかったのだ。勇治と知り合えてよかったのだと、金子は自分を必死でなだめようともした。

でも、やはり納得ができない。突然連絡が途絶えるなんて。勇治の身に何かあったに違いない。気がつくと、金子は唇をかんでいる。

勇治からのはがきがやっと届いたとき、たまらず金子の目から嬉し涙があふれた。はがきには、体調を崩し数日間、静養していたことと、金子の写真を受け取ってうれしかったこと、手紙を出せなかった謝罪の言葉があった。

すぐに金子は返事を書いた。

『おはがきいただきました。お許しくださいませ。

私は貴方を一時疑いました。もうお返事をいただけないなら、すっかりあきらめて、ただ自分ひとりの力を信じて進もうと決していました。

お便りをいただけて、こんなにうれしいことはございません。胸がいっぱいです。寝ることすら忘れて勉強をなさっているご様子、貴方は心配しないでとおっしゃいますが、心配で心配でたまりません。

貴方がお弱ければまたいっそう、貴方のことが思われます。

私は貴方が大好きでたまらないのです。最初にお便りをいただいたときから。

文は人なりというのは、本当のことだと思います。

私は生一本で熱情的で、生涯を意義あらしめたいと、目的に対して勇気を持って進む人間です。けれど、あなたの情熱に比すれば情けないばかりです。

貴方のような偉大な男性と、私ははじめて出会いました。貴方のよき理解者であり、友でありたいと望んでいます。

古関様、貴方の手で、私に貴方の友としての資格を与えてください。絶えず導いて下さい。

貴方のお手紙を胸に抱き、私は今、嬉しさに涙をあふれさせています。

金子　』

数日して、熱烈な手紙が戻ってきた。

『貴女は私の最も親しい友だちです。否、友だち以上のものです。今さら、友だちにしてくれなどと言わないでください。もう前から親友じゃありませんか。

私の理解者で後援者は、ただひとり、金子さん！　貴女だけです。

文通によって友となった貴女がこれほど私を慕ってくださいまして、本当になんとお礼を申し上げればよいのやら、わかりません。

幾百の友人を持つよりも、ただひとりの最も良き自己の理解者を持つこと、その素晴らしさを今、私は実感しています。

一度もお目にかかったこともないのに、貴女の手紙を読んでおりますと、友として越えてはならないある垣根を越え、友以上の存在と感じています。

ふたりは遠く離れていますが、私のこの気持ちは永久に変わりません。どんなことがあっても、貴女を忘れることができません。

最も良き、私の芸術の理解者となってください、私のお願いです。

私は自分の創作する芸術に対し、最大の満足を感じています。いかに外部の人々が反対しようが、自分の意思を、音を通して表現するとき、限りない喜びを感じます。

仕事が忙しくなったそうですね。職業を持つことは芸術の勉強には邪魔になるかもしれません。しかし、一定の職業があれば、生活の安定が得られます。大変でしょうが、芸術の勉強はしっかりなさってください。

名古屋には、商業学校在学中に修学旅行で行きました。豊橋市は汽車で通っただけでした。

そのころ、金子さんは豊橋にいらっしゃったんですね。本当に不思議な二人の運命ですね。

名古屋では、鶴舞公園に行きました。いいところですね。もう桜は咲いたのでしょうか。貴女のお写真を前にして、お手紙を読むと、貴女のそばにいて、話をしているかのような気がします。

私の最も愛する（これ以外に自分の胸中を表現する文字はありません）内山金子さん。

私のことを信じてください。

❤の持ち主　古関勇治より

私の最も慕ふる　内山金子様』

同じ日に、もう一通、勇治から手紙が届いた。舞踊組曲『竹取物語』のレコーディングがイギリスで決まり、四八枚のレコードを送ってもらうことにしたが、そのうちの一枚を、金子に送るように手配したという。そして、次のように結ばれていた。


『貴女のために、全精神を音楽に注いでいるこの哀れな病弱な作曲家をいつまでもいつまでも愛してください。

一九三〇年、なんて幸福な年でしょう。

貴女が恋しくて恋しくて心が躍ります。

作曲家ロバート・シューマン古関勇治より

私の恋しきクララ・シューマン

内山金子様　御♥に』

愛と芸術に生涯を捧げたといわれる作曲家ロバート・シューマンが恋したのは、わずか九歳でモーツァルト・ピアノ協奏曲のソリストを務め、天才少女と呼ばれ、ドイツで最も高名なピアニストとなった美貌のクララだった。

それまでもっぱらピアノ曲を書いていたシューマンは、クララとの結婚を機に歌曲を書き始め、結婚した年だけで一〇〇曲以上の作品を残している。その年に発表された歌曲集『詩人の恋』の『美しい五月に』が金子は好きだった。ハイネの詩だ。

とても美しい五月に　すべてのつぼみが開く
僕の心の中には　恋が芽生えた
とても美しい五月に　鳥たちはみな歌う
僕は彼女に打ち明けた　彼女への憧れと想いを

嬰《えい》へ短調（Fis Moll）で、伴奏はずっとピアノのアルペジオ。安定した主和音ではないゆえに、あやうげで、美しく、恋愛の喜びやときめく心、不安が入り交じった若き恋が描かれている。

勇治の手紙を読むたびに『美しい五月に』のメロディが金子の脳裏に流れ出す。

『私もどんなに貴方を愛していることでしょう。朝夕、お写真に祈りを捧げております。現在の私は本当に幸福です。貴方の愛は、私の全精神を支配しています。私の一番の喜びは「貴方に愛されること」なのです。

貴方は私の恋しい方です。初恋です。最初の恋です。そして私の最後の恋にいたします。世界一、強い恋です。

貴方をおいて、私の恋人はありません。私は貴方を一刻もわすれたことはありません。夜中に貴方を夢見て、眠られなくなることもあります。

貴方のお写真に話しかけるときには涙が出て、どうしようもなくお会いしたくなって胸が苦しくなります。

やがて喜ばしい現実が巡ってくると思い、今は何もかも時に任せましょう。

私は勉強します。貴方が命をかけて栄冠を得られたように、私も命をかけるつもりです。『竹取物語』のレコードをお送りくださるとのこと、夢ではないかと思いました。美しいいくつかの場面を思い浮かべ、貴方の曲を聴く喜びを感じています。貴方の曲は音楽界の驚嘆の的となるでしょう。私はうれしくてなりません。

私の胸が今破れそうに興奮しています。

愛する、そして恋しい、好きでたまらない貴方！

朝に夕べに、貴方の健康を祈ります。貴方のことを思います。私の心が貴方を取り巻いて、固く抱擁するに違いありません。そのとき、貴方は眠ってください。

尊い使命を与えられている貴方です。どうぞ健やかでいてください。調子がよくないときには、お便りをくださらなくても私は貴方を信じています。そして愛しています。

一世紀に一つの恋！　どこかでそんな言葉を聞いたような気がします。私たちの恋こそ、それに違いありません。これ以上に愛するということはできませんもの。

ひたすらに貴方の健康を祈りつつ　金子より
私の命、愛する愛する　古関勇治様』

『昨夜疲れた体で創作にふけりました。快活なリズム、ハーモニーが体の中から流れ出ます。五線紙はすぐに二枚、三枚と書かれていきます。

昼、久しぶりにテニスをしたのですが、シャツの中に貴女のお写真を入れていて、汗で汚れたのではないかと心配しつつ、そっと出してみました。

今、こんな夢が胸に浮かびました。

私がピアノを弾いています。貴女がステージであの美しい瞳を輝かして『山ざくら』を歌っています。聴衆は熱狂して、「スゴイ、アンコール」とやっています。

夢！　これが本当であったらと思いました。

古関勇治
最愛のディーバ　金子様』

勢いが止まらない。一度、この手から離れたと思った大切な恋が戻ってきたのだ。まるで新たな空気を得た炎のように、恋心は赤々と燃え上がる。

熱烈な手紙のやりとりの中で、お互いが抱える様々な事情がわかってきた。勇治の音楽への情熱をまわりは理解しているが、音楽の世界で生きることを家族は快くは思っていない。ロンドンでの授賞式には主宰者から招かれているものの、留学の滞在費まではまかなってくれず、勇治はその点にも頭を悩ませていた。

また、仕事と作曲で無理を重ねているために、もともと体が丈夫ではない勇治はすぐに寝込んでしまう。一度、熱をだすと、数日間、床から出られない。

親たちは独り者の勇治を心配して、見合いの話を持ち出すようになっていた。


『下宿している家は高台にあるので、二階にある私の部屋の窓から、電気で照らされた公園の夜桜が大変美しく見えています。今夜は夜桜見物に行こうと仕事仲間と言っていましたが、今し方雨が降り出したため、窓から見物ですの。

やってみるとこの仕事もなかなかおもしろくございます。昨夜は当地の東洋モスリン工場でハーモニカ演奏会を開催いたしました。工場には、石井漠《いしいばく》について舞踏を勉強した方がいて、すっかり話があってしまいました。

そして改めて、食べるだけでなく、自分の品性を磨き、真の良き人になりたいと思いました。

妙に人懐かしい気のする夜です。先日受け取った貴方の封筒に赤い音符が描かれていました。それね、私も大好き。偶然なんですけど、あなたの手紙を入れているクリーム色の箱に、私も赤いインキで深紅のハートと音符を描いているんです。なんだか不思議でしょう、同じことをしているなんて。私たち、よく似ているのかしら。

♥金子

♪こせきさま♪』

勇治から金子の元に、手紙だけでなく、自分の名入りの五線紙、講演の原稿なども届いた。その名前は「古関裕而《ゆうじ》」だった。本名の勇治では勇ましい感じがするので、音楽家らしい裕而という名前をペンネームにすることにしたと書き添えてあった。

これからは、勇治ではなく裕而という文字を使ってほしいとも。

『貴女に、私を裕而と書く最初の人になってほしい』というくだりを読んだときには、金子は嬉しさで涙ぐんでしまった。

『五線紙も講演の原稿も、どんなに嬉しかったでしょう、胸が破れそうに高鳴りました。五線紙はもったいなくて使えません。一枚一枚へってしまうのはいやですもの。貴方からいただいた、貴方の名前が入ったものですから。

今夜は冷気がみなぎって、清らかな月が晴れ渡り、空が澄み切っています。

この美しい月光は貴方の部屋にも流れ込んでいることでしょう。私の代わりに忍び寄って、貴方の唇にひそやかなキスをささげるように――
貴方の耳元におやすみなさいとささやきます。

金子

私の最愛なる古関裕而様』

裕而は絵もうまく、自分が住んでいる川俣町の風景をスケッチして金子に送ったりすることもあった。金子が読みたいというと、音楽家の伝記本なども送ってくる。

『この町が川俣です。金沢、福井とともに、輸出用絹の産地として知られています。ほーら、耳を澄ましてごらんなさい。機《はた》の音が聞こえるでしょう。町の人々の八割は機織り業についています。

遠くに花塚山が見えます。花塚山は南北朝時代に北畠顕家《きたばたけあきいえ》が拠点とした霊山《りょうぜん》と山続きで、阿《あ》武隈《ぶくま》山脈の一部の山です。その左の山は故郷の福島市の近くまで続いています。

その手前の緑豊かな小さな丘は岩杉山公園で、今はツツジが咲いていています。岩杉山の下に川俣小学校があり、そのさらに左に停車場があります。

右のもっとも前にある杉の森のそばを通り、左手に折れて山を一里ほど行けば温泉がありま
す。

山に立って日の光を受け、青葉若葉の匂いを喫し、若い若い青空を望むとき、私は非常に嬉しいです。この自然の中に、私と貴女と二人が結ばれたのです。

永久に離れますまい。いな、離れちゃならないのです。約束してください。金子さん。

二人が今日、相愛するようになったのは、二人の心の美しさがそのようにしからしめたのだと思います。

私を信じてください。貴女のために、芸術に精進している私です。貴女ひとりに頼って作曲に進む自分です。貴女よりのお便りが私の芸術興奮剤です。

貴女以上に熱烈なこの私の恋を、いつまでもいつまでも育ててください。

私の手紙、皆さんが変に思いませんか。毎日でも一日に何度でも、書きたいくらいです。私たちは手紙でのみ、話すことが許されているのですから。ではまた。

裕而より

愛人以上の愛人　恋人以上の恋人　内山金子様』

『見事なスケッチ！　軽妙な線の動き！

うららかな陽光に照らされている山々の美しいこと。

貴方は本当にすっきりした気持ちで山を眺め、スケッチを描かれたんですね。私もまるで貴方と一緒にそこに立っているかのような気持ちになりました。あなたが優しく指さして、それぞれの山の名前を教えてくださって、一心に私はそれを見つめるような幸福感でいっぱいになりました。

私も一度、そちらへ行って、一緒に山に登ってみたい。いつか一度。

シューマンの伝記、読ませていただきました。シューマンは多感多情ね。ずいぶん、あちこちの女に恋しましたのね。

でもやっぱりクララが最後の人でした。クララはずいぶん優れた婦人ですね。シューマンはどんなに慰め励まされたことでしょう。やはりシューマンにはクララでなければならなかった、のですネ。

私、貴方にお会いしたら好きで好きでたまらなくなると思います。困ってしまいます。あまりにも好きになっちゃうんですもの。私、貴方が離せなくなりました。約束しましょうね。お互いに離れやしないと。

でも貴方は行っておしまいになる。私も一緒に行けたらいいのに。

貴方が寂しくて泣いてるときは、私も同じに泣いているでしょう。貴方が私を思ってくださるときは、私も貴方が恋しくてならないのを我慢して勉強しているのです。

貴方がロンドンへいらしても、貴方のお心がアルプスも太陽も超えて私の周りを取り巻いていてくださると思えば、私は楽しく元気な日が送れることでしょう。

どうぞ貴方のお力で、私を晴れやかな心にしてくださいませ。貴方の愛によってのみ生きがいがある気がします。

貴方に抱きしめられたい、貴方の金子より

会いたくてたまらない私の恋人　古関裕而様』

三ヶ月の間に、行李ひとつ分の手紙が福島と名古屋を行き交った。

金子の詩「きみ恋し」に曲をつけ、譜面も送ってくれた。

裕而はさらに、この間に創作した、オーケストラ一三曲、歌謡曲一〇曲、室内楽三曲、計二六曲を、「そのすべてを『私のクララ』であるあなたに捧げます」という手紙と共に送り届けた。


裕而を知るまでは、金子は福島のことは何も知らなかった。

名古屋から東海道本線で東京まで約七時間半。

上野から福島までは北へ約七時間。遠い国だった。が、今は違う。

緑豊かな山に囲まれた美しい町・福島。音楽と金子を愛する裕而が住む町だ。


『アス、五ジ、ナゴヤエキデ　マツ　　ユウジ』


昭和五（一九三〇）年五月末のある日、金子の元に電報が届いた。

裕而が名古屋に来る？

あまりにも唐突だった。

幾度も会いたいと手紙に書き、いつ来てくれるのかと金子は迫ったこともある。

でも、なんの前触れもなく、こんな風に突然、裕而が会いに来るとは思いもしなかった。

にわかには現実だとは思えない。

「どうしたの、何か大変なこと？」

夜、電報を受け取ったまま、立ちすくんでしまった金子を、村田の妻・康子が心配そうにのぞき込んだ。

「なんでも……いいえ、福島の音楽家の方が名古屋にいらっしゃるとの連絡で……」

「あら、毎日、お手紙をくださるあの方？」

「……ええ」

康子は心配そうに顔をしかめた。

「何時にお会いするの？」

「……五時に駅で」

ふっと康子は天井を見上げた。

「そう。……その方がいい人であっても、夕方に若い男女がふらふらするのは褒《ほ》められたことじゃありませんわね。ここにお連れしなさいな」

「いいんですか」

「ただし、夕食前にお帰りいただきましょうね」

康子はきっぱりという。金子はうなずくよりほかなかった。

その晩、髪を念入りに洗い、顔には、バニシングクリームをたっぷり塗りこんだ。

あんなに待ち望んでいたことなのに、いざ、裕而と会うとなると、言いしれぬ不安がこみあげてくる。

自分と会って、どう思うだろうか。がっかりされたらどうしよう。

もう離さないと手紙では何度も書いてくれたけれど、そのことは忘れてくれと言われるかもしれない。

君の声は思ったものとは違うと言われるかもしれない。

ほとんど眠れないいまま、金子は朝を迎えた。

鏡台の前で髪に香油をつけて念入りに櫛を入れ、ひとつにまとめた。肌色美顔水を首にまで薄く塗った。淡い紅色とクリーム色の着物に、蝶々が描かれた白地の名古屋帯を締め、クリーム色の帯締め、淡い紅色の帯揚げを結ぶ。この季節の、金子のお気に入りだ。

用事があると主任に無理を言って、四時半で仕事をあがった。

会社を出るときから、心臓は早鐘のように鳴り始め、口から飛び出しそうだった。一刻も早く会いたくて、自然に早足になる。

客待ちの人力車の間を縫うようにして、金子は名古屋駅の正面口に向かう。

裕而はまだいない。そのとき、ガタンガタンという機械がこすれるような音が聞こえ、石炭が燃える煙の匂いが強くなった。ポッポーという汽笛の音が続く。

改札係は、構内に入るお客の切符に、ひっきりなしにはさみを入れている。

キキーッと蒸気機関車のブレーキ音がし、「名古屋、名古屋」という係員の声が続く。

「四時五四分発、大阪行きにお乗りの方はお急ぎください」

駅の時計は四時五二分をさしている。

きっと裕而はこの列車に乗っている。金子の心臓が跳ね上がった。

唇をひきしめ、金子は改札口を見つめた。

どっと人々がやってきて一列になって出てくる。

その後ろのほうに、裕而がいた。白地の絣《かすり》にセルの袴をはき、小さい旅行カバンをさげている。

裕而も金子を一心に見つめている。空中で視線がからみあったかのようだった。

裕而の姿が不意にぼやける。あわてて金子は手巾《ハンカチ》で涙をぬぐった。

改札を抜けた裕而は、金子に駆け寄った。

「やっと会えた」

柔らかな声でいう。

写真で見るよりもずっと若々しく、少年のような面差しをしている。細面で色が白い。金子がうなずくと、澄んだ目が優しげにほころぶ。

「このときを心待ちにしていました」

裕而は旅行カバンをおろすと金子の手を握った。金子の心臓がまた跳ね上がる。裕而は腕をひき、小柄な金子の体を胸にひきよせた。

「人が見てる。恥ずかしい……」

「このまま時が止まればいい」

抱きしめられているわけではない。ただ手を握り、胸と胸がふれあっているだけだ。それでも、金子は全身が裕而に包み込まれているような気がした。

あたりは黄昏《たそが》れていて、駅前を行き交う車や人力車、すべてが影絵のように思える。機関車が動く音も、町のざわめきも心なしか遠くに聞こえる。

裕而の手が熱かった。青臭いような匂いは裕而が発するものだろうか。金子は手に力をこめ、握り返した。

5

それから一ヶ月、ふたりが一緒に豊橋の駅で東京に向かう列車に乗り、こうして出発を待っているなんて、いくら金子でも想像さえしていなかった。

今日は東京で一泊し、翌日、上野でまた列車に乗り、裕而のふるさと福島に向かう。

「体に気をつけて、向こうの皆さんにかわいがってもらうようにね」

みつはくどいほど繰り返している。娘を送り出す母がなんだか小さく見えて、金子は切なくなった。

「お姉ちゃん、お手紙書いてね」

「元気でね」

「わがまま言っちゃダメよ」

甘えん坊の寿枝子、しっかりものの貞子、おきゃんな松子、そして頼りになる姉・清子がそれぞれ別れを惜しむ言葉を口にし、手をふった。

「あたしより先に金子が結婚するなんてね。思ってもみなかった。幸せになるのよ。そして私の結婚式には必ず帰ってきてね」

「わかった。お姉ちゃん、いろいろありがとう」

開けた窓から手をだし、金子は清子と手を握った。

汽笛がなり、煙突から白い煙が勢いよくあがった。

「ばんざ～い！　ばんざ～い！」

突然、母が両手をあげて叫んだ。大まじめな顔で、操り人形のような動きで両手をあげ続ける。一瞬、ぎょっとした顔で振り向いて母を見た姉妹たちも、すぐに万歳に加わる。

列車は豊橋を離れた。母と姉妹の姿が小さくなり、見えなくなる。

すぐに町並みが切れ、田園風景に変わった。緑の田んぼが広がり、遠くに朝の海が光っている。

「ありがとう。いよいよ僕らの暮らしが始まるんだね」

膝の上にのせていた金子の手に、裕而は手を重ね、白い歯を見せた。

金子はこくんとうなずく。その瞬間、不意に涙がこみあげた。

「家を離れるのがやっぱり寂しいのかい？」

「いいえ。嬉しいの。貴方とこれからはずっと一緒ですもの」

金子は涙をぬぐいながら、笑ってみせる。

涙の理由がわからない。でも涙はひっきりなしにあふれてきて、金子の頬をぬらした。

この一ヶ月は怒濤の日々だった。

名古屋駅で出会ったふたりは、手をつないだまま、金子の下宿である村田家に行った。

どこから何を切り出していいのか、わからなくて、声がでなかった。話したいことはありすぎるほどあるのに、胸がいっぱいで、言葉が見つからなかった。

ただ裕而を見つめているだけで、金子は幸せだった。

「今日はどちらにお泊まりになるんですの？」

「駅前の旅館に」

あっという間に時は過ぎ、村田夫人はやんわりと帰るようにいった。六時を少し過ぎたばかりだった。

「ちょっと送ってきます」

「早くお帰りなさいね」

ふたりで、ガス灯がともり始めた道を歩く。小さな公園の前にくると、裕而はベンチに腰掛けようといった。

「僕は、誰にもいわずに、貴女のところに来てしまったんだ。貴女に会いたくて、ただそれだけで」

つとめている銀行に連絡も入れず、親にも伝えず、自分の貯金を全部おろして、列車にとび乗ってしまったのだと、裕而が打ち明けた。

「来てよかった。……貴女に会えたのだから」

ふたりで微笑みを交わす。幸福とはこういうものかと金子は思った。

さわやかな宵で、月がほの白く空を照らしはじめていた。

その瞬間、いきなり肩を抱かれ、体を引き寄せられ、気がつくと金子は裕而の胸の中にいた。裕而の体温が密着した体から伝わってくる。

「僕と一緒にいてほしい。もう離れたくない」

頭上で、裕而のかすれた声が聞こえた。

金子は返事のかわりに、裕而の体にきゅっとしがみつき、きつく目を閉じた。

金子は村田家には戻らず、裕而とともに駅前の俵屋旅館ののれんをくぐった。

裕而はその晩、イギリス留学をとりやめるということも、金子に告げた。留学費用がどうやっても算段できないのだという。

この時代、留学は庶民には手の届かない、貴族や資産家子息などに限られた特権だった。

「すごく残念……でも私、正直言えば嬉しいわ。貴方と離れずにすむんですもの」

裕而は金子の額を指でぽんと押し、ふっと笑顔になった。

「僕もだ。もう貴女と決して離れないよ。貴女を帰さない」

金子は潤んだ目で裕而を見つめ、こくんとうなずいた。

何時になっても金子は戻ってこない。文通をしていた若い男性と出かけて帰ってこない。村田家はもちろん、金子が行方不明になったと連絡を受けた内山家も大騒ぎになった。

俵屋旅館に、清子の婚約者である謙治が迎えにきたのは三日目の朝だった。

みつは、名古屋駅前の旅館にそれらしき男女がいないかどうかと電話で尋ねまくり、居場所をつきとめたと後で知らされた。

こうなった以上、豊橋の家でゆっくり話し合おうと謙治に説得され、ふたりはその夜遅く、豊橋に戻った。

「ご迷惑をおかけしてすみません」

「ごめんなさい」

決まり悪さでいっぱいだったが、ふたりの愛を成就するためにはひるんではいけないと金子と裕而は気持ちを奮い立たせて実家に戻ってきたのだ。

「本当にえらいことをしてくれて」

みつは肩で息をし、見たこともないほどきつい目をしていた。

女手一つで手塩にかけて育てた娘が、どこの誰ともわからない青年ととんでもないことになったわけで、怒りがおさまらない。簡単に納得などできるものではない。

それでも福島の実家の方でも心配しているだろうと、「とにかく豊橋の私どもでお預かりしていますからご安心ください。詳しくは手紙でお知らせします」とみつは連絡を入れ、その晩は今後のことを遅くまで話し合った。

裕而の受け答えがとても丁寧で品がよかったこともあり、みつは逆上することもできなかった。もちろん、結婚を許す気持ちにはほど遠く、翌日からは金子を別室に呼んで盛大に愚痴を並べ立てることになった。

「作曲したものが一度イギリスで入賞したからといって、生活はどうするつもりなの？　つとめている銀行に届けも出さずに来ちゃったんでしょ。まったく子どもじゃあるまいし」

金子は唇をかみしめてみつの話を聞いた。

「私は裕而さんと芸術の世界で生きたいの」

「生きたいといったって、ちょっと作曲ができるくらいでどうやって食べていくつもり？　そんな人は何万人にひとりなのよ」

「どうなろうとふたりは離れません。どんな苦労も覚悟しています」

金子は健気に言い切った。裕而とさえいられれば幸せだという自信は揺らがない。母は困った顔をして、ため息ばかりついていた。

その夜遅く物音がしたような気がして、金子はふと目覚めた。足音をしのばせて階段をおりる。母がお勝手の隅っこにしゃがみこんで、両手で顔をおおい、声を押し殺しながら振り絞るように泣いていた。

金子は母に向かってそっと頭を下げ、寝床に戻った。

あの気丈な母を泣かせたのは自分だ。けれど、母のいうような生き方はもうできない。裕而と別れることはできない。

親不孝な娘だと、母への申し訳なさに涙があふれた。

翌日、福島から裕而の父・古関三郎次《さぶろうじ》が明日、そちらに伺うという連絡がきた。

いよいよ大事になると金子は覚悟したのだが、裕而は意外なほどのんびりしたものだった。家にあるマンドリンや琴、オルガンなどの楽器を夢中になって弾いている。

そんな裕而の姿がまぶしかった。北原白秋や三木露風《みきろふう》などの詩につけた自作の曲をも披露してくれる。どの曲も哀調があり、美しかった。妹たちが作曲をせがむとさらさらと、五線紙に音符を連ねていく。

金子はもちろん、音楽好きの姉妹も大喜びで、譜面を見ながら合奏したり、金子がハミングをつけたりする。

その合間に、母が顔をだし、金子の袖をひっぱり別室に連れて行く。また説教だ。

「あの人、自分が今、どういう立場で、どこにいるのか、わかってんの？」

「音楽に生きているの。それがすべてなの」

「非常識過ぎて、あきれるわ」

「それ以上、言わないで。お母さん、私はそういう裕而さんが好きなんだから。好きな人と思うとおりに生きたいのよ。お母さんとは生き方が違うの」

口にしてから、言い過ぎたと金子は唇をかんだ。

母が反対するのも、自分の幸せを思ってのことだとわかっているのに、裕而を悪く言われるとついカッとしてしまう。

「さあ、明日福島から来るのはどんな人やら」

みつは嫌みをいってため息をつき、店に戻っていった。

裕而の父・古関三郎次は紋付き羽織袴で現れた。

「このたびはせがれが大変なご迷惑をおかけいたしまして」

三郎次は深々と、みつに折り目正しく頭を下げた。裕而と面差しがよく似ている。髪は真っ白、目元には優しげなしわが刻まれていた。

三郎次もまた、金子と並んで座っている裕而を見て最初は驚きを隠せなかったが、ふたりが一緒になる覚悟をしているとわかると、腕を組み、しばらくしてうなずいた。

「こうなった以上、ふたりはどんな苦労も覚悟しているだろう。それはわかった。しかし、とにかく親戚一同心配しているんだ。裕而は福島に戻り、銀行にもお詫びをし、これからのことを相談してはどうだろうか」

穏やかにいった三郎次を、裕而はきっとにらみ、首を横に振る。

「福島にひとりでは帰りません。帰るなら、金子さんとふたり一緒です」

いきなり結婚というのは、いかがなものかと、三郎次が言葉を尽くしていさめても、裕而は首をたてにふらない。

「こちらのお宅だって、ふたりが結婚するなんて寝耳に水だろう。音楽の道で食べていけるかどうかということも、ご心配なさっているだろう。ものごとには順序がある。それでもすぐに結婚するというのか」

「僕には音楽と金子さんしかないのです」

「何があっても、私は裕而さんについて行きます」

金子も裕而に続いてきっぱりといった。

三郎次はため息をもらし、天井をみつめた。

やがて三郎次は根負けしたようにいった。

「わかった。それでは私が先に帰って皆に話をしておこう。それからふたりで福島に戻り、親戚たちに挨拶回りをしなさい」

結婚してから長い間子どもに恵まれず、養子を迎えようかという話が出た矢先に、裕而が生まれ、それゆえに大事にかわいがって、伸び伸びと育ってしまったと三郎次はみつに語った。

「我が家は福島市の中心の大町で『喜多三《きたさん》』という名の呉服屋を代々営んでおりまして。福島市内有数の呉服屋だったんですが、私が友人の借金の保証人をしたために、小僧たちはもちろん番頭にもやめてもらうことになりまして、今は私ひとりで細々とやっております」

しかし親戚の多くは福島の名士であり、外交官や銀行家も輩出していて、裕而が勤める川俣銀行も母ヒサの実家が営む企業のひとつだともいった。

翌日、三郎次は福島に帰った。

急に結婚が決まり、それも相手はかつて福島で名だたる呉服屋の息子だということで、変な着物は持たせられないと、みつは大慌てだった。呉服屋を呼び、訪問着や帯など目を皿にして吟味しはじめた。

金子は健康第一会や村田夫妻、ピアノを習っていた小股や、女学校からの親友などにも挨拶に行かなくてはならなかった。

ばたばたしているみつと金子に対して、裕而は日がな一日、オルガンを弾いたり、五線紙と向き合っていたが、音楽家・古関裕而が豊橋に滞在していることをどこからか知った地元の新聞社に頼まれて、急遽音楽会を開くこととなった。

「貴女が歌い、僕がピアノ伴奏をしよう」

「まるで夢のよう。貴方の作った曲を私が歌うなんて」

「僕らのはじめてのコンサートだ」

福島に帰るのを延期し、ふたりで一日、オルガンの前で過ごした。

「もっと大きくフレージングしてみて」

「いいね、いちばん高いDに向かっていくけど、フォルティッシモは次の音じゃないか」

「このへんからリタルダンドしようか」

裕而は的確に指示を飛ばし、金子はすぐさまそれに答える。

裕而が音楽を作り、金子がそれを声にする。

裕而が微笑み、金子がうなずく。

それはふたりにとってまさに夢そのものの時間だった。

バンドも交えたコンサートは、大成功した。けれどいいことばかりではなかった。約束の報酬は支払われなかった。会計担当者がお金を持って逃げたのである。

「信じられない。無責任すぎるわ。新聞社が持ってきた話だから新聞社は何があっても支払うべきよ」

「仕方ないよ。楽しかったからいいと思おう。良い友だちにも出会えたし」

憤慨する金子を、裕而は穏やかに慰める。金子はしぶしぶではあるが、うなずいた。正義感が強く、一度怒ったらおさまらなくなる金子が矛《ほこ》を収めたのだ。これには、家族一同驚いた。

「愛だね」とつぶやいたのは、女学校に通っている松子だった。

「結婚が決まると女はやさしくなるのかな」と貞子がいう。

「金子姉ちゃんが引き下がるなんて、初めて見た」と一番下の寿枝子がいった。

その後、「生意気！」と妹たちは金子にさんざんいわれてしまったのだが。

東京には一泊して、翌朝、上野から福島に向かった。

福島の山の美しさと緑の濃さに、金子は息をのんだ。

裕而は車窓に福島の山が見えるなり、指をさして山の名前を教えはじめた。

「東に続いている山、あれは阿武隈高地だ。日本で最も古い山脈のひとつだよ。西の山は磐梯《ばんだい》山《さん》、北には平田山がある。南と北の大地の間を阿武隈川がながれているんだよ」

裕而の家は、福島市の目抜き通りにあり、びっくりするほど立派な家だった。風格ある柱や床の間、手の込んだ欄間《らんま》、ふすま絵も品が良く、相当な財を持っていなければ建てられない家であることがすぐにわかった。

違い棚などにさりげなくおかれた器や鉢も一目で上等な物とわかる。

広々とした大広間、続きの間、畳が敷かれた廊下が続き、ふすまや障子をはずせば一〇〇人の宴会もできそうだ。裏には使用人用の部屋もあり、そちらにも小僧が十数人住み込んでもあまりある部屋数がある。

裕而の母・ヒサは、日本人形を思わせる美しい人だった。瓜実顔《うりざねがお》に筆ではいたような眉、切れ長の黒目がちな目、鼻筋が通り、小さな唇が女らしい。

「裕而の嫁は福島のいいところのお嬢さんをと思っておりましたが、文通を重ねるうちに貴女を好きになったとはねぇ、たまげました」

きれいに結った丸髷《まるまげ》のうなじを押さえながら、ささやくようにヒサはいう。

「母さん、金子さんも音楽家なんだ。僕のいちばんの理解者でもあるんだよ」

「いちばん？　そう……豊橋は名古屋の近くだそうですね。福島とはいろいろ風習も変わるでしょうね。これからはこちらのやり方を少しずつ覚えてくださいね」

そう言われても着いたばかりで、福島の風習など何が何だか金子にはわからない。黙っていると、またヒサの口が動く。

「明日から、裕而は川俣やらなんやらあちこちにお詫びに行ってもらわないと。今回の件ではずいぶん不義理をしてしまいましたから」

「挨拶には金子さんも連れて行こうと思うんだけど」

そういった裕而に、ヒサはわずかに眉をひそめた。

「祝言もしていないのに？　それはおかしな話だ。おまえが出かけているときには、金子さんに家の中のこと、覚えてもらいましょう。それでいいでしょ、裕而」

ヒサはぽんぽんと手をたたき、「おまさ」と鶴のような声を出した。しなびた梅干しのような年老いた女が早足で来て、廊下で膝をつく。

「おまさ、この子にうちのことを教えておくれ」

おまさはヒサが嫁いだときに実家からついてきた女中だという。

毎日、裕而は出かけて行く。川俣銀行の頭取である伯父・武藤茂平に会うときにはさすがに緊張を隠せなかった。

商業学校卒業後、音楽を独学で学んでいた裕而に、自分の銀行に勤めないかと誘ってくれた茂平には、今回の家出で最も迷惑をかけてしまった。茂平はヒサの兄である。

「何をいわれても、頭をさげてくるよ」

「がんばってね」

金子に背中をおされるようにして出かけたのに、裕而は上機嫌で戻ってきた。

これを機に、音楽の道をやるだけやってみたらいいと茂平に言われたという。

茂平は、これまでも裕而が勤務中に音楽の勉強をしたり、火鉢でリズムをたたいたりするのを知っていて、見て見ぬふりをしてくれていたのだった。

「せっかくなら、早く東京に出た方がいいともいってくれたよ」

そういって、一通の封筒を裕而は金子に差し出した。川俣町で下宿をしていた伯父の家に届いていたものだった。

「まあ、山田耕筰先生から。裕而さん、山田先生ともお知り合いだったの？」

「一年ほど、手紙のやりとりをさせてもらっているんだ」

促されて金子が封筒をのぞき込むと、手紙と五線紙が入っていた。

山田耕筰の両親は福島出身で、茂平の家に来たこともあり、それが縁となり裕而は自分の気に入った作品を東京の山田耕筰事務所にときおり送っていたという。そのたびに山田は「がんばりなさい」と添え書きをした手紙とともに楽譜を毎回送り返してくれる。

「すごいじゃない。素晴らしいことよ。いくら縁があったって、見所があると思わなければ感想なんて書いてくださらないわ。貴方の才能を認めてくださっているのよ」

「そういってくれると、嬉しいよ。金子は僕を励ます名人だ」

「あら、正直なだけよ」

「僕は幸せだよ」

いつしか、裕而は金子と呼ぶようになっていた。

毎日、金子は蔵の中で着物を縫うようにと、ヒサにいわれた。

蔵には大きな窓があり、十分な日差しが入り、風もぬける。広さも八畳間四部屋ほどもある。しかし、金子は家事の中でいちばん裁縫が苦手だった。母みつがもたせてくれた和裁の本を見ながら浴衣を縫うのがせいぜいだ。

「こんなことをしていて歌の勉強なんてできる日が来るのかしら」

一日に何度も金子の口からため息がこぼれる。金子は自分が喜多三の女将になるとはこれっぽちも思っていない。裁縫がうまくなりたいとも思わない。

ヒサの言うことを聞いているのは、とりあえず裕而の両親となごやかに過ごすためというだけだ。でも、いつまでもいい子のふりもしていられない。

蔵で縫い物をしていると、舅の三郎次が謡曲をうなる声が聞こえてくる。なんでも宝生流だとかで、三郎次は今、謡曲に夢中らしかった。三郎次の声には張りがあった。

西洋音楽では、ことばを次の音にかぶせるようにつなげて歌うことが多いのに、謡曲ではひとつひとつのことばが丸い。それがおもしろくて、金子はふと針を持つ手を止めることもあった。

かと思えば、三郎次自慢の蓄音機からソプラノの歌が聞こえてくることもあった。

世界的オペラ歌手である三浦環の『オー ソレ ミオ』『シューベルトの子守唄』『薔薇よ語れ』、裕而が好きな声だといった関屋敏子の『四葉のクローバ』『ソルヴェヂの唄』、かとおもえば「思い出しますお吉の声を……」から始まる佐藤千夜子の『唐人お吉の唄』や藤本二三吉の『祇園小唄』も流れてくる。

ロッシーニの『ウイリアム・テル序曲』もあればストラビンスキーの『火の鳥』が響き渡ることもあった。

西洋音楽が聞こえると、金子はもうじっとしていられない。思わずハミングし、気がつくと思い切り声をだしていたりする。

「いい声をしてるな」

あるとき、三郎次の声が蔵に響いた。こちらを見られているとは気づかず、レコードにあわせて歌を歌っていた金子はいたずらを見つけられた子どものようにあわてた。

「す、すみません。つい……」

三郎次はにこっと笑った。笑うと、目が糸のように細くなる。

「気にしなくていい。おれもその口だからな。音楽を聴いてるだけでいい心持ちになってしまう。歌えるなら、なおさらだろうよ。歌っていいぞ。蔵で歌うなら、往来までは声は響かない」

……と思う。歌い手になりたいほど歌が好きなんだろ」

冗談めかして三郎次がいう。

「は、はい」

「ただし、手はとめずにな。ヒサの言うことは聞いてやってほしい」

「いつか、あんたの歌をちゃんと聴かせておくれ。で、おれの謡曲はどうだ？」

「……いいお声だと思います」

「世辞はいい。みなに下手の横好きだといわれとる」

ぼそりといったその言い方がおかしくて、金子は三郎次がいっぺんに好きになった。

女中のおまさは言葉はきつい福島なまりだったが、みかけよりずっと親切で、古関家のことや、ヒサの実家の武藤家のこと、裕而の幼い頃の話もしてくれた。

喜多三は、二〇人近くも小僧がいる大店で、東北では仙台についで二台目というナショナル金銭登録機を店頭に備え付け、市内有数の老舗として繁盛していたという。嫁入り用の着物を喜多三であつらえるというのは、福島の娘たちにとって憧れでもあった。

ヒサは福島随一の資産家・武藤家の娘として育った女性だということもわかった。父は貴族院議員、兄は銀行などを経営し、妹は裁判官に嫁ぎ、みな豊かに暮らしている。

喜多三は没落してしまったが、福島の人々は、三郎次とヒサを以前と変わらず、「喜多三の旦那さん」「喜多三の奥さん」と呼んでいるとのことだった。貧しくなっても、ふたりはしゃんと背筋を伸ばし、品良く暮らしている。

「裕而さんはちっちゃいころから歌が好きでね。小学校に入るとハーモニカに夢中になって。年がら年中、ぷかぷか吹いてたんだ。そのうちにオルガンかピアノがほしいって、奥さんにせがむようになって、小学生の時、奥さんに立派な卓上ピアノを買ってもらったんだよ。その日から毎日、ピアノば弾いで、旦那さんは旦那さんで蓄音機ば日がな一日、かげてるし、喜多三は呉服屋でなぐて、楽器屋みてぇだって、町の人にいわれたもんだ」

おまさから裕而の話を聞くのは、とても楽しかった。

親戚への挨拶が一通り終わると、茂平の助言もあり、銀行は辞めて裕而は朝から晩まで五線紙に向かうようになった。母校・福島商業高校から『福商青春歌』の作曲も頼まれた。

溶けて流るる　阿武隈の
岸《きし》の桜の　下蔭に
吹く草笛の　音《ね》ものどか

作詞は同校の国語教師坂内萬《よろず》で、裕而の学生時代の恩師でもある。

裕而は、作曲の時に楽器を用いない。机に向かい、頭の中に生まれる音、流れ出す音楽を五線紙に写し取る。ひとつの音も響かせず、ただカリカリとペンの音がするだけだ。これには、金子も驚いてしまった。音楽のすべては彼の中にすでにあるということなのだから。

ときにはハーモニカ・ソサエティーの仲間や音楽好きの友人が集まることもあった。

ふたりの祝言は昭和五（一九三〇）年六月一日、福島の料亭で裕而の親戚をまねいて執り行われた。黒留め袖を着た幼い一八歳の花嫁はかわいらしく、二〇歳の花婿は少年の面差しを残し、さながら一対のひな人形のようだった。

一緒に暮らすようになり、普段は静かで、内気と言ってもいいほどなのに、こと音楽のこととなると、裕而が一転、行動的になることにも、金子は驚かされた。

福島に芸術家や音楽家がやってくると、裕而は楽譜を持って果敢に会いに行く。音楽家として生きるという裕而の決意を見るようで、金子はそれが嬉しかった。

七月に入ってすぐのことだった。

「竹久夢二さんは昨年もお会いしているんだ。紹介するよ。金子、個展に行けばきっと会ってくれるよ。一緒に行こう」

裕而は金子を引っぱるようにして竹久夢二展に行った。夢二は黒縁の丸眼鏡をかけた小柄な人だった。鼻の下にひげをはやしている。

裕而が挨拶をすると、ああ、といって夢二はうなずいた。

個展会場には、夢二式美人と俗にいわれる美人画が展示してあった。憂いをおびた表情、はかなげに優美な曲線を描く姿態は、音楽的でもあり、魅力的だった。

絵だけでなく、夢二自作の人形や、扇に水彩画や詩を書いた物なども展示してある。

「結婚なさったんですか。かわいらしい奥様ですな」

静かにいい、夢二は金子を見つめる。女性たちとの出会いと別れによって、人生と創作をつむいできた夢二は四〇代半ばだったが、どことなく色っぽい。

「名古屋の近くの豊橋という町から、連れてきてしまいました。彼女も音楽を志しているんです」

「それはそれは。では、これを奥様に」

夢二は壁に飾ってあった扇子に手を伸ばすと、金子に差し出した。

桃色の薄絹に緑色で、すかんぽが描かれている。すかんぽはイタドリともいわれ、野山に生えているタデの仲間だ。若い茎をポキッと折り、口に入れると酸っぱい味がする。

その絵のそばに、夢二の詩がまるでそれも絵の一部のように美しく散らしてある。

すかんぽの酸《すか》きをかめば
たらちねの母をぞしのべ
伊香保の山に

母みつを思い出し、ちょっと涙ぐんでしまった金子の背中を裕而の手がそっとなでた。

その晩、金子は姉の清子に手紙を書いた。

福島は人もやさしく、山々もきれいで、食べ物もおいしく、いいところだとは思うけれど、裕而が音楽家として立つためにも、金子が歌の勉強をするためにも、やはり東京に一刻も早く行かなければならない、と。

時間がおしかった。音楽的な生活をしたいと、ふたりで歩みはじめたのだ。

東京に住む姉の富子から「足場として、しばらくなら我が家においでなさい。一部屋、ふたりにお貸しします」という連絡が来たのは、八月のことだった。

金子の手紙を読んだ清子が、姉の富子に金子夫婦の面倒を見てほしいと談判してくれたらしい。

「まあ、がんばってやってこい。ダメなら、帰ってこい」

「根をつめないように。金子さん、裕而をよろしくお願いしますね」

裕而の両親は、上京を予想していたようで、強く引き留めもしなかった。

かといって、期待もしていないのはあきらかで、裕而の気が済めばそれでいい、生活に困れば帰ってくるだろうと、ふたりの顔に書いてあった。

けれど、金子と裕而はここからが本当のふたりの暮らしの出発だと胸をふくらませていた。

九月、まだ残暑が厳しい上野駅にふたりは降り立った。

6

富子の家につくや、金子は動き出した。ふたりで音楽を極めるためにも、裕而の作品を世に認めてもらい、仕事が舞い込むようにしなくてはならない。

一番の近道は、レコード会社での採用である。はじめは裕而とふたりでビクターやコロムビアといったレコード会社に、裕而の作曲した譜面を携え訪問した。

裕而は、わずかな伝手《つて》を辿り、著名な作曲家や歌手にもどんどん会いに行く。

その上、裕而は夜遅くまで勉強や作曲に熱中するため、しばらくするとレコード会社訪問はもっぱら金子の仕事になった。

譜面を持って行っても、担当者にすぐに会ってもらえるとは限らないが、イギリスのコンクールで『竹取物語』が入賞したというと割合快く奥に通してもらえた。裕而の略歴をまとめ、新聞記事の文章も写し、作品にそれも添えて渡すように金子は工夫した。

譜面を受け取ってもらっても、もちろんすぐに答えは出ない。会議にかけたり、他の持ち込みの作品と比較したり、いろいろなことを経なければならないのだろう。

「検討させていただきます」といわれてから、ひたすら返事を待たなくてはならない。

イギリスから『竹取物語』のレコーディングが中止になったと連絡がきたのもこのころだった。先方は入賞した作品を作った極東の国の青年がロンドンにやってきたという話題を作り、レコードを売り出そうとしていたようで、渡英しないのではこの話はなかったことにしたいとのことらしかった。

いつもは感情をことさら表に出さない裕而だったが、このときの落胆は大きく、はたから見てもわかるほど悔しげだった。

金子はそんなとき、歌うような声で裕而を慰める。

「これは、きっと神様がくださった試練よ。元気をだしましょうよ。また一生懸命精進すれば、もっと素晴らしいご褒美が待ってるはず。そしていつか、ふたりでヨーロッパに行きましょう。ロンドンのロイヤル・オペラ・ハウスに行くのよ。貴方が燕尾服を着て指揮をする。金髪の楽団員のオーケストラが貴方の曲を奏でるの」

「そして、金子が歌を歌う。素敵なドレスを着て」

「パリにも行くわ。パリではオペラ座ね。もちろんミラノにも」

「スカラ座だね」

「ふたりで、音楽とともに世界中を旅するの。きっと楽しいわよ」

「金子と一緒なら、どこだって楽しいさ」

いつしか、ヨーロッパに音楽旅行に行くというのがふたりの夢になった。

富子が、部屋代だけでなく食費もとらずにふたりを置いてくれたのは幸いだった。だが、毎日出歩いていれば、電車代もかかる。ふたりの持ち金は次第に底をつき、福島や豊橋に「近いうちにはなんとかするので、お小遣いを送ってほしい」という手紙を送ることが増えていった。

不安がないといったら、嘘になる。けれど、金子はみじめではなかった。貧しくても、目的に向かってふたりで進んでいるという実感がある。いつかきっと裕而は認められる。音楽への情熱は誰にも負けない。音楽の神様はきっと裕而にほほえみかけてくれる。そうでないわけがないと金子は信じていた。

ふたりの暮らしのささやかな楽しみのひとつは、夜鳴きそばだった。

夜、裕而が作曲する横で、金子は楽譜や楽典を読んで過ごすのだが、一一時を過ぎると、夜鳴きそばのチャルメラが聞こえ、ふたりははっと目をあわせる。

「食べるっ？」

「うん。お義姉さんたちを起こさないように、そっとね」

「なんだかいけないことしているみたいだな」

「貴方となら、いけないこと、大好き！」

ふたりで台所にしのびこむようにして、どんぶりふたつを携えて、玄関をそっと開け、屋台に走って行く。お金に余裕がないときは一杯だけ買って、まず裕而が半分、そして残りを金子に渡す。金子はスープだけ口にすることもあった。

そんな暮らしを続けて二ヶ月、一通の電報が届いた。日本コロムビアレコードから、裕而に来社を請うものだった。

なんだろう、もしかしてと、ふたりは胸をときめかせながら日本コロムビアに出かけた。

「作曲家としてコロムビアレコード専属になっていただけないか」

裕而がこう言われたときの喜びを金子は一生忘れない。

コロムビアレコードには、童謡で有名な本居姉妹、作曲家の山田耕筰、ソプラノ歌手の三浦環、テノール歌手の藤原義江、また松竹管弦楽団、日活管弦楽団、海軍軍楽隊、陸軍戸山学校軍楽隊など、きら星のような音楽家やオーケストラが専属している。

「貴方を我が社に迎えたいと会議で決まりました。山田耕筰先生からのお口添えもあったことを申し添えておきます」

裕而の手が震えていた。体からあふれ出そうになる興奮を押しとどめようとでもするかのように、震える指で裕而は膝をつかんでいた。

これからは作曲で生活することができる。遊びだとか道楽だとか、もう誰にも言わせない。

一日二四時間、堂々と音楽にひたることができる。

契約金額を聞いて、また驚いた。

「来月から、月々三〇〇円でいかがでしょうか」

高給取りの義兄の月給が一二〇円。巡査の初任給が四五円という時代である。破格の三〇〇円という給料には印税の前払い分が入っていることが後からわかり、ヒット曲をださなければと裕而は痛感することになるのだが、いずれにしても、一杯の夜鳴きそばをふたりで分けるような、ささやかな暮らしからは解放されたのだった。

昭和五（一九三〇）年の年末、裕而と金子は、富子たちに感謝しつつ、世田谷の代田《だいた》の家に引っ越した。

来春、近くに帝国音楽学校が開校する。バイオリニストでスズキ・メソードの創始者である鈴木鎮一《しんいち》らによって新たに設立される私立の音楽学校で、金子は入学を希望していた。裕而はそれを見越し、徒歩で学校に通える家を探したのだった。

世の中は昭和恐慌と呼ばれる深刻な不況に突入していた。勤め人の給料は下がる一方で、町には失業者があふれている。労働争議やデモがあちこちで起こり、連日、新聞を賑《にぎ》わせていた。一一月にはライオン宰相と呼ばれた浜口《はまぐち》雄幸《おさち》首相が右翼青年によって東京駅プラットホームで銃撃されるという事件も起きた。

金子は翌昭和六年四月に、帝国音楽学校声楽部本科に無事入学し、ベルトラメリ能子《よしこ》に師事。本格的に声楽の勉強が始まった。

ベルトラメリ能子は三浦環の妹弟子で東京音楽学校を出たソプラノ歌手だった。イタリアに留学し、彼の地で詩人のアントニオ・ベルトラメリと恋に落ち結婚した。

だが昨年、夫が急逝したために帰国し、帝国音楽学校で教鞭をとりつつ、日本コロムビア専属歌手として独唱会なども開いている。

まだ三〇歳手前で、金子とは一〇歳ほどの年の差にすぎない。

「歌い方には、ドイツ式とイタリアのベルカント唱法があります。あなたたちに学んでほしいのは、ベルカント唱法です。ドイツ式が体をほぼ固定して歌うのに対して、ベルカント唱法は体を開放して歌います。自然の生理に逆らわない発声法なんです」

「どんなときも喉を絞めてはいけません。あごをおろし、口を縦に開き、喉の奥の軟口蓋《なんこうがい》を開いて。欠伸《あくび》をするような感じで声を出しましょう。高音をだすときには頬骨をあげて。笑っているような表情になるでしょう。それでいいんです」

「イタリア語の歌では母音をつなげていくことが大切よ。母音をきれいに発音する練習をしてくださいね」

ナポリに三年、その後にローマの国立音楽学校でオットリーノ・レスピーギなどに理論を、そして本格的に声楽を学んだ能子の指導は、刺激に満ちていた。

憧れのソプラノ歌手になるためのスタート地点にやっと立てたと、金子は胸がいっぱいだった。吹く風、鳥の声、葉ずれの音さえ、金子には音楽に聞こえた。

だが、新人作曲家としての裕而は新曲をひとつも出せずにいた。

やっと第一回発売レコードの話がまとまったのは、金子が音楽学校に入学してから一ヶ月後、五月のことだった。

裕而がレコーディングに選んだ曲は、昨年、福島から上京する直前に作った『福島行進曲』だった。流行していた『東京行進曲』『道頓堀行進曲』といった地方小唄こと、ご当地ソングを福島にもと、地元の民友新聞社で記者をしていた幼なじみの野村俊夫が詩を書き、裕而が作曲した。

胸の火燃ゆる　宵闇に
酒をくもうか　踊ろうか
真赤に熟れた　恋ならば
福島銀座を　歩こうか

唇燃ゆる　宵闇に
心は踊る　恋の酒
人目をしのぶ　二人なら
行こか隈畔《わいはん》　紅葉山《もみじやま》

柳並木の　宵闇に
紅のくちびる　ラヴソング
酒もくむまい　踊るまい

金の灯影《ほかげ》を　歩もうよ

福島の懐かしい風景が歌とともにまぶたに浮かぶ歌だ。福島駅前からまっすぐ東に伸びた大通りの両側の柳並木の美しさ、昭和二年に完成し福島のシンボルとなった福ビル、紅葉山と呼ばれる福島城・二の丸御外庭の端正な趣き、裕而が慣れ親しんだ場所ばかりだ。

裕而は、この一枚は自分を生み育ててくれた故郷・福島に捧げるものにしようと、裏面も福島ゆかりのものにすることにし、選んだのが昭和四年に福島で竹久夢二展が開かれたときに、夢二が即興で作った民謡調の詩に作曲した『福島夜曲《セレナーデ》』だった。

遠い山河　たずねて来たに
吾妻しぐれて　見えもせず

吾妻山かと　窓あけたもの
山は歩るいて　来ないもの

吾妻山みち　うつむきがちに
誰が会津に　越えたやら

福島の山々や懐しい人々の顔を思いながら、裕而は曲を書きあげた。

そんなある日、来客があった。

「また来ちゃいました。金子さん、すき焼きを一緒に食いましょう。つくってくれますか」

金子に牛肉の包みを手渡しながらニカッと笑ったのは、帝国音楽学校で知り合った伊藤久男である。裕而と同じ福島県生まれで、東京農業大学に入学したが音楽をあきらめられず、実家には内緒で農大を中退、帝国音楽学校に入学した猛者だった。

久男の下宿が近く、裕而とうまがあったため、何かといっては遊びに来て、夜遅くまで音楽談義を重ねる。

ずしっと重い包みを受け取り、金子の丸い目がますます丸くなる。

「こんなにたくさん……」

「昨日、田舎から仕送りが届きまして。食いましょう。音楽家は体力です」

久男の実家は裕福な旧家で、父親は県会議員を務めている。家にピアノもあり、久男はピアニスト志望だった。

裕而は酒を飲むと真っ赤になってしまうたちだが、久男はいくら飲んでも顔色ひとつ変わらない。だが杯を重ねるごとに、舌はすべらかになる。

「僕の従兄弟の伊藤戊が早稲田大学の応援部にいるんですが、早慶戦で慶應の『若き血』の歌声に押されて意気が上がらないと言うんです。それで、新しい応援歌をつくろうということになり、早大全学生に歌詞を募集したところ、高等師範部の学生である住治《すみ》男君の『紺碧の空』が選ばれたんですよ」

食事が終わると、久男は一枚の紙を裕而に差し出した。

紺碧の空　仰ぐ日輪《にちりん》
光輝《こうき》あまねき　伝統のもと
すぐりし精鋭　闘志《し》は燃えて
理想の王座を　占むる者われ等
早稲田　早稲田　覇者　覇者　早稲田

青春の時　望む栄光
威力敵無き　精華の誇り
見よこの陣頭　歓喜あふれて
理想の王座を　占むる者われ等
早稲田　早稲田　覇者　覇者　早稲田

「この詩に曲をつけてくれませんか、裕而さん」

「僕が？」

久男がうなずく。裕而は黙って一読すると、隣にちょこんと座ってのぞき込んでいた金子に渡した。

「どう思う?」

「凛とした詩ね」

「応援歌は作ったことがないからなぁ」

裕而は迷っている表情でつるりとあごをなでる。金子は身を乗り出して、久男を見つめた。

「他にも早稲田には応援歌があるんでしょ。『都の西北』とか、あれはいい曲だと思うけど」

「だが、スポーツの応援歌というと、『若き血』の力強さにはかなわない。早稲田には西條八十作詞、中山晋平作曲の『天に二つの日あるなし』という応援歌や山田耕筰作曲の『競技の使命』という応援歌もあるんだけどね」

「山田先生と中山先生の?」

「ああ。だが、どちらも『若き血』のような、血が沸き立つ感じが弱い。『若き血』は従来の七五調や五七調ではなく、五・五・六・三といった破調の字配りが活かされて、リズムが新鮮なんだよな」

久男がつぶやくように『若き血』を歌いはじめた。ピアニスト志望だが、声もビロードのようになめらかだ。声楽科のどのテノールの生徒より、いい声だった。

「若々しくて、胸がはずむわね」

金子がうなずく。

『若き血』の作詞作曲は堀内敬三だった。

「浅田飴」のオーナーの堀内伊太郎の三男として生まれた敬三は、音楽の道に進むことを親に反対され、アメリカに留学、マサチューセッツ工科大学大学院修士課程で応用力学を学んだという恵まれた環境で育った人物だ。

帰国後、再び音楽に熱中し、翻訳、作曲、作詞、放送、音楽教育関係の仕事を手がけ、『若き血』のヒットによりNHK洋楽主任となり、親にも音楽の道に進むことを許されたという。

一曲の成功がどれほど音楽家にとって大きなものかということを、考えさせられる。その思いは、裕而も同じだろう。

今回、応援歌の詩の選者だった西條八十は『紺碧の空』について「いい詩だが、作曲が難しいので、山田耕筰とか中山晋平に頼まないとダメだ」と言ったと久男が続けると、日頃表情をほとんど変えない裕而の眉がぴくんと動いた。

久男は、さらにいう。西條の言葉に対抗心を燃やしたのは応援部の幹部・久男の従兄弟の戊だという。

「これまでと同じような曲調ではダメなんだ。『若き血』に負けない曲を作れるのは、新しい感覚を持った作曲家だ。福島出身の古関君に賛成してくれよ。新人だから実績はないに等しいが未来がある。国際コンクールで二位にも入ったんだ」と戊は福島出身者をまず口説き落とし、ついにはみなの意見をまとめたという。

久男の話をじっと聞いていた裕而は、やがて首を力強く縦にふった。

「名誉なことです。早稲田のためにいい曲を作りましょう」

「早稲田の学生たちが貴方の曲を歌い、心を奮い立たせ、愛校心を募らせ、その歌声で選手たちが闘志を燃え上がらせる……素敵な仕事ね」

金子に裕而はほほえみを返す。

久男に快諾したものの、裕而の作曲はなかなかはかどらなかった。「早稲田　早稲田　覇者覇者　早稲田」というところの旋律が決まらないのだ。

この応援歌の発表は、春の早慶戦の第一試合とすでに決まっていて、五月の最終週の土曜日である。

「失礼します！」

「お邪魔いたします！」

「作曲の進行具合はいかがでありますか」

『福島行進曲』が発売され、五月の半ばになると、連日、早稲田大学応援部幹部が家に押し寄せるようになった。

どかどかと七名内外でやってきて、小さな洋間で丸一日待ち続ける。

玄関は足の形がついた高下駄でいっぱいだ。着古してすり切れた学生服や腰に下げた手ぬぐいは、ぷんと臭うような代物で、無精髭に伸ばしっぱなしの髪は油染みている。

みな体が大きく、彼らが動き回るたびに、安普請の床が抜けるのではないかと、金子は肝が焼けた。

早慶戦の三日前に、やっと『紺碧の空』は完成した。応援部幹部のほとんどが譜面を読めず、金子は裕而とともに、家に集まった皆の前で歌って聴かせた。

澄み切った青空が広がっているような伸びやかなメロディがいいと金子は思った。

志と希望を胸に抱き、顔をあげ、未来に向かって歩みを進めていく若者に光をあてるような曲だとも思う。

「五七調じゃなくて、洒落てるな」

「覚えられるかな、俺らに」

「少し難し過ぎるんじゃないか」

「やる気が出てくる。ちゃんと歌えればの話だが」

もっと簡単なメロディにしてほしいという意見も出されたが、幾度か練習をするうちにこれでいけると皆が納得し、裕而はもちろん金子もほっと胸をなでおろした。

ただし翌日もその次の日も、裕而は早稲田大学におもむき、応援部の歌の特訓を繰り返すことになった。

『紺碧の空』デビューの早慶戦の日、球場には裕而と金子も駆けつけ、『紺碧の空』が応援席を、そして野球部のプレーヤーたちを一気に奮い立たせるのを目にすることになる。

早慶戦二回戦では、慶應義塾大学の投手・水原茂《みずはらしげる》を相手に早稲田大学の三原脩《みはらおさむ》選手が勝ち越しホームスチールを成功させ、早稲田を勝利に導いた。

金子も裕而も、見ず知らずの学生と肩を組んで『紺碧の空』を熱唱し、ワンプレイごとに一喜一憂しながら応援席との一体感を楽しんだ。

『紺碧の空』の評判は一躍学生たちの知るところとなり、中山晋平や山田耕筰の応援歌を尻目に、早稲田大学の第一応援歌となった。

こちらは大成功だったが、『福島行進曲』は、売れ行きは芳しくなく、ビクターの『東京行進曲』に比するヒットとはならなかった。


その秋、帝国音楽学校の学祭でマスカーニのオペラ『カヴァレリア・ルスティカーナ』のガラコンサートを開くこととなり、金子は主役の村娘サントゥッツァのアリアを歌うことになった。

「私がサントゥッツァでいいんでしょうか」

「あなたがサントゥッツァじゃなければダメなの。あなたのサントゥッツァなしに、コンサートは成り立たないわ」

能子はそういうと肩をすくめ、楽譜を手渡す。サントゥッツァのアリア『Voi lo sapete, o mamma（ママも知っているように）』だった。

Voi lo sapete, o mamma,
（ママも知っているように）

prima d'andar soldato,
（兵隊に行く前）
Turiddu aveva a Lola eterna fè giurato.
（トゥリッドゥはローラと将来を誓い合っていた）
Tornò, la seppe sposa;
（だけど兵隊から帰ってきたら彼女は別の人と結婚していた）
e con un nuovo amore volle spegner la fiamma che gli bruciava il core:
（彼は新しい愛で、心に燃えさかる恋の火を消したかった）
m'amò, l'amai.
（私は彼を愛し彼も私を愛した！）
Quell'invida d'ogni delizia mia, del suo sposo dimentica,
（彼女は私の幸福に嫉妬し、夫を忘れた）
arse di gelosia... Me l'ha rapito...
（嫉妬して、私から彼を奪った）
Priva dell'onor mio rimango:
（私の名誉は奪われ、私は取り残された）
Lola e Turiddu s'amano,
（トゥリッドゥとローラは愛し合っている）

io piango, io piango, io piango！
（私は泣いている。泣くだけ、泣くだけよ）
Io son dannata…
（私は地獄に落ちている）
Andate, o mamma, ad implorare Iddio,
（ママ、神様にお願いして）
e pregate per me.
（私のために祈って）
Verrà Turiddu, vo' supplicarlo
（トゥリッドゥが来たらお願いするわ）
un'altra volta ancora！
（もう一回、お願いするわ）

「ドラマティックでしょう。だからこそ、歌いきるには強い声が必要なの。このアリアを仕上げられれば、オペラ歌手への階段を一段のぼることができるはず。がんばりましょう」

金子は楽譜を胸に抱き、能子にうなずいた。

「私、がんばります。家でもしっかり……」

金子の言葉を能子が遮る。

「今、あなたが家でも、おおいに練習したいと思っているのはわかるわ。でも、今回は私の前だけで歌って。ひとりで練習してほしくないの」

「えっ!? どうしてですか」

「ひとりで歌うのはとても危険なことなの。どうしても自分が歌いやすいように歌ってしまうから。そこで変な癖がつくことがある。いえ、必ず、癖がついてしまうの。一度つけてしまった癖をとるのは大変よ。時間がかかってしまう、私があなたに教えられる時間は限られているでしょう。ほんとに大事なことを教える前に、癖をとるためにお互いやっきにならなくてはならないなんて、ばかげているじゃない。限られた時間で仕上げるために、歌うのは私の前だけ、これを守ってちょうだい」

能子は肩を落とした金子に、自分もイタリアで、同じことを先生に言われたと打ち明けた。

「むやみやたらに歌えばうまくなるというものではないの。私を信じて。いいわね」

裕而は金子が主役のアリアを歌うことを知ると、我がことのように喜んだ。そして家での練習を封印されたことを伝えると、家が静かになって寂しいねとつぶやく。

歌いたい気持ちを紛らわせるように、金子はオペラ『カヴァレリア・ルスティカーナ』の勉強に力を入れはじめた。物語と様々なアリア、台詞などを、ちゃぶ台でノートに書き写す。

『カヴァレリア・ルスティカーナ』はトゥリッドゥと婚約者の村娘サントゥッツァ、トゥリッドゥのかつての恋人ローラの三角関係の物語だ。

トゥリッドゥが兵役にいっている間に、ローラはアルフィオと結婚してしまう。除隊後、帰郷したトゥリッドゥは、村娘サントゥッツァと婚約したが、アルフィオの目を盗んでローラと逢引を重ねる仲に戻ってしまった。

　これを知ったサントゥッツァは怒りのあまり、そのことをアルフィオに告げてしまう。復讐を誓ったアルフィオはトゥリッドゥと決闘し、トゥリッドゥは命を失う。

『Voi lo sapete, o mamma』はトゥリッドゥが自分を裏切り、ローラと愛し合っていることを知ったサントゥッツァが悲しみの中で歌うアリアだった。

　金子はふ〜っとため息をつき、ノートから顔をあげ、隣の部屋で五線紙に向かっている裕而に話しかけた。

「オペラは男と女の物語ばかりね。『カヴァレリア・ルスティカーナ』は前の恋人が忘れられなくて、不倫関係になって、男が今の婚約者の女の子を捨てちゃったことから起こった話だし、ビゼーの『カルメン』は、運命の女と出逢って、純情な婚約者を捨て、自分の身を破滅させてしまう男の物語だし、モーツァルトの『ドン・ジョヴァンニ』は見境なく女に手をだして地獄に堕ちる男の物語……」

　困った表情でつぶやく金子に、裕而が苦笑する。

「確かに。シュトラウスの『ばらの騎士』は、元帥夫人の若い愛人ばらの騎士が若い娘と恋におち、夫人は時の移ろいを嘆きつつも身をひいて、ふたりの愛を育んでやるわけだしなぁ。……純愛があれば、略奪愛や悲恋もある。嫉妬、よろめき、オペラはなんでもありだ。まあ、日本最古の文学といわれる源氏物語だってそうじゃないのか。つまり、人の感情ってのは、古今東西変わらないっていうことなんだろうな」

「おもしろいわよね。私たちは純愛なのに、今、その私が裏切られた女の『Voi lo sapete, o mamma』に真剣に取り組んでいるなんて」

「音楽は翼だから。金子は歌うことで、いろんな世界を生きる人なんだよ」

「そして貴方は作曲でいろんな世界を作り出す人」

ふたりの視線がからみあう。

「幸せよ、私」

「僕もだ」


『紺碧の空』の作曲によって裕而は注目され、同じ年、読売新聞社から『日米野球行進曲』の作曲を依頼された。作詞は久米正雄だ。

この曲は、来日したフィラデルフィアのプロチームを主体とするメンバーを招いた一〇月二九日の歓迎会で披露されることになった。会場は日比谷公会堂である。

裕而は指揮も行う。だが、当日燕尾服《えんびふく》を着用するようにと、コロムビアから連絡を受けた裕而は、金子と顔を見合わせた。

燕尾服など、持っていない。しかし、ないでは通りそうもない。

「誰か持っている人はいないかしら」

「燕尾服なんて、天皇陛下にでも謁見することがない限り、普通の人は作ったりしないよなぁ」

「紋付き袴じゃだめなの？」

考え込んでいた裕而がはっと顔をあげた。

「……ます子おばさんの旦那さんが持ってるはずだ。燕尾服を着ていたのを思い出したよ。おまけにおじさんも細身で、僕と体型がよく似ている」

「ます子おばさんって、お父さんの妹の？」

裕而がうなずく。

ます子叔母は子どもがなく、裕而を我が子のようにかわいがってくれた人で、福島に暮らしていたときは、裕而は毎日のように遊びにいったという。夫は、裁判所の判事で、定年退職した今は公証人となっている。

「今の天皇陛下が摂政官であらせられたとき、妃殿下とご一緒に猪苗代《いなわしろ》湖畔の高松宮別邸に避暑にこられたことがあったんだ。そのとき叔父は白河の裁判所の所長をしていてね。陛下が白河駅をご通過のときに、燕尾服に勲章を下げて奉迎役を務めたんだ」

「まあ、すごい。そんな大切な燕尾服、貸していただけるかしら」

「ます子おばさんなら、きっと喜んで貸してくれるよ」

裕而は叔父から借りた燕尾服を着て、交響楽団を前にタクトを振った。

アメリカチームと対戦したのは、東京六大学の各チームと選抜混成チームだった。日本にはまだプロ野球チームが発足していなかった。

この年（昭和六年）の九月一八日、満州事変が起きる。

中国の遼東半島に駐留していた関東軍が主導となり、満州国を建国した。これをきっかけに日本は国際連盟脱退、国内は軍部独裁の方向に向かっていく。

7

「まいっちゃいましたよ。音楽学校どころじゃなくなっちまった。これからどうやって食べていけばいいのか」

伊藤久男はがりがりと頭をかいた。

農大を退学し、音楽学校に通っていることがついに福島の家族にばれて、親は怒り心頭だという。毎月の仕送りを止めるという手紙が来たと、久男は顔色を変えて、古関家に飛び込んできたのだった。

お茶を出そうとした金子にさらりと酒をお願いしますといい、裕而にしきりにぼやき続けている。

「今までばれなかったのに……困ったねぇ。上手の手から水が漏れることがあるんだな」

「この間泊めてやった地元の友だちから親の耳に入るとはなぁ」

「口止めしなかったんだろ」

「こうなるとわかってたら、してましたよ」

「それで久男さん、どうなさるの？　福島に帰られるんですか？」

コップ酒を久男の前に置きながら、金子がたずねた。

久男は酒好きだった。酒をねだられても、この人なら仕方がないと思わせるようなおおらかさが久男にはある。

「おやじの手紙を見たら、そんな気にはとてもとても。こっちで仕事を見つけて、音楽の勉強を続けないと……でも、このご時世、ピアノ弾きの需要もなさそうで」

一気に酒をのみほし、久男はふ〜っとため息をついた。

「ピアノがダメだったら、歌はどうかな。コロムビア吹き込み所で合いの手を入れるとか、囃《はや》子《し》の吹き込みとか。久男君はいい声をしているから、きっと雇ってもらえるよ」

「歌かぁ……」

「なんなら、紹介するけど」

「背に腹は替えられないか。裕而さん、どうぞよろしくお願いいたします」

深々と久男が頭を下げた。

このころ裕而と金子の楽しみのひとつに、ヴォーカル・フォアの合唱団の練習があった。

ヴォーカル・フォアはソプラノ松平里子、メゾソプラノ平井美奈子、テノール内田栄一、バリトン下八川圭祐が主催する本格的な合唱団で、演奏会はもとより、ラジオ放送に出演することもある。

慶應大学に通う裕而の従兄弟がヴォーカル・フォアに所属していたことがきっかけで金子が入会したのだが、毎回練習についていくうちに、裕而もバリトンを歌うことになった。

メンバーは多彩で、銀座松屋デパートの経営者や、後に「あきれたぼういず」で有名になる坊屋三郎こと柴田俊英も参加している。

演奏会では、『カルメン』『リゴレット』『メリーウィドウ』なども披露したりする。

ソプラノの松平里子は日本楽劇協会公演のオペラ『お蝶夫人』で主演を務めたことで注目され、日本ビクター専属の歌手としてレコーディングも行っていたが、昭和六年に夫の松平博と共にイタリア留学し、ミラノで病に倒れ、三六歳で客死している。

その悲報を聞いたとき、金子は涙を止めることができなかった。

「もったいない。これからだったのに。松平先生、念願のイタリアにやっと行けたのに」

里子はミラノでは藤原義江の邸に滞在し、藤原義江の妻・あき子や原信子が最後まで献身的に看病したという。

原は、伝説のオペラ歌手だ。東京音楽学校で学び、三浦環の後任として帝国劇場歌劇部に入った。やがて原信子歌劇団を結成し、大衆的なオペレッタを次々と上演、田谷力三《たやりきぞう》、高田雅夫《たかたまさお》、藤原義江らとともに、浅草オペラの一時代を築いた。

大正八年に本格オペラを学ぶため渡米し、マンハッタンオペラに出演してイタリアに留学し、日本人で初めてミラノ・スカラ座に所属した。

「一時はレッスンを再開するまでに回復したと聞いていたのに……里子さん、最後までグノーの『アヴェ・マリア』を歌ってらしたんですって」

グノーの『アヴェ・マリア』はもっとも有名で透明感のあるアヴェ・マリアだ。

大本の曲はバッハの『平均律クラヴィーア曲集第一巻』第一曲の前奏曲で、グノーが美しいメロディをつけたもので、ラテン語で歌われる。

Ave Maria! gratia plena, Dominus tecum,
（アヴェ・マリア、恵みに満ちた方）
Benedicta tu, in mulieribus, et benedictus fructus ventris tui Jesus.
（主はあなたとともにおられます、あなたはご胎内の御子イエスと共に祝福されています）
Sancta Maria Ora pro nobis peccatoribus,
（神の聖母マリア、わたしたち罪人のために）
nunc et in hora mortis nostrae. Amen !
（今も死を迎える時も、お祈りください。アーメン）

歌をくちずさみながら、指で涙をぬぐう金子の肩を裕而がそっと抱く。

「松平さんが不幸だとは僕は思わないよ。音楽の聖地イタリアに、命をかけて愛した歌を学びに行けたのだから」

「……そうね。イタリアに行けたのは喜ばしいことだったのよね。そこで亡くなったことだって決して惨めなことではないのね」

音楽学校で昨秋開かれた学祭のガラコンサートで、金子は『カヴァレリア・ルスティカーナ』のサントゥッツァのアリア『Voi lo sapete, o mamma（ママも知っているように）』を見事に歌った。

今は『トスカ』のアリア『Vissi d'arte, vissi d'amore（歌に生き、愛に生き）』を能子先生のもとで練習している。かつて豊橋で大竹先生に習った思い出の曲だ。

「金子さん、今、『Vissi d'arte, vissi d'amore』を練習しているんだって？」

ヴォーカル・フォアの幹部である内田栄一に聞かれたのは、合唱の練習が終わった後だった。

金子がうなずくと、内田は歌を聴かせてほしいという。

「今、ここでですか？」

「お願いできるかい？」

金子はこくりと首を縦にふった。内田に頼まれたらいやも応もない。

合唱団のメンバーは、みな帰り支度をして、次々に部屋から出て行く。

内田はピアノの上田仁《まさし》を手招きした。

上田は東洋音楽学校ピアノ科を卒業し、今は山田耕筰が主宰する日本交響楽協会でファゴット奏者を務めている。日本コロムビアや東宝映画の演奏にも呼ばれるオールマイティの音楽家だった。

いったい、内田は金子の歌の何を聴きたいのだろう。まだ練習中でもあり、プロの歌い手である内田の前で披露できる代物なのか、自信がない。

上田は内田から聞いていているらしく、ピアノに座り直すと、楽譜を開いた。

「いつでも始められますよ。楽譜、お持ちですか」

「大丈夫です、そらんじていますから」

緊張するまいと思っても、体に力が入ってしまう。金子はピアノの前に立つと、ちょっと足を開いた。落ち着いてと自分に言い聞かせる。

軽く目を閉じ、ぱっと開いた。

私は歌える。私はトスカ。

修道院で育ち、著名な歌手になった二〇歳のトスカ。神様を信じ、愛の世界に生きる純粋な女性だ。

体の力を抜き、胸の下で両手を組み、首だけで振り返り、上田に軽くうなずく。

上田の指が鍵盤の上で動き始めた。ピアノの音が流れ始める。

Vissi d'arte, vissi d'amore,
non feci mai male ad anima viva!
Con man furtiva

quante miserie conobbi, aiutai.

合唱も楽しいけれど、独唱は金子にとって格別なものだった。

合唱で歌い手はひとつのパーツであるのに対して、独唱では歌は歌い手のものだからだ。

もちろん美しいフレージングを作り上げるために、言葉をきちんと聴衆に伝えるために、作曲家がこうであってほしいと望んだと思われるものに近づけるために、気をつけなくてはならないことは山ほどある。けれど、独唱ではすべての音楽の流れを自分で作ることができる。

歌い始めると同時に、初めて好きになった運命の恋人・カヴァラドッシの死を前にしているトスカが自分の中におりてきたように金子は感じた。

スカルピアにこの身を捧げれば、彼の命は救われる。

彼の命を救いたい。救わずにはいられない。

けれどそのためにスカルピアに身を任せなくてはならないなんて、運命とはなんと残酷なのだろう。

もう今のままの純粋な自分ではいられない。純血は永遠に失われ、カヴァラドッシはトスカから去って行くだろう。神様、私をお救いください……。

歌い終わると、裕而の、内田の、ピアノの上田の拍手が聞こえた。

「ブラボー！　素晴らしい」

内田は、今度の放送オペラを金子に任せたいと続けた。

放送オペラは、JOAK（日本放送協会）スタジオからラジオ放送される一時間弱のオペラ番組だ。

ついこの間までは、庶民にとって高嶺の花だったラジオは、今や本格的に世の中に浸透しはじめている。ニュース、天気予報、音楽、落語、ラジオ・ドラマ、スポーツ中継、ラジオ体操、料理や英語などの講座……人々はラジオに耳を傾け、笑い、胸をときめかせ、新しい情報に心を躍らせている。

ヴォーカル・フォアを中心に浅草オペラの歌手陣が起用される放送オペラは、クラシック好きの人々が楽しみにしている名物番組だった。

声楽を志す者にとって番組出演は、垂涎《すいぜん》の的でもある。

金子の胸に喜びがさざ波のように広がる。

金子の歌が選ばれたのだ。

それもいちばん好きな歌をラジオの電波に乗せて、多くの人に届けられる。

金子は振り返って裕而を見つめた。裕而はやったねとでもいうように、金子に拳をふってみせる。

さっそく金子は能子先生のもとに赴き、事情を話した。能子先生の許可がなければ弟子の金子は人前で歌うことはできないという師弟制の暗黙のルールがある。

腕を組みながら話をじっと聞いていた能子は、やがて腕をといた。

「おやりなさい。見切り発車であることはいなめないけど、幸運は確実につかまなければ」

そう簡単に能子が認めてくれるとは思っていなかった。ぱっと金子の顔が明るくなる。

「ありがとうございます」

「金子さん、レオナルド・ダ・ヴィンチ、知っているでしょう」

「『最後の晩餐』や『モナ・リザ』などを描いた有名なイタリア人の画家ですよね」

能子がうなずく。

「ルネサンス期イタリアの巨匠よ。彼は絵画のみならず、彫刻、建築、土木、科学、数学、工学、天文学など広い分野で活躍した万能の天才なの。彼の手記に残された言葉をイタリア人はみんな知っている。なんという言葉だと思う？」

きょとんとした表情で首をひねった金子の顔を能子がのぞきこむ。

「チャンスの女神には前髪しかない……チャンスや幸運はそのときにつかまなければ、通り過ぎてしまう。通り過ぎたものは二度とつかめないという意味よ。さあ、女神の前髪を確実につかむために、レッスン、がんばりましょう」

「はい！　よろしくお願いします」


放送当日、愛宕山のＪＯＡＫのスタジオに、金子は裕而や内田たちヴォーカル・フォアのメンバーとともに出かけた。

カヴァラドッシ役のテノールの内田がまず『Recondita armonia（妙なる調和）』を歌う。わが心はトスカにと、トスカへの愛を歌う情熱的な曲だ。

次に金子が『Vissi d' arte, vissi d' amore（歌に生き、愛に生き）』を、最後に内田が再び、明け方の星に、トスカとの愛を想うカヴァラドッシの『E lucevan le stelle（星は光りぬ）』を歌った。

放送が終わると、体から力が一気に抜け落ちた。

けれど、とてつもなくすがすがしい。

体の細胞という細胞が喜んでいる感じがする。

「今日が金子さんのオペラ人生の始まりね」

応援に来てくれたヴォーカル・フォアのメンバーが金子を取り囲んだ。

「この放送で、金子さんのファンが生まれるわよ」

金子ははっと胸に手をおいた。

そうなのだ。自分の声が、自分の歌が、ラジオを通してたった今、流れていった。

いったいどのくらいの人がこの歌を聴いてくれただろう。

トスカの歌の美しさを知ってもらえただろうか。

プッチーニという作曲家を覚えてくれただろうか。

また、金子の歌を聴きたいと思ってもらえただろうか。

古関金子というソプラノ歌手がここにいることを、知ってくれただろうか。

「よかったわよ。きれいに声が出てた」

「清純なトスカの苦悩がちゃんと表現できてたわ」

「金子さんの声は透明感と強さがある。こんなソプラノ、他にはいないね」

ヴォーカル・フォアのメンバーが口々にいう。

金子は彼らを見回した。みんなの頬が興奮に紅潮している。

金子の大切な仲間がここにいる。人の成功を我がことのように喜んでくれる大切な仲間だ。それがどれほど心強くありがたいことか。

そのことにも感謝の気持ちがあふれた。

裕而とふたりで上京したときには知る人もいなかったのに、音楽を通して生まれた友だちが今、金子を心から応援してくれている。

金子は裕而に相談し、ＪＯＡＫからもらった放送料をヴォーカル・フォアに全額寄付することにした。そしてその資金で、メンバー全員で横浜に遊びに行った。

東京駅でみなと待ち合わせ、京浜線で桜木町まで行き、山下公園まで歩いた。海を眺めながら、持ってきたおにぎりをほおばる。

山下公園は昭和五（一九三〇）年三月に開園したばかりだ。関東大震災で壊れた横浜市内の瓦礫などを四年がかりで埋立て、覆土して造成されたという看板の説明を読みながら、メンバーのひとりが思いがけないほど強い口調でいった。

「あんなこと、もう二度とあってほしくないわ」

「生き残って今、こうして音楽の仲間と横浜で海を見てるなんて、もうそれだけで幸せじゃない？」

関東大震災で親や兄弟を失った人は少なくない。関東大震災では、三四〇万人が被災、一〇万五〇〇〇人あまりが死亡あるいは行方不明になった。犠牲者のほとんどは東京府と神奈川県に住んでいた人たちだ。

金子たちは元町商店街を抜けて元町公園にも足を延ばした。夏の強い日差しが公園の緑を照らしていた。山下公園が港に向かって開かれているのに対して、元町公園は落ち着いた作りで、丘のようになっているところもある。

もともとはフランス人実業家の持ち物だったという敷地には水が湧いていて、その水を利用したプールまで作られている。プールの隣には弓道場もあり、ときおり、弓のうなる音も聞こえる。

丘の上にたどり着くと、誰ともなく『カルメン』をやろうといいだした。役者はそろっている。金子は傍らに咲いていた真っ赤な芙蓉《ふよう》の花を摘むと、耳の上にピンでさした。奔放なカルメンのできあがりだ。そんな金子を裕而は笑顔で見つめる。

金子は伍長ドン・ホセを挑発するように、カルメンの『ハバネラ（私が惚れると危険だよ）』を歌う。

L'amour est un oiseau rebelle

（恋は野の鳥）

Que nul ne peut apprivoiser,

（誰も手なずけられない）
Et c'est bien en vain qu'on l'appelle,
（いくら呼んでも無駄）
S'il lui convient de refuser.
（来たくなければ来やしない）
Rien n'y fait; menace ou prière,
（おどしても頼んでも、なんにもならない）
L'un parle bien, l'autre se tait;
（ひとりがしゃべって、ひとりが黙る）
Et c'est l'autre que je préfère,
（あたしが好きなのはあとの黙っている人）
Il n'a rien dit, mais il me plaît
（なんにもいわなかったけど、そこが好きなの）
L'amour! L'amour! L'amour! L'amour!
（恋、恋……）

ドン・ホセはたちまちカルメンの虜《とりこ》になるが、そこに闘牛士エスカミーリョがあらわれ、彼もまたカルメンに一目惚れしてしまう。

エスカミーリョを買って出たのは、坊屋三郎となる柴田だ。金子の羽織をぬがせてうら返し、赤い裏地のほうを上に着て『闘牛士の歌』を歌う。裕而はその姿を見て吹き出した。

Votre toast, je peux vous le rendre,
（あなたがた兵士に乾杯しよう）
Señors, señors, car avec les soldats
（セニョール、セニョール、なぜなら兵士は）
Oui, les Toréros, peuvent s'entendre,
（そう。われわれ闘牛士とわかりあえる）
Pour plaisirs, pour plaisirs, ils ont les combats!
（どちらも望んで戦いに赴くのだから）

柴田の歌声に、力強い男声合唱が加わり、丘の上はさながら野外劇場だ。

ドン・ホセは内田の十八番でもある。

カルメンのために軍を裏切ったホセが「僕の身はあなたに捧げた。愛している！」と『La fleur que tu m'avais jetée（花の歌）』を情熱的に歌い上げる。

さらにミカエラ役のソプラノが「私がかつて愛した人は汚れてしまった。でもカルメンを私は恐れはしない」とホセを連れ戻す決意を歌う。

他の人も思い思いに、酒場のお客や軍の隊長、カルメンの仲間や密輸団に扮して、小芝居を楽しんだ。

「ああ、楽しい。こんなに笑ったの、久しぶり。貴方、大丈夫」

「息が切れたよ！」

裕而が扮したのは、坊屋の闘牛士が闘う牛である。

坊屋がマントよろしく羽織の裏地をひらひらさせ、裕而は頭の左右に人差し指をたて走り回った。

「愉快だ。鬱屈が吹き飛んだよ」

金子は真っ青な空を見上げた。空へと昇る一筋の道が見えるような気がした。

ラジオ放送で『Vissi d'arte, vissi d'amore』を歌ったことは、金子の大きな自信になった。

その経験が、体にも、精神にもエネルギーを呼びこんでくれたような気がする。

もっと勉強して、大きな舞台に羽ばたこうと金子は決意を新たにしていた。

クラシックは、堅くて、難しくて、緊張して聴く音楽だとおもわれることが多いが、その時代の人たちにとっては今の歌謡曲などと同じように、もっと身近な存在だったのだと金子は思う。

何語であっても「伝えよう」という気持ちを持っていれば感動は伝わるとも信じられる。

なぜなら、名曲には、国や言葉の壁を超える何かがあるからだ。

一方、裕而は『紺碧の空』のあと、めざましい流行歌を作り出せずにいた。

裕而は決して愚痴をこぼしたりはしないが、ときおりふっとため息を漏らすのはそのせいだ。曲は悪くないのに、ヒットにつながらない。

ヒットが出ない理由は何か。ヒットするにはどんな曲を作ればいいのか。売れない曲に意味はあるのか。自分の作りたい曲は何か……裕而の悩みは深かった。

そんな矢先、金子が妊娠していることがわかった。

結婚したらいずれ母になるということは頭ではわかっていたが、これから歌と本格的に向き合おうとしていた折も折である。

『ご懐妊、おめでとうございます。

吉報を聞き、みな喜んでおります。

これから金子さんは、おなかの子どもを第一に考え、よき妻であると共によき母であるよう、つとめてください。

子どもはみなの宝です。

帝国音楽学校をやめるのも、早いほうがよいでしょう。

ご実家に戻って出産なさいますか。我が家ででも大丈夫ですよ。

何か必要なものがありましたら、送りますので、教えてください。

ヒサ』

福島の義母ヒサからも、豊橋のみつからも、祝福の手紙が相次いだ。

子どもが宿ったのは金子も本当に嬉しかった。

けれど、ヒサもみつも、これからは子どものために生きることを第一に、歌の勉強はもうしなくていいといわんばかりだ。

裕而の母も、金子の母も、そうやって自分たちを育ててくれたのだろう。

しかし、女は子どもだけのために生きるものなのだろうか。

小さな不安が消えてくれない。

日に日に体は変わっていく。幸い、つわりはほとんどなかったが、そのかわり食欲がまし、それもあってか、どんどんお腹が大きくなる気がした。

そんなとき、裕而が歌の勉強を続けるようにといってくれたのが、金子は本当に心強かった。

「子どもを産んでも歌い手を続けている女性は西洋には大勢おりますよ」

能子もそういった。その言葉に励まされて、金子は音楽学校に通い続けた。

歌手にとって楽器である体が変わっていくのは、不思議な経験だった。

赤ちゃんが大きくなるにつれ、その重さで体が安定することがわかる。しかし臨月が近づくと、息が入りにくくなった。変化に対応するために、自分の体をどう使えばいいのか考えざるを得ない。それがまたおもしろくもある。

豊橋にも福島にも帰らず、姉の富子に手伝いに来てもらうことにして、金子は自宅で出産することを選んだ。

昭和七（一九三二）年一月二日、女児が生まれた。裕而は雅子と名付けた。

それから怒濤の子育てが始まった。昼も夜もなく三時間おきの授乳。おむつを洗い、干し、たたみ、泣けば抱き、あやし、また乳をやる。

音楽学校は中退するしかなかった。意外なほど未練なくやめられたことに、金子は我ながら驚く思いだった。顔を真っ赤にして耳をつんざくような声で泣かれても、それさえ幼な子の生きようという意志だと思うと、いとおしさで金子の胸がいっぱいになった。

昨年来、きなくさく、どんよりとした閉塞感が社会を覆い始めていた。

失業者はさらに増加し、東北地方や北海道が冷害による大凶作で、女子の身売りが深刻な問題となっている。

二月には、民間右翼の血盟団による政財界の要人を狙った暗殺事件が相次ぎ、井上準之助前蔵相や、団琢磨《だんたくま》三井合名会社理事長が殺された。

大陸では、関東軍が中国を相手に戦いを広げている。爆弾を抱えた三人の歩兵が、上海の廟巷鎮総攻撃で敵の鉄条網に体当たりし、突破口を開いたということで、戦死した三人は「肉弾三勇士」として軍神にまつりあげられた。

五月一五日には、海軍青年将校らが民間の愛郷塾などの右翼と結んで、首相官邸や日本銀行などを襲撃し、首相犬養毅《いぬかいつよし》を殺害するという五・一五事件が起きた。政党内閣は弱体化し、代わって軍部が台頭してきている。

コロムビアは古賀政男作曲、藤山一郎歌唱の歌が次々にヒットして勢いに乗っている。昨秋は、『酒は涙か溜息か』、年末には『丘を越えて』、ついこの間発売された『影を慕いて』も順調に売れ行きを伸ばしている。暗い世相ゆえに、いっそう人々が歌を求めているのかもしれない。

最近ではどのレコード会社も、軍歌や国策を称揚する流行歌を発売しはじめ、裕而の元にも、こうした時局流行歌やご当地ソングの依頼がひっきりなしに舞い込んだ。

三月には山田耕筰作曲の『肉弾三勇士の歌』、古賀政男の『満州興国の歌』、浪花節『上海陸戦隊行進曲』が世に出た。

けれど、裕而の曲はやはりヒットしなかった。

裕而はミヤタハーモニカ・バンドで指揮のアルバイトをはじめた。

やるとなったら、何事も夢中になって取り組む裕而は、ミヤタハーモニカ・バンドのそれまでの行進曲や流行歌レパートリーを一変させて、ドビュッシーやラベル、ストラビンスキーなどの近代曲や、独奏者の上原秋雄を迎えメンデルスゾーンやベートーベンの『バイオリンコンチェルト』を披露するなどして、ハーモニカ界を驚かせた。

8

子どもは日に日に成長していく。

泣いて、乳首をくわえて、お腹がいっぱいになると眠る。また泣く。おむつを替えてあやして寝かす。その繰り返しだった雅子が、いつしか、ものをつかむようになり、あ〜あ〜と声を出し、金子の顔を見るとにこっと笑うようになった。

しばらくすると、ひとりで座れるようになり、ずりばいで部屋中を移動し、何でも口に入れる。大きな声で笑うようになると、さらにかわいさが募った。


金子は雅子を抱きながら子守歌を歌う。日本の子守歌、シューベルトの子守歌、モーツァルトの子守歌（フリース）……唱歌や童謡も歌う。

雅子は金子が子守歌を歌うとうっとりと目を閉じて耳を澄ます。リズミカルな歌では手足をばたばたさせて喜ぶ。つかまり立ちをしながらおしりをふって、体全体で拍子をとる。

子育てに没頭する中で、大きなステージを夢見ていた自分を金子は思い出すこともなくなった。子どものために歌う。それが今の金子の喜びだ。

福島のヒサと三郎次は、雅子が生まれると大喜びで飛んできた。二週間ほど滞在したのだが、いつもは女中に任せきりの家事を一週間ほど手伝っただけで、ヒサはすっかり疲れ切り、あとは金子がふたりの世話も引き受けることになった。

それから半年、先週から再び、三郎次が上京している。朝晩は雅子を抱っこし、上機嫌で目を細めているが、昼前になると、いそいそと外出する。

コンサート、歌舞伎、落語、能とよくもそんなに飛び歩けるものだとあきれるほどだが、道楽が生きがいの三郎次は子どものように目を輝かせている。

「赤ん坊の成長っちゅうのは、早いな。ついこの間、生まれたばかりなのに。じいちゃんが好きか。ほら、雅子が笑ってる……で、金子さん、歌はどうするんだい？」

ある朝、三郎次が雅子を抱っこしながら切り出した。

「……歌って……」

台所仕事の手を止め、金子は振り向く。福島の家でヒサに裁縫をするようにいわれて落ちこんでいるとき、三郎次が金子の声をほめてくれたことがあった。

けれども、音楽学校はやめてしまったし、今は雅子の世話で精一杯だ。ずっと応援し続けてくれた裕而でさえ、子どもが生まれてからはそのことを口にしていない。

あばばと、雅子をあやしながら、三郎次は続ける。

「あんた、歌手になりたかったんじゃなかったの？　蔵の中でプッチーニとか歌ってただろ。あれは良かった。子守歌も唱歌もたいしたもんだ。雅子じゃなくとも、聴き惚れる」

「あ、ありがとうございます。お義父様にそんなことといっていただけるなんて……でも今はとても……いつか落ち着いたら、それまではねぇ、裕而さん」

金子はエプロンで手を拭きながら、ソファで新聞を読んでいた裕而を見た。裕而は新聞を膝の上に置き、真剣な表情をしている。

「僕は……金子に歌ってほしい」

やがて裕而は静かにいった。三郎次がうなずく。

「金子さん、歌ったらいい」

「でも」

「歌なら家でも稽古できるんじゃないのか。先生に家に来てもらえばいいじゃないか」

三郎次が雅子の顔をのぞきこみながらいう。雅子の笑い声が高らかに響く。

金子は裕而を見つめた。

そんなことができるだろうか。

子どもを抱えて、歌の勉強を再開する。

そう思った途端、胸の中に甘酸っぱいような思いが急にふくれあがった。

なんだろう、この思いは。

そしてはっとした。自分は歌うことを忘れていたわけではないと気づかされた。

思い出さなかっただけで、歌への思いは消えてはいない。

今も胸の奥底で燃え続けている。

裕而は立ち上がった。

「金子は歌うべきだと僕も思う。金子、親父のいうように、ベルトラメリ能子先生にまた頼んでみたらどうだろう。家に来てもらうのはさすがに難しいだろうから、音楽学校で、個人レッスンをお願いしたら」

「でも、雅子をみてくれる人が……」

「家にいるときは僕がみるよ」

「じいちゃんが近くにいるなら、いつだって預かってやるのになぁ」

三郎次が雅子を高い高いしながらいう。金子の目が不意にうるんだ。

「人生は一度きりだ。やりたいことはやらないとな。やりすぎても好きなことなら少しも後悔せんよ」

ふっと笑った三郎次はその日も歌舞伎に行き、翌日、福島に帰った。


早速、金子は音楽学校に能子を訪ねた。

レッスンの再開をお願いすると、快く、一ヶ月に一回、時間を作ってくれるという。とりあえず、今まで練習した曲を復習することになった。『トスカ』の『Vissi d' arte, vissi d' amore』と『カルメン』の『ハバネラ（私が惚れると危険だよ）』である。

またこの曲かという思いがないわけではなかったが、いざ、歌ってみると前の繰り返しではまったくなかった。

出産で体は緩み、筋肉も落ちている。前にはラクにできたことができなかったりもしたけれど、歌いたいという思いが強くなっていると気づかされた。

子どもを産み育てる中で、命の輝きのはかなさと強さを感じ、人や音楽を慈しむ気持ちが深くなっているとも感じた。

ひとつの曲を歌い続けることで、自分の心や身体の変化も知ることができるということもおもしろかった。

歌は人と共に変化する。金子はその妙味を教えられたような気がした。


週に二度三度と、伊藤久男がやってくる。

「そりゃよかった。金子さん、貴女は歌う人ですよ」

能子先生とのレッスンを再開したというと、久男は破顔した。

その晩、裕而は珍しく、久男といっしょに杯を重ねた。

酒に弱い裕而は、苦いものをなめるように、杯を口に運ぶ。今日の酒は、久男がかついできた一升瓶の特級酒だ。

「先輩のおかげで、コロムビアとリーガル（コロムビアの廉価レーベル）、タイヘイレコードの仕事が決まり、やっとひと息つけました。今はコーラスやら合いの手ですが、いずれレコードも出してくれるそうで」

「よかったですこと」

「ピアノのことを持ち出しても、誰も乗ってきてくれないのが残念なんですけどね」

裕而はうなずきながら聞いているが、どこか浮かない顔をしている。

「何かあったんですか」

「いや、別に」

「話してくださいよ。僕では力になれないかもしれないが、先輩の話を聞くくらいはできますから」

裕而は久男と金子の顔を見回し、絞り出すようにつぶやく。

「いやね、ついこの間、会社の人から、私の曲に関しては、入社以来ずっと赤字だと嫌みをいわれてしまって……」

「……なんてことを……」

「仕方ないさ。ほんとのことなんだから。ヒットをだせない作曲家なんか、会社のお荷物だってことさ」

裕而が投げやりな口調でいった。この人はこれほどの鬱屈を抱えていたのだと、金子は胸がつぶれるような気がした。

と、突然、久男が立ち上がり、腕を振りながら『紺碧の空』を歌い出した。

隣室で寝かせていた雅子がふぇ〜っと泣き出し、金子はあわてて雅子の元に走った。

雅子を自分が起こしたことにもまるで頓着せず、久男は朗々と歌いきる。

「僕は好きですよ。先輩の曲にはすがすがしさがある。人の胸の中にすーっと入り込み、魂の美しいところをすくい上げてくれるような力がある。世の人々に認められないわけがありません」

「しかし、売れない……売れない流行歌なんて意味がないんだよ」

「何もそこまでいわなくても……淡谷《あわや》のり子さんの『乙女の春』や『春のうたげ』、いい曲でしたよ。淡谷さんもお気に入りだったじゃないですか」

「でもヒットにならない。何かが足りないんだ」

「いい曲だから、売れるという、そう単純なものではないんでしょうな。流行歌ってのは。曲と詩と歌手の声と調子、さらに時流やタイミング。いろんなものが絡みあっているからなぁ」

「足りないのは何だ……」

裕而はため息をついた。

「私ね、貴方の曲を聴くと、福島の澄み切った空と風景を思い出すの。日本の心っていうのかな、その輝きに私は惹かれているのね」

雅子を抱きながら戻ってきた金子がつぶやいた。ふえふえとぐずっている雅子の背中をぽんぽんと軽くたたきながら続ける。

「忙しいからなかなか難しいと思うけど、その詩が生まれたところに、裕而さんが行ったら、どんなものができるかしらって、ふと思うときがあるの。また新たな古関裕而の世界が生まれるかもしれないな、なんて」

「その土地に行く?」

金子がうなずく。

「ちょっと話が違うかもしれないんだけど、イタリアの曲をイタリア語で、ドイツの曲をドイツ語で、フランスの曲をフランス語で歌うと、感じることがあるの。その言葉の文化の中から、その曲が生まれてきたんだなあって」

「あ、わかるよ、それ。歌うのも聴くのも日本人なのだから日本語の歌を歌えばいいのにとか、翻訳して歌ったらいいとか言われるけど、原語ならではの匂いとか手触りがあって、曲にぴったりあうのは、やっぱりそっちなんだよな」

久男が大きく首を縦に振る。

「そうそう、そうなのよ。イタリア語の母音の流れるような美しさ、Rの巻き舌のおもしろさ、ドイツ語なら子音の響きや韻のリズムの心地よさなど、それぞれの言語の特徴や言葉の響きが曲によって引き立つの。それは同じ場所、同じ時代を曲と詩が呼吸しているからじゃないかって」

裕而はあごに手をやり、じっと金子の言葉に耳を傾けている。

「ごめんなさい。生意気言って、怒った？」

裕而はううんと首をふる。

「さすが金子だと思って聞いていた。なるほど、金子の言うことには一理あるよ。……それにしても金子の音楽論を聞くのは久しぶりだ。子育てで大変だったからね」

金子は裕而の手に自分の手を重ねる。

「子育ては大変なことばかりじゃないのよ。音楽っておもしろいなぁって、この子ができてから改めて感じるの。シューベルトの子守唄も、日本古来の子守唄も、あんたがたどこさも、雅子にとっては同じ音楽、垣根がないのね。私たちは、こっちはクラシック、あっちは演歌、そっちは民謡と区別してしまうけど、赤ちゃんはその曲が好きか嫌いかしかない。美しい旋律の曲だけじゃなく、手遊びができるような軽さのある曲も同じように好きなの。歌を歌ってあげると、手足をふりまわして喜んで。それを見ると、ああ、これが音楽の喜びの原点だって、感動しちゃうの」

「赤ん坊だけじゃない。大人もそうじゃないですか。クラシックの深さと美に身をゆだねたいと思う一方で、ちょいとなと端唄を口ずさんだりする。ファルセットのソプラノだけでなく、地声の力強さも悪くないと思う」

久男が酒を口にふくんで続ける。

「我を忘れて美に心酔するときもあれば、あだし心で楽しむものもあるってことなんですかね」

「あだし心か――」

裕而が言葉を口の中で転がした。あだし心とは、浮気心、変わりやすい気持ちという意味である。


そして、雅子がよちよち歩き始めた頃、金子はまた身ごもった。

「雅子ちゃんはお姉ちゃんになるのよ。楽しみね。弟がいい？　妹がいい？」

「どっちも！」

雅子と公園に遊びに行くと、「おばちゃん、お歌を歌って」と他の子どもたちも集まってくる。

「いいわよ。何を歌いましょうか」

子どもを持っても、歌をあきらめる必要はない。

金子は幸せだった。

ただひとつ気がかりは、裕而のヒットがでないことだ。

この年、久男が伊藤久男名義でリーガルから『今宵の雨』でデビューした。続いてコロムビアからも宮本一夫の名前で『ニセコスキー小唄』を発売、タイヘイレコードでも内海四郎名義でレコーディングしている。


そんなある日、裕而が突然、日帰りで潮来《いたこ》に行くことになった。詩人の高橋掬太郎とヒットソングを作るための取材旅行だという。

潮来は水郷で、あやめの美しさでも知られている。あやめの季節ではなかったが、始発電車で土浦《つちうら》まで行き、船で霞ヶ浦を渡り、潮来の町を歩くといって、裕而はまだ暗いうちに出かけ、夜遅く帰ってきた。

「金子、思い切って、行ってきて良かったよ。貴女が言うとおりだ。潮来の風に吹かれ、この目でその土地を見て喚起されるものが確かにあった。大収穫だったよ」

そして昭和九年の秋、裕而にとって流行歌の最初のヒット曲が生まれた。

潮来を共に歩いた高橋掬太郎が詩を書き、松平晃が歌った『利根の舟唄』である。

利根の朝霧　櫓柄《ろづか》がぬれる

恋の潮来《いたこ》は　恋の　恋の潮来は　身もぬれる
島は十六　真菰《まこも》の中の
花はひといろ　花は　花はひといろ　濃紫《こむらさき》
夢の浮島　情の出島
風に思いの　風に　風に思いの　帆がはらむ

間奏には、裕而の要望で尺八を使った。尺八の音色がゆらりゆらりと揺られる小舟、川の流れを思わせて好評だった。

裕而の表情が明るくなる。自信を取り戻すにはやはり成功が必要なのだ。


そして次女・紀子《みちこ》が生まれた。

子どもがふたりに増え、金子はてんてこまいだ。

食事の用意や掃除、洗濯、授乳、オムツ替え、その合間に、雅子に絵本を読んでやる。紀子をおぶい、雅子をつれて公園に行く。豊橋でのびのびと育った金子は、子どもを丈夫に育てるには外気にあてなくてはと考えていた。

二番目が生まれると、長女の雅子が赤ちゃん返りするのではないかと心配したが、お姉ちゃんとほめられると雅子はすすんで金子の手伝いをしたり、自分がしてもらったように紀子に子守歌を歌ってやったりする。

世話好きなところは、祖母のみつ譲りかもしれない。紀子もおおらかな赤ちゃんで、よく眠ってくれる。

やらなくてはならないことに追われていても、金子は苦しくはなかった。

子どもの成長が喜びとなる。

何よりの金子の力の源は、歌の勉強を続けているということだ。

月に一度の能子先生とのレッスンはもちろん、歌に真剣に向き合う時間を一日に一〇分であっても持つということが、気分転換になる。自分が自分らしく生きているという実感があった。

この間も時代は進んでいた。

前年の昭和八（一九三三）年に日本は国際連盟を脱退し、この年の一二月、アメリカに対し、ワシントン海軍軍縮条約の破棄を通告した。

一方、日比谷には東京宝塚劇場や日比谷映画劇場が生まれ、藤原義江の藤原歌劇団が日比谷公会堂で公演するなど、オペラやミュージカル、レビューの花が開いていた。浅草松竹座の水の江滝子も断髪にタキシード姿の男装の麗人として人気を博している。

「高橋掬太郎君とこんな曲を作ったんだけど」

年が明け、昭和一〇年、裕而が金子に楽譜を渡した。

夢もぬれましょ　汐風夜風
船頭可愛や　エー　船頭可愛や　波まくら

千里はなりょうと　思いは一つ
おなじ夜空の　エー　おなじ夜空の　月を見る

独りなりゃこそ　枕もぬれる
せめて見せたや　エー　せめて見せたや　わが夢を

金子は初見で、歌い出す。日本民謡を思わせる旋律だが、品が良く、すっきりしている。どこか懐かしく、それでいて新しい。

「どなたが歌うの？」

「音丸さんという歌手なんだ」

「芸者さん？　聞いたことがないけど」

数年前から芸者歌手がブームで、小唄勝太郎、市丸、赤坂小梅などが一世を風靡《ふうび》している。

「名前だけ聞くと芸者かと思うだろ。それが狙いの芸名なんだ。でも本当はね、青物横丁にある老舗の下駄屋の女将だ。旦那は入り婿で、ふたりで下駄屋をやっている。この音丸、筑前歌がやたらめったらうまくてね。日本髪を結って、音丸としてすでに何枚かレコードをだしている。ディレクターが彼女にぞっこんなんだ」

「あら、おきれいなの？」

裕而は首をひねった。

「どうかな。歌も顔も、貴女にはかなわない」

「あなたがそんなお上手いうなんて、なんだか怪しいわ」

口をちょっととがらせて、金子は軽く裕而をにらんでみせる。

「いつもそういってるじゃないか。僕は金子にぞっこんだ」

その二日後から、音丸が古関家に通い始めた。

ぽってりとした丸顔で、目も鼻も丸い。美人ではないが、庶民的で愛嬌がある。

新たに買い求めた中古のピアノを裕而が弾き、音丸に歌を教える。音丸は譜面が読めなかったが、勘がよく、歌詞の脇に、曲線で音の高低、装飾音なども書き入れて、すぐに覚えてしまった。

「いい声ね」

金子がほめると、裕而がうなずいた。

「あのディレクターが夢中になるわけだ。六歳の六月六日から常磐津《ときわず》と舞踊を、一三歳の時には筑前琵琶を、一七歳で小唄を始めて、結婚してからは民謡でも名を馳せたらしい」

「やはり、そうなのね。鍛え上げなくちゃ、あの声はでないと思った。すぐに調整できるのも、子どもの頃から歌をたしなんできた人ならではね」

八月、コロムビアは音丸が歌う『船頭可愛や』を大宣伝して、レコードを発売した。

当初はあまり反響がなかったが、その年の暮れ頃からこの歌は猛烈な勢いで世の中に浸透した。

評論家は「日本最高の歌謡曲」と絶賛し、町を歩けば、どこからも、『船頭可愛や』が聞こえる。

「雅子、紀子、これ、お父さんの作った曲よ。すごいわねぇ」

金子は子どもたちにいわずにいられなかった。

ようやく裕而の名前が全国に知れ渡るようになったのである。

日本で初めて国際的に認められたオペラ歌手・三浦環が帰国したのは、ちょうどこの時期だった。

環はアメリカ・ニューヨークのメトロポリタン歌劇場に迎えられた最初の日本人歌手であり、ウッドロウ・ウィルソン、ウォレン・ハーディング、カルビン・クーリッジ、三代のアメリカ大統領の前でも歌った女性である。

十八番はプッチーニの『蝶々夫人』で、作曲家プッチーニから「世界最高のマダム・バタフライのプリマドンナ」と絶賛され、「マダム・バタフライ」とも呼ばれた。

ロンドンの名門、ロイヤル・オペラ・ハウスでは、イギリス国王ジョージ五世も臨席する中、

『蝶々夫人』を見事に歌い、大成功をおさめている。さらに、モンテカルロ、バルセロナ、フィレンツェ、ローマ、ミラノ、ナポリの歌劇場に客演。イタリアで歌手活動を続け、『蝶々夫人』出演二〇〇〇回の記録を達成し、帰国したのだった。

原信子も関屋敏子も、山田耕筰も、環の弟子だった。

少女時代から、三浦環は、金子の憧れの人だった。

その環から、「『船頭可愛や』は素晴らしい。ぜひ、私も歌って、新たなレコードに入れたい」と連絡が来て、裕而は欣喜雀躍《きんきじやくやく》した。

裕而はもちろん、金子も子どもたちを姉に預けて、その吹き込みに立ち合った。

環はおおいにふくよかな体を、モダンな洋服で包み、肩までの髪にはパーマネントをかけていた。目の前に立つ環を金子は憧憬の目で見つめた。

裕而が金子を紹介すると、眉を少し上げて、「よろしく」とよく響く声でいった。裕而の妻を値踏みしているような目だった。

確かめるように、何度か声をだし、環はマイクの前に立つ。

ピアニストに合図を送る。その途端、環の表情が変わった。まるでここが世界の中心だといわんばかりの迫力が環の体全体からにじみだす。その目に見つめられたら、動くことさえできないだろう。

そして限りなく清澄な声が空間に響きだした。

まるで柔らかな風が頬をなでるようだ。これは潮を含んだ海の風だと金子は思った。

夜空にぽっかりと月が浮かんでいるのが見えるようだ。

月の光は皓々《こうこう》と空を照らし、海に一筋の道を作って……。

音丸の歌とは全く違う。

同じ旋律が、環が歌うとアリアになっていた。

「素晴らしいわ」

金子は思わずつぶやいた。以前だったら、ただただ憧れだけで終わっていたかもしれない。けれど今の金子は違った。環の歌に自分の手が届かないとは思わない。いつかきっと、環のように裕而の曲をレコードに吹き込み、金子はオペラの舞台に立つのだ。

金子の気持ちが裕而に伝わったのだろう。裕而は金子の肩にそっと手をおくと、耳元でささやいた。

「いつか、きっと貴女も。僕の曲はすべて貴女のものだから」

環の歌は、青盤レコードで発売された。

当時コロムビアでは、外国の著名な芸術家のレコードにのみ青いラベルを貼り、青盤レコードと呼んでいた。日本人の青盤芸術家は、わずかだった上、歌謡曲として発売した同じ曲が青盤レコードになるのは異例なことだった。

さらに裕而は、環に『月のバルカローラ』という、コロラチュラ・ソプラノにふさわしい歌を作曲して献呈した。

バルカローラはイタリア語で「船唄」の意味だ。ゆっくりしたテンポの六拍子や十二拍子が使われた曲で、舟が波に揺られる感じがよく出ていた。

この『月のバルカローラ』も環が歌い、レコードとして発売された。

裕而にとって、この二枚のレコードは世界のプリマドンナに選ばれた特別なものとなった。

「コロムビアから国技館の相撲の枡席の切符を二枚、もらったんだけど、一緒に行かないか」

あるとき、裕而がにやりと笑っていった。

相撲は大人気で、相撲放送が始まると、街頭ラジオの前が人で埋め尽くされるほどだった。

金子も相撲は好きだ。だいたいスポーツ全体が好きなのである。

「見たいけど、それで子どもたちを姉に頼むのも……」

口ごもった金子の声に、裕而の声が重なる。

「三浦環さんもご一緒だよ」

「行くわっ。んもう、それ、先に言って」

金子は肘で裕而を軽く押した。

その日はきれいに髪を結い、新しい口紅をつけ、この日のために裕而に買ってもらった帯留めをして、金子は裕而と共に国技館に出かけた。

一枡は四つに仕切られ、四人が座れるようになっている。

環は弟子の女性も連れてきていた。このふたりがかなりふくよかで、出方が弁当や飲物を運んでくると、もう足の踏み場もない。

そこに、コロムビア所属のバリトン歌手である下八川圭祐まで来たのだから、金子と裕而は顔を見合わせてしまった。下八川が座る場所など、どこにもない。

とっさに裕而が耳打ちした。

「金子、僕の膝の上に座って」

「え、あっ、ええっ!?」

三人の巨漢と夫婦が枡席におさまるためにはそれ以外、思いつかず、金子は躊躇したものの結局、裕而の膝の上に腰をおろした。裕而が金子の腰に手をまわす。

「恥ずかしいわ」

「気にすることないさ。夫婦なんだ」

裕而はひょうひょうとした表情で澄ましている。

環がまばたきを繰り返しながら、ちらと金子を見た。

相撲のあいまにも、ちらちらと環はこちらに目を向ける。

環は五〇歳を超えたばかりだったが、女の目をしていると金子は思った。目には、羨望とも嫉妬ともつかぬものが見え隠れしている。小鳥のように体を触れあわせている若い男女が気になっている。

あふれるような環の表現力は、心が若く、いつまでも女としての欲望を持ちつつ生きているからなのだと金子は思い知らされた気がした。

日本では、感情を抑え人に見せないのがゆかしいとされ、女性には特にそれが求められる。ましてや男女の機微はそよとも見せないのが良しとされる。

しかし、表現者はそれではだめだ。自分の中にあらゆる感情があることをまずは認めなければならない。奥底に隠してきたものを、すくいあげる勇気も必要だ。

もっと自由になりたい。自分の感情を開放し、自在にコントロールするすべを身につけたいと金子は思った。

振り返って、裕而を見つめる。唇と唇がふれあいそうなほどの近さだ。

「どうしたんだい？」

「なんでもない」

環に見られているのを意識しつつ、金子は白い歯を見せて裕而に微笑んだ。

『船頭可愛や』の大ヒットはコロムビアに大きな利益をもたらした。

「入社以来の赤字はすべて棒引きにさせていただき、『船頭可愛や』の印税は最初の一枚からさしあげます」

翌昭和一一（一九三六）年六月の印税計算期、文芸部補佐の英国人エドワードと部長の松村武重が裕而に言った。そのことを聞いた金子は感謝の気持ちでいっぱいになった。

福島の三郎次とヒサ、豊橋のみつも、おおいに喜んでくれた。

ヒサはいつか作曲家になるという裕而の夢が破れ、福島に帰ってきて喜多三を盛り返してくれるのではないかと、半ば願っていたようだったが、この時以来、「戻ってきなさい」という言葉を口にしなくなった。

その年の二月二六日、二〇人あまりの陸軍青年将校と彼らに指揮された下士官・兵一五〇〇人が永田町一帯を占領し、首相官邸や警視庁などを襲撃した。このとき、斎藤実《まこと》内大臣、高橋是清蔵相、渡辺錠太郎陸軍教育総監らが殺害されている。

政府は戒厳令を公布し、二日後、反乱は天皇の命令で鎮圧されたが、ときの岡田啓介内閣は退陣、次に組閣された広田弘毅《こうき》内閣は陸軍の要求で軍部大臣現役武官制を復活した。軍の内閣介入が合法化されたのだった。

9

「笑って……もっと自然にしていいんだよ……」

裕而は、九・五ミリフィルムのホーム・ムービーを手に入れると、何かにかこつけては金子にカメラを向けるようになった。一九二二年にフランス・パテ社が開発した九ミリ半パテ・ベビーは、翌年に日本でも輸入販売が始まり、裕而は『船頭可愛や』のヒットの自分へのご褒美と、奮発したのだった。

フィルムだって贅沢品で馬鹿にならない値段がするのに、裕而は惜しげなく金子や娘の雅子と紀子を映す。いつのまにか撮られていることもあり、うっかりできない。

そして週末になると、座敷のふすまに白い布をはり、電気を消し、映写会を開く。金子が発声練習をしているときの、人には見せられないような表情や、鏡を見ながら口紅を塗っている顔なども映し出され、そんなとき、裕而はからかうように言う。

「歌姫の素顔って、タイトルでどう?」

「もうぉ、冗談ばっかり」

「決定的瞬間なのに、人に見せられないのが残念だよ」

ふたりは顔を見合わせて吹き出すのだった。

六甲颪《おろし》に颯爽と　蒼天翔ける日輪の
青春の覇気美しく　輝く我が名ぞ大阪タイガース
オウオウ　オウオウ　大阪タイガース
フレ　フレ　フレ　フレ

闘志溌剌起つや今　熱血既に敵を衝く
獣王の意気高らかに
無敵の我等ぞ大阪タイガース
オウオウ　オウオウ　大阪タイガース
フレ　フレ　フレ　フレ

鉄腕強打幾千度《いくちた》び　鍛えてこゝに甲子園
勝利に燃ゆる栄冠は
輝く我等ぞ大阪タイガース
オウオウ　オウオウオウ　大阪タイガース
フレ　フレ　フレ　フレ

昭和一一年に裕而は、大阪タイガースの球団歌『大阪タイガースの歌』の作曲を担当し、関西で熱狂的な支持を得ることになった。作詞は佐藤惣之助、歌手は中野忠晴で「六甲おろし」と呼ばれ、今も愛され続けている。

ドイツではヒトラーが開会を宣言し、ベルリンオリンピックが始まった。

日本勢の活躍はめざましかった。

遊佐正憲・杉浦重雄・田口正治・新井茂雄の自由形リレー、平泳ぎの前畑秀子や葉室鉄夫、自由形の寺田登、陸上の田島直人、日本統治下の朝鮮出身でマラソンの孫基禎が六つの金メダルを、さらに銀メダル四個、銅メダル八個も獲得した。

試合の様子はラジオ放送され、河西三省《かさいさんせい》アナウンサーの「前畑頑張れ」の連呼の実況は、日本中に熱狂的な興奮を巻き起こした。

この年、東京は一九四〇（昭和十五）年夏季オリンピック大会の招致に成功している。

「あら、松子から手紙が来てる」

郵便受けから戻ってきた金子は封筒の裏を見て、目を見開いた。

松子はすぐ下の妹だった。

金子の姉妹たちもそれぞれ自分の道を歩き始めている。

いちばん上の姉・富子は、子どもたちも大きくなり、受験だなんだと騒ぐことはあるにしても、ゆったり奥様業を楽しんでいる。世話好きなのは相変わらずで、金子が裕而とコンサートに行くときなどは、雅子や紀子の面倒を見てくれた。

すぐ上の姉の清子は、金子が裕而と一緒になった翌春、婚約者だった謙治と、豊橋で結婚した。謙治は、母・みつの後をつぎ、軍の御用商人となり、実家のそばに広い裏庭のあるモダンな洋館をたてた。ふたりの娘にも恵まれた。

松子は、その清子の紹介で関東軍司令部の情報課につとめる人と結婚し渡辺の姓になった。現在は満洲に住んでいる。手紙は満洲からだった。

松子の下の貞子も女学校を卒業し、東京の保険会社でタイピストとして働いていたが、東京大学の医学部の学生と相思相愛の仲となり、彼の卒業と同時に、先方の親の反対を押し切って結婚している。

豊橋の母の元にいるのは、末っ子の寿枝子だけだ。寿枝子は女学校に進学していた。

「松子が、こちらに遊びに来ませんかって。慣れないところで、寂しいんでしょうね。仕事が仕事だから、旦那さんも忙しいだろうし」

「満洲の新京か。王道楽土だっていうがなぁ」

満洲国建国の意義は、「五族協和」と「王道楽土」であると宣伝されている。皇帝のもと、万民が幸福に暮らすという国家の理想を掲げていた。

「関東軍司令部の情報課勤務だなんて、大変だろうなぁ。関東軍のある意味、中枢だから」

「向こうはさぞ建国精神に燃えているんでしょうね。兄さんにも会いたいなぁ」

一六歳の時に大連に行って以来、金子は兄と会っていない。

「ふたりで行こうか」

「ええっ？」

「いつか向こうに旅して、中国やロシアの歌の採譜をしたいと思っていたんだ」

音楽の演奏を聴いて、それを譜面に書き取ることが採譜だ。日本に入ってくる外国曲の楽譜はまだごく少なかった。そうした歌や曲を知るには、現地に行き、採譜するしかない。

金子は、かつて旅した大連を思い出した。

風景、匂い、音、空気の乾燥……日本とはすべてが違っていた。自分の五感が新たに日覚めたような体験だった。

中国はどう変わったのだろう。あのとき出会ったロシア人たちは今も、バラライカをかき鳴らしているだろうか。

中国人は胡弓の音色にうっとりと目を閉じているだろうか。

街中では怒鳴っているかのような大声で話し、笑い、今も、こんにちはのかわりに「吃飯了没有」（ご飯を食べましたか）といいあっているのだろうか。

裕而に、満洲を見せたい。一緒に街を歩きたい。

違う言葉を聞き、髪の色やしぐさが違う人々と話し、彼の地の音楽に耳を澄ませたい。

行きたい。そう思ったら、金子は矢もたてもたまらなくなった。

「金子が顔を見せてやれば、松子ちゃんも喜ぶよ。なんなら、雅子と紀子は、福島の両親に頼んでもいい。僕は金子とふたりで行きたいんだ」

ヒサの顔を思い出して、金子は首を横に振った。お嬢様育ちのヒサにはまだ頑是《がんぜ》ない娘たちの世話は無理だった。

「富子姉さんに頼んでみるわ。松子の様子を見てくると言ったら、行ってきなさいときっといってくれる。行きましょ、ふたりで！」

「そうこなくちゃ！」

昭和一二（一九三七）年だった。

だが、出発が間近に迫った七月七日、盧溝橋事件が起きた。

北京（北平）西南の盧溝橋で日本軍と中国軍が衝突し、交戦状態になったのである。近衛文麿内閣と軍中枢は自衛権の行使として北支への派兵を決定、事実上の戦争に突入した。

松子の夫である渡辺からは、満洲も戦火に見舞われる危険があるかもしれないので、中止したほうがいいのではないかという電報が届いたが、すべてお膳立てができていたので、金子は旅行を決行したいと裕而にいった。裕而もはなからそのつもりだ。

結婚もそうだったが、金子には母のみつから「おまえが男だったらどんなによかったか」といわれる大胆な一面があり、いざとなると腹をくくり、突破していくところがある。

七月下旬、金子と裕而は神戸から吉林丸《きつりんまる》で大連に向かった。

吉林丸は六七八三トン、全長一三六メートルの豪華客船で、夕食には白い制服を身につけた給仕係がビフテキや大きなエビフライなどを運んできてくれる。昼はデッキチェアに横になり、海を眺めたり、本を読んだり、他の乗客と輪投げなども楽しんだ。

朝靄《あさもや》の中、大連港についた。

兄の勝英やコロムビアの人々が迎えにきてくれていた。勝英が金髪の白系ロシア人女性と彼女によく似た子どももふたりと一緒だったので、金子の目が丸くなった。

勝英は如才なく裕而と挨拶を交わした後、金子に耳打ちした。

「元気そうだな。音楽家と一緒になるなんて、おまえらしいじゃないか。駆け落ちみたいな結婚だったって聞いてるぞ」

「いやだ、人聞きが悪い。そんなんじゃないわよ。ちゃんと親に紹介して結婚したんです」

金子は勝英の肩をとんとはり、唇をとがらせた。勝英が目を細める。

「よさそうな人物だ。安心したよ。子どもも生まれたんだろ。何よりだ。歌は続けてるのか」

「おかげさまで続けさせてもらってます。……ね、お兄ちゃん、この女性は？　結婚したの!?」

「一緒に暮らしてる。籍は入れてないが。子どもは向こうの連れ子だ。かわいいんだよ、実の子じゃなくても」

女性はイリーナという名で、亡命ロシア人だという。勝英とイリーナはロシア語で話している。前に金子が大連に来たときには、勝英は中国人女性とつきあっていて、そのときは中国語だったことを思いだし、金子は苦笑した。

金子はイリーナに、ロシア語ではじめましてと挨拶をする。

「オーチン プリヤートゥナ」

ロシア語であと知っているのは、ズドラーストヴィチェ（こんにちは）、スパシーバ（ありがとう）、ダスヴィダーニャ（さようなら）だけだ。

コロムビアがふたりのために用意してくれていたのは、大連中心部の大広場に面したヤマトホテルだった。南満洲鉄道株式会社が経営しているルネサンス様式の豪華なホテルで、かつて金子が大連に来たときには、勝英が屋上レストラン「ルーフガーデン」に連れてきてくれた。そのとき勝英が、「ここが満洲の迎賓館だ」と言ったのを今でも金子は覚えている。

豪華なシャンデリアが光を放ち、足をとられそうなほどふかふかの絨毯《じゅうたん》が敷き詰められている部屋に、金子は目を見張った。エレベーターというものにも、はじめて乗った。

毎日、ふたりで街を歩き回った。裕而は外国商品を並べている商店をみて歩くのが気に入ったようだった。男性には珍しく裕而は買い物が好きだった。

またコロムビアの人々が開いてくれた歓迎座談会で、金子は裕而の歌を歌い、喝采を得た。

夜は何度も兄の家で食事をごちそうになった。

イリーナの作るボルシチやウハー（魚のスープ）、スメタナ（サワークリーム）をかけて食べるペリメニ（ロシア風水餃子）は美味しく珍しかった。イリーナはピアノも弾き、もちろんロシア語で『カリンカ』や『トロイカ』も歌う。

裕而は、ご自慢のパテ・ベビーで撮影しまくった。金子もイリーナからロシアの歌や料理を教わるなどしているうちに、日々はまたたくまに過ぎた。

大連の次は、松子の住む新京に向かう。

大連から奉天までは、満鉄が誇る「あじあ号」に乗車した。世界最大の直径二メートルの大動輪で、広大な原野を時速一〇〇キロ以上で走る弾丸蒸気機関車である。発車後まもなく、おしぼりやお茶のサービスもあり、快適な列車の旅だった。

奉天では、コロムビア支店長が出迎えてくれた。

宿泊した奉天ヤマトホテルも大連のヤマトホテルに負けない豪華さで、細部の意匠まで美しい。連日、パーティーや音楽会、食事会が開催され、地続きのところで日本軍と中国軍が衝突していることなど信じられないような賑わいだ。

コロムビアの社員の家にも招かれて、贅沢な暮らしぶりに金子は目を見張った。洋館の大邸宅で玄関にはポーチがある。応接間にはピアノと蓄音機が置いてあり、何人もの中国人が働いていた。

奉天は、清朝時代の都である。裕而と金子は、支店長の案内で、清朝時代の遺跡なども見て回った。

奉天商店街千日通りにも、百貨店にも行った。八宝茶で喉を潤し、餃子やシュウマイ、燻肉大餅を味わった。

女真族を統一したヌルハチが、都を瀋陽に移した際に創建された皇宮・瀋陽故宮はスケールが大きく、見応えがあった。

「柱に巻き付いた龍は漢族、屋根の天辺の飾りはチベット、屋根は満洲族と三つの建築様式が融合しているんです」

モンゴル族のパオを模して作られていた大政殿を案内してくれた中国人の表情が金子は忘れられない。言葉も物腰も柔らかなのに目が氷のように冷たかった。中国人の心の奥底に、排日の強い意志があることを知らされたような気がした。

いよいよ新京へいくという前日、渡辺から連絡があった。

先だって奉天から新京へのルートで、線路が河のほうに引き込まれていたという。幸い、事故は避けられたが、いつ何が起きるかわからないので、特別に、ふたりの乗る列車に警乗兵をつけるとのことだった。警乗兵は、車内で警戒活動にあたる兵隊である。

街も駅も、一見平和そのものである。しかし、自分たちの土地に侵入してきた日本人を憎み、力で排除しようとしている人が確かにいるのだ。そして行動はしなくても、できなくても、多くの中国人が同じ気持ちでいる。そう思って現地の人々を見ると、ことがあれば立ち上がるという意志が目の奥底に感じられるような気がした。

幸い、何事もなく、急行列車は新京につき、金子は胸をなでおろした。

新京は、満洲国建国直後の昭和七年、建国式典と清朝最後の皇帝・愛新覚羅溥儀《あいしんかくらふぎ》の満洲国執政就任式が執り行われた街である。かつては長春と呼ばれていたが、満洲国の国都となると、「新京」と命名された。

いたるところで建物が作られていて、首都建設の勢いが街全体からあふれている。

新京では松子の家に滞在した。朝はご飯に味噌汁、卵焼き、昼はきしめんといった日本食を久しぶりに食べ、金子は、歌が好きな松子と、毎日声を合わせて歌った。

春高楼の花の宴　めぐる盃　かげさして
千代の松が枝分け出でし　むかしの光いまいずこ

秋陣営の霜の色　鳴きゆく雁《かり》の数見せて
植うるつるぎに照りそいし　むかしの光いまいずこ

いま荒城のよわの月替らぬ光たがためぞ
垣に残るはただかづら　松に歌うはただあらし

天上影は替らねど　栄枯は移る世の姿
写さんとてか今もなお　嗚呼《ああ》荒城のよわの月

松子は『荒城の月』を何度も歌いたがった。それが金子は不思議だった。

「前からこの歌、好きだっけ？　せっかくこっちにいるんだから、中国の歌を歌おうよ。中国の歌、教えてよ」

「日本にいたときは、特に好きってわけじゃなかったのに、このごろものすごく歌いたくなっちゃうの。やっぱり日本が恋しいのかしら。『荒城の月』を歌うと、日本人だなぁって思うのよ」

金子とよく似ている松子の目が笑う。

滝廉太郎は明治時代に活躍した作曲家で「春のうららの　隅田川　のぼりくだりの　船人が」ではじまる『花』も有名だ。『お正月』『鳩ぽっぽ』『雪やこんこん』など歌いつがれている童謡もつくっている。

「単純な旋律なのに、しみじみ心に染みるのよね。歌詞もいいでしょう。世の理《ことわり》のようなものが伝わってくるの。平家物語のような、人の世の栄華と滅び、死、変わらぬ自然、日本的な諦念……そこにぐっときちゃうのかも」

「日本的な諦念？　松子、それ、どういう意味？」

松子はう～んとつぶやき、頬に手をあてた。やがて口を開く。

「こっちに来て感じたの。滅びや死に、哀愁や美しさを感じるのは日本的なことだって。中国の人はそうじゃないのね。死んで花実が咲くものか、そのものなの」

「死んだら終わりってこと？」

「そうとまでは思わないけど……こっちの人は祖先は大事にしているけど、生きることに対する執着は日本人よりずっと強いような気がする。どんなことをしても生き抜くみたいな……こんなにも大きな大陸で、何度も民族間で壮絶な戦いを繰り返してきたからなんでしょうけど。とにかく生きていくぞ、生き抜くぞって。日本と中国、どっちがいいとかいうことじゃないの。ただ、私は日本人だなぁって、荒城の月の国の人間だなぁって感じさせられるのよ」

松子は歌によって自分を確認し、自分を励ましているのだと、金子は思った。

金子がせがむと、松子はおぼえたての中国の歌を教えてくれた。『茉莉花』という古くから伝わる民謡だ。

好一朵茉莉花、好一朵茉莉花、

（きれいな茉莉花、きれいな茉莉花）

満園花開香也香不過她、

（庭中に咲いたどの花もその香りにはかなわない）

我有心采一朵戴、又怕看花的人兒罵。

（一つとって飾りたいけれど、怒られてしまうかしら）

好一朵茉莉花、好一朵茉莉花、

（きれいな茉莉花、きれいな茉莉花）

茉莉花開雪也白不過她、

（雪よりも白く咲いた茉莉花）

我有心采一朵戴、又怕旁人笑話。

（一つとって飾りたいけれど、笑われてしまうかしら）

好一朵茉莉花、好一朵茉莉花、

（きれいな茉莉花、きれいな茉莉花）

滿園花開比也比不過她、

（庭中に咲いたどの花もその美しさにはかなわない）

我有心采一朵戴、又怕來年不發芽。

（一つとって飾りたいけれど、来年芽が出なくなってしまったらどうしましょう）


「かわいい曲ねぇ」

「きれいでしょ」

夏の今は過ごしやすいが、新京は冬にはマイナス三〇度ほどになると、松子は肩を落とす。

「早く日本に帰りたい……いつになったら戻れるのかしら」

望郷の気持ちが募っている松子との別れは辛かった。後ろ髪を引かれるようで、金子も涙が止まらなかった。

新京の次にハルピンへ向かう。ハルピンは旧帝政ロシアによって建設された街で、ロシア風の建物が多く、まるで西洋の都市のようだった。

石畳の道を、はっとするほど美しい白系ロシア人の娘たちがワンピースの裾をひるがえしながら歩いている。夕暮れには、ロシア正教寺院の鐘が街に響き渡る。

コロムビアで懇意にしているディレクターの兄がハルピンの秋林洋行という大きな百貨店の支配人をしていて、つきっきりでふたりを案内してくれた。

松花江《しょうかこう》という別荘地にあるヨットクラブではロシア人のバンドがロシア民謡を演奏していた。出された料理にも手をつけず、採譜をはじめた裕而に気がついたバンドマスターが、数曲の楽譜を贈呈してくれるという嬉しい出来事もあった。

「ロシアの民謡はいいなぁ。力強く、野性的で、情緒が深い」

「風をはらんで湖を走るヨットを眺めながら、バンドの演奏を聴けるなんて最高ね」

「それもロシア人によるロシア民謡の生演奏だ。これは僕にとって大きな収穫だよ」

裕而は秋林洋行でもロシア民謡のレコードをたくさん求めた。

もう満洲に来てから三週間が過ぎている。帰国の時が迫っていた。

ふたりは再び大連に戻り、最後に、旅順まで足を延ばした。

旅順港と、港を見下ろすことができる二〇三高地は日露戦争の激戦地だ。港に艦隊を配備し、二〇三高地に大規模な要塞を築いていたロシアに、日本は総攻撃をかけた。ここで勝利したことで、日本はロシアに勝ったのである。

金子と裕而は急な斜面をのぼり、二〇三高地の上に立った。港をみつめながら、金子の目に涙が浮かんだ。

「泣いてるのかい？」

「かわいそうで……山頂の要塞から激しい攻撃を受けながら、こんなきつい斜面を這うように突撃して、多くの若い命の血肉がこの大地の上で飛び散ったのだと思うと、気の毒で哀れで、申し訳なくて……」

日露戦争のことは、絵本や教科書で知っているつもりだったが、過去に起きた歴史としてしか受け止めていなかった。けれど、激戦地の場所に立つと、この戦いがどれほど過酷で痛ましいことかが伝わってくる。二〇三高地攻略を含む旅順攻囲戦で、日本軍約一万五四〇〇名、ロシア軍約一万六〇〇〇名の兵士が命を落とした。

「戦争は悲惨だね」

裕而がかみしめるようにいった。


行きと同様、帰りも吉林丸で大連をたち、神戸に向かう。

金子は兄とつないだリボンを右手でつかみ、岸に向かって大きく左手を振った。

「元気でがんばれよ。おまえが幸せでいることが俺の生きる力になる。離れていても、いつもおまえのことを思ってるからな」

吉林丸に乗船する直前、兄は金子にそういって、抱きしめてくれた。他の人なら驚いて飛び退くところだが、中国人やロシア人とつきあってきた兄のしぐさはごく自然で、金子は少しもいやではなかった。

ただ温かい兄の体温を感じながら、これっきり会えなくなるような気がして、金子は涙が止まらなかった。

船旅は天気にも恵まれ、快適だった。デッキに立つと、青い空と海が溶け合い、光の中にいるような気がする。

だが二日目の昼、ボーイが一通の電報を届けに部屋にやってきた。

コロムビアの文芸部からで、急ぎの作曲を頼みたいので、神戸ではなく門司《もじ》で船をおり、下関から至急特急列車で会社に駆けつけてほしいとある。門司から神戸まで船だと丸一日かかるが、下関から東京まで列車なら十数時間だ。

船旅を中断するのは残念だったが、裕而の仕事となれば仕方がない。ふたりは門司で下船し、船で下関に渡り、駅前で朝食をとった。

「ねえ、裕而さん、もしかしてこれのことじゃない?」

食後に、久しぶりに内地の新聞を手に取った金子が、裕而にある記事を指さした。そこには「『進軍の歌』入賞曲決まる!」とある。第一席と第二席はコロムビアから発売されるが、第一席はすでに陸軍戸山学校軍楽隊が作曲しているとのことだった。

第二席の作曲家は発表されていない。順当に行けば、コロムビアの専属作曲家から選ばれるということだろう。

第二席の詩について、選者のひとりの北原白秋の「兵士自身の歌として作られており優れている。もしこれに素晴らしい曲がつくならば、日露戦争の時の『戦友』に匹敵する歌が生まれるかもしれない」という評も載っていた。

ここは御国《おくに》を何百里　はなれて遠き満洲の
赤い夕日に照らされて　友は野末の石のした
思えば悲し昨日まで　まっ先駈けて突進し
敵をさんざん懲《こら》したる　勇士はここに眠れるか

この『戦友』は、日露戦争時に作られた。戦闘で戦友を失う兵士の哀愁を切々と歌った曲である。


「金子、『戦友』、知っているだろ。あの歌をどう思う？」

突然、裕而が金子にたずねた。

「悲しい歌よね。けれど、今も、歌い継がれて……歌うことで、慰められる。涙を流すことができる。……軍歌とは違うんじゃないかしら。戦いに人をかり出す歌ではなく、友だちを悼むレクイエム、鎮魂歌という気がする」

裕而は列車「富士号」に乗り込むと、すぐに五線紙を取り出し、進軍の歌の第二席に曲をつけ始めた。

できたのは短調の曲だった。

「金子、これ、どう？」

車窓を眺めていた金子に、裕而は楽譜を渡した。

すぐに金子がハミングし、歌い出す。

勝って来るぞと　勇ましく　ちかって故郷《くに》を　出たからは
手柄たてずに　死なりょうか　進軍ラッパ　聴くたびに
瞼に浮かぶ　旗の波

土も草木も　火と燃える　果てなき曠野　踏みわけて
進む日の丸　鉄兜　馬のたてがみ　なでながら
明日の命を　誰か知る

弾丸《たま》もタンクも　銃剣も　しばし露営の　草まくら
夢に出て来た　父上に　死んで還《かえ》れと　励まされ
醒《さ》めて睨《にら》むは　敵の空

思えば今日の　戦闘《たたかい》に　朱《あけ》に染まって　にっこりと

笑って死んだ　戦友が　天皇陛下　万歳と
残した声が　忘らりょか

「勇ましい歌詞……でも曲を聴いて思い出すのは、旅順で見た風景かもしれない。武運長久の旗をふりながら涙を流しているお母さんたちの姿も見えるような気がする。……こんなこと言ったら怒られてしまうかもしれないけど……」

金子はいいかけて口をつぐむ。

「何？　遠慮するなんて貴女らしくないよ」

「昨日まで笑い合っていた友が死んでいく。生きて帰ってきてほしいと思っているのに死んでこいと言わなきゃいけない親のことなどが思われて……戦争はむなしいものだって気持ちになってしまう」

裕而はうなずくと、ポンと金子の肩をやさしく叩いた。

東京に着くと、裕而はコロムビアに向かった。

金子は阿佐ヶ谷の姉の家に、子どもたちを迎えに行く。

雅子と紀子は、金子にむしゃぶりついてきた。金子は思い切りふたりを抱きしめる。兄が金子を抱きしめたときのことをふと思いだし、金子はふたりの体にまわした手に力をこめた。

コロムビアが急遽裕而を呼び戻したのは、金子の予想通り、この『露営の歌』の作曲を依頼するためだった。

もう作曲はできていると裕而が楽譜をその場で差し出したときの、コロムビアの担当者の驚きっぷりは裕而と金子の語りぐさとなった。

曲は申し分ない出来だと、すぐにコロムビアの男性歌手総動員でレコーディングされ、前線の兵士たちに支持され、大ヒットとなる。

『婦人会で出征兵士の見送りに行くと、皆が小旗を振って、おまえの作った歌ばかり歌います。近所の人々も「息子さんの作った歌ですってねえ」と声をかけてくれたりして、なんとなく晴れがましい気持ちです。

七年前、おまえが東京に出たとき、親類中が「歌なんか作って——。せいぜい演歌師が関の山だ」とか悪口を言っていたけれど、この頃は手のひらを返したようにちやほやします』

福島の母の手紙は、裕而を喜ばせた。

出征する兵隊を送るときにこの歌では士気があがらないということで、後に軍部によって否定され、かわって『出征兵士を送る歌』が推奨されることになる。

日中全面戦争が始まり、中国戦線に多くの若者が送られていた。

そして翌昭和一三年六月五日、福島に住む裕而の父・三郎次が危篤との知らせを受けた。

急いで皆で帰福したが、間に合わなかった。

いい声をしている、人生は一度だけ、好きなことをすればいいといってくれた懐の深い、大好きな義父だった。

10

「おかあさん、こっちこっち」

「戻ってらっしゃい。道がわからなくなったら困るから」

金子は四歳になった紀子の手をひきながら、唐松林の小道を駆けていく雅子に声をかける。

昭和十三（一九三八）年のこの夏、古関一家は軽井沢で過ごしていた。

四月には、国家総動員法が成立し、人も物もすべて政府が統制運用するようになった。軍の政治に対する発言力が増大し、新聞などの報道機関も表だって政府や軍を批判することができなくなっている。報道機関の暗黙の統制については一部の人しか知らないが、斜めから世の中を見る癖がついている音楽業界に身をおく裕而や金子は、そういうこともあるだろうと気づいていた。

こんなときに軽井沢でのんびり過ごすなんて贅沢しすぎだという気持ちもないわけではない。しかし、雅子と紀子は食が細く、しょっちゅう熱を出す虚弱な体質で、医師の勧めで前年から夏になると軽井沢に別荘を借りている。気候のよい軽井沢には、結核患者のためのサナトリウムも少なくない。

清らかな空気、緑の風に包まれ、子どもたちもめっきり元気になった。林の中で金子が思い切り歌うと、外国人が集まってきて、拍手をもらうこともある。

外国人によって別荘地として見いだされた軽井沢には、今も多くの国の人が滞在し、近くには西洋料理のレストランも並んでいる。

男たちはゴルフやテニスに興じ、林の中を歩けば馬の駆ける足音が聞こえ、昼下がり、万平ホテルや三笠ホテルの喫茶室には有産階級のマダムたちが集っている。

この町にいると、金子は今このときも満洲では戦争が続いているなんて、信じられない気持ちになった。ただ、新京や奉天で出会った中国人たちの目に宿っていた暗い光を金子は今も忘れてはいない。

裕而はときおり、コロムビアとの打ち合わせのために、東京に出かけて行く。

その日、裕而は深刻な顔で帰宅した。

コロムビアから中支従軍を要請されたと重い口を開いた。

「従軍と実戦を体験してきてもらいたいと、中支派遣軍報道部から要請があったそうだ」

金子は絶句した。二九歳の裕而は戦争には行かないと、どこかで安心していた。

「詩人の西條八十さん、佐伯孝夫さん、作曲家では飯田信夫さん、深井史郎さんもいっしょに行く」

「……どうして貴方が……」

「すでに多くの画家や作家が従軍している。僕ら音楽家に課せられている役目は、兵隊と同じ体験をし、音楽で兵隊を励ますことだ」

「兵隊と同じって……」

旅順でたずねた二〇三高地のことが思い出されて、金子は胸が苦しくなった。

「最前線にも行くことになる」

「……」

愛する裕而が砲撃の飛び交う中に赴くと考えるだけで金子は震えが止まらなくなった。

七月には、ソ連との国境地域で日ソも軍事衝突し、八月のついこの間、休戦協定が成立したが、中国戦線は膠着《こうちゃく》状態が続いている。

それを証明するかのように、ガソリンが切符制となり、銑鉄《せんてつ》・鋳鉄など鉄ものの製造制限、重油・鋼材なども使用制限された。綿花や羊毛の輸入が制限されたために綿製品の代用繊維として、水に濡れると縮んでしまう粗悪なスフが店頭に並ぶようになった。

乗用車の製造も中止され、ガソリン不足のために、町には木炭車が走っている。

新聞を開けば、名誉の戦死を遂げた勇士の妻の美談が毎日のように掲載されている。

「行かないで」

「日本男児として、どうしてこれを断れる？」

断れないことは金子もわかっている。軍からの要請は命令だ。

それに裕而は戦争を賛美する新聞記事に苦い顔はしても、死地で戦う兵士たちを前に逃げ出すような男ではない。それでも金子は裕而に行かないでほしいと繰り返さずにはいられなかった。

うなだれた金子の肩を裕而は引き寄せた。

中国のどこに行くのか、いつ戻ってくるのかさえ知らされず、九月のはじめに裕而は軍の飛行機で飛び立った。

その数日後、貞子が突然たずねて来た。裕而の壮行会で親戚一同集った日から一週間もたっていない。あのとき貞子はちょっと恥ずかしそうに、金子に、お腹の中に赤ちゃんがいるのと、耳打ちした。

幸せな日々を送っているとばかり思っていたが、貞子の目が赤かった。

貞子の夫も中国に軍医として派遣されることが決まったという。

「日本は南京を占領して、それで戦争は終わるんじゃなかったの？　あの人……最前線に行かされるんじゃないかしら」

貞子はどこもかしこも丸い金子と異なり、父に似て、ほっそりとした日本美人だ。黒目がちの切れ長の目は博多人形のそれのようで、色が抜けるほど白い。目を伏せると、長いまつげが影をつくり、憂いが深くなった。

夫の不在の間、夫の実家で暮らすことになったというのも、貞子の辛さに拍車をかけている。

「あのふたりと一緒に暮らすなんて……貞子、大丈夫？」

「……大丈夫じゃない……」

貞子の夫の父親は東大出の高級官僚で、母も女子大卒、夫の弟も夫と同じ東京大学医学部の学生という、インテリエリート一家だった。

親の反対を押し切って結婚したまではよかったが、夫の実家で貞子はものの数にも入らないような扱いをされた。住み込みの女中まで馬鹿にするような態度をとった。

憤慨した夫は貞子の手をひくようにして実家を出て、これまではふたりで静かに暮らしていた。貞子はきつく唇をかんだ。

「ちょっとの間だけよ。貞子ならがんばれる！」

「姉さんはお義兄さんとのこと、福島のご両親に認めてもらえたからそういえるの」

「……」

「彼のご両親は今でも、私のことを許していないの。親の許しもえず勝手に相思相愛になるなんて恥ずかしいって、未だに汚らわしいものを見るような目で私のことを見るの。ご両親にとって私は、手塩にかけて育てたかわいい息子をたぶらかした悪い女なの……あの家に味方は誰もいない。義弟は優しいけど、私をかばってなんかくれないもの」

家族の居場所を決められるのは、夫が不在の間は義父である。いうことをきかずに、ひとり暮らしを続けていれば、それを口実に、嫁である貞子は嫁ぎ先から離籍されてしまう可能性もあった。

かけてやる言葉が見つからず、金子は貞子の背中をなで続けるしかなかった。

秋が深まり、木枯らしが吹き始めたころ、軍から二日後に裕而が帰国するという連絡があった。だが、裕而は帰宅できなかった。寄生虫の一種、赤痢アメーバ原虫が体に入り、アメーバ赤痢にかかっており、隔離病棟に収容されたのである。

金子は毎日、病院に通った。マスクをつけ、消毒液を手にひたし、枕元に座り、裕而を見つめる。下痢が続いている裕而はげっそりとやせていた。

裕而が全快し、家に戻ってきたのは一ヶ月後だった。

何日か、裕而は窓辺でぼんやりと空を眺めてばかりいた。それからぽつりぽつりと、従軍時のことを話し始めた。

博多から上海に飛行機で飛び、数日後、列車で南京に着いた。南京では先発の文壇部隊に合流し「放浪記」で注目された作家の林芙美子《はやしふみこ》とも出会った。

「ズバズバものをいう人で、あれには驚いたな」

のんびりしていたのはここまでだった。

南京からは揚子江を遡上《そじょう》して九江に二艘の船で向かったのだが、裕而が乗らなかったもうひとつの船は沿岸からの砲撃を受け、撃沈した。

「あれに乗っていたら、命はなかったよ」

裕而たちの船の煙突にも砲弾が命中したが、なんとか航行を続けられたという。

「夜が特に危ないんだ。攻撃される危険があるので、航行するのは日中だけ。停泊中には上陸して、そこを守っている警備隊の兵士たちといろんな話をしたよ」

兵士たちは故郷に残してきた妻や親への思慕や、望郷の思いを語ったとつぶやくと、裕而は口を一文字に引き締める。

数日かけて九江に到着し、すでに先着していた文壇部隊の久米正雄や石川達三とともに、陸軍病院に慰問に行ったという。

「ちょうど軍楽隊の演奏会が開かれていてね。楽団の演奏に合わせて、兵士たちが『露営の歌』を大合唱していたんだよ」

「まあ、露営の歌を……」

「すると、隊長の山口さんという人が僕を舞台の上にあげてこの歌の作曲家だと紹介してくれたんだが……」

裕而は鼻をすすり、あごをあげて天井を見つめる。目が濡れていた。

そのときのことを、裕而は忘れたことがない。大地を焼くような強い日差しの下、若い兵士たちがずらっと座っていた。その姿を目にした途端、裕而の胸を万感の思いがつきあげた。

この若者のひとりひとりの後ろに、無事に戻ってきてくれと祈っている家族や友人がいる。けれど、全員がそろって日本に戻ることは決してない。そう思った途端、涙が頰を伝い、裕而は一言も話せなくなった。震える手で国民服のポケットをまさぐり、とりだしたハンカチで目をおさえる。

兵士たちの目にも涙があふれた。乾いた大地にぽたぽたと涙のシミができる。手の甲で涙をふき、空を仰ぐ者もいた。

九江に数日滞在し、小さな船に乗り、裕而たちは星子という町に行った。小さな町で駐留する兵士はわずかしかいなかった。しかし近くには戦死者が多く出た場所があって、裕而たちはその霊前に祈りを捧げたという。

「着いて二日目、四万の敵兵が夜襲するという連絡が入って、護衛役の鈴木さんから、いざというときは兵とともに戦ってくれと、この手に拳銃をわたされた」

裕而は拳銃の感触を思い出すかのようにじっと自分の右手を見つめた。

そして夜半に敵襲が始まった。砲声、銃声、野獣が吠えるような人の雄叫びも聞こえた。

「よく無事で……」

金子は涙を指でぬぐう。

「敵の目標は橋梁《きょうりょう》だったらしい。ふたつの橋を爆撃しただけだった」

「怖かったでしょう」

「ここで死ぬのも運命かとあきらめかけたとき、金子や雅子、紀子の顔がまぶたの裏に浮かんできた。貴女を残して死ぬことはできないと思ったよ」

裕而は金子のおでこを人差し指でつんとつくと、にこっと笑った。


松竹映画『愛染《あいぜん》かつら』の主題歌『旅の夜風』や『支那の夜』、『麦と兵隊』が町には流れていた。

歌謡曲は時代を映す鏡なのだと金子はしみじみ感じ入ってしまう。

出征兵士を見送る機会も増えている。「祝出征」「祈武運長久」と書かれた「日の丸」をたすき掛けにした若者が、集まった町の人々に向かい、慣れない手つきで敬礼する光景はもう日常になりつつあった。

白布を持ち、一〇〇〇人の女性に赤い糸で一人一針、縫って結び目を作ってもらう千人針をお願いする出征兵士の母や妻が、戦場での幸運、武運長久を祈り、どの街角にも立っている。金子は一針さすたびに、自分が寅年生まれだったらよかったと思う。虎は「千里を往き、千里を還る」といわれ、寅年生まれの女性は自分の年齢だけ結び目を作ることが出来た。

戦争が身近となり、戦時色の濃い歌が流行る一方で、柔らかな歌も好まれている。どんなに時代が変わろうと人を好きになったりする気持ちは、なくなりはしない。歌を聴き、歌うことで、わずかでも心を慰め、どうにもならない鬱憤《うっぷん》を忘れようとしているようにも思えた。


昭和一五年に入るとますます戦時色が濃くなった。一月には暖房電熱器や電気冷蔵庫などの電気器具の使用が禁止された。

三月には敵性語追放のため、内務省がカタカナ名の芸能人に改名するよう通達を出した。ディック・ミネは三根耕一、ミス・コロムビアは松原操《みさお》に改名を余儀なくされる。

クロールは速泳、サッカーは蹴球、ゴルフは打球・芝球、サイダーは噴出水、フライは洋天、ドレミファソラシドはハニホヘトイロハに変わった。

金子は外国の歌を歌わなくなった。こんな非常時に外国語で外国の歌を歌うなんて不謹慎だといわれかねない。

よく歌うのは、童謡だ。この数年の間に、かわいい童謡がたくさん生まれていた。『かもめの水兵さん』（作詞・武内俊子、作曲・河村光陽）、『あの子はだあれ（たあれ）』（作詞・細川雄太郎、作曲・海沼實）、『りんごのひとりごと』（作詞・武内俊子、作曲・河村光陽）や『お猿のかごや』（作詞・山上武夫、作曲・海沼實）……。

雅子と紀子も歌が大好きで、澄んだ声で上手に歌うようになっていた。

しかし、それでは物足りず、金子は詩吟を習いはじめた。

「少年老いやすくぅ、学、なりぃ〜〜がたし〜〜〜〜ぃ」

鍛えられた声はすと〜んと前に伸びる。稽古のたびに先生に絶賛されるので、それに気をよくして金子は、毎日、「あ〜あ」と声をはりあげている。漢詩を読み下したものに節をつけて詠《うた》う詩吟ならいくら歌っても、戦時下でも文句はいわれなかった。

「芸風がだいぶ違うけど、これもまた悪くないね」

金子はくるっと目玉をまわして、裕而に微笑んでみせる。

「やっぱり声を出すと楽しいの。詩吟には詩吟にしかない表現もあっておもしろいし、とにかく今、できることをやらないと。好きな歌を歌えないなんて、落ち込んでいられないもの」

「貴女らしいな。たくましくて素敵だ」

「それ、褒め言葉？」

「もちろん」

金子は肩をすくめて微笑んだ。

その日、裕而は帰宅すると、珍しく深いため息をもらした。

「どうなさったの？」

「どうもこうもないよ。にっちもさっちもいかなくてね」

「例の映画の主題歌のこと？」

「みんな、ほとほと嫌気がさしてきた」

裕而は松竹映画『暁に祈る』の主題歌に取り組んでいた。陸軍馬政局が愛馬思想普及のために制作を依頼した映画である。

作詞は子どもの頃からの友人である福島市出身の詩人、野村俊夫。歌手もやはり福島出身の伊藤久男に決まり、念願の福島県トリオでの作品になると、裕而は張り切っていたのだが、何度、書き直しても、詩が気に入らないと軍関係者が首を縦に振らない。

次の朝早く、作詞家の野村が古関家をたずねて来た。

「これで、どうだろう」

一枚の紙を裕而に差し出す。

あゝあの顔で　あの声で　手柄頼むと　妻や子が
ちぎれる程に　振った旗　遠い雲間に　また浮ぶ

あゝ堂々の　輸送船　さらば祖国よ　栄えあれ
遥かに拝む　宮城《きゆうじよう》の　空に誓った　この決意

あゝ軍服も　髯面《ひげづら》も　泥に塗《まみ》れて　何百里
苦労を馬と　分け合って　遂げた戦《いくさ》も　幾度《いくたび》か

あゝ大君の　御為に　死ぬは兵士の　本分と
笑った戦友《とも》の　戦帽に　残る恨みの　弾丸《たま》の跡

あゝ傷ついた　この馬と　飲まず食わずの　日も三日
捧げた生命　これまでと　月の光で　走り書

あゝあの山も　この川も　赤い忠義の　血がにじむ
故国《くに》まで届け　暁に　あげる興亜の　この凱歌

裕而はその日のうちに、メロディを作り上げた。

「中支戦線に従軍した経験がそのまま生きたよ。前線の兵士の汗にまみれた顔、労苦を刻んだ姿を思い出した。異郷で戦いながら、みな、故郷を想っていた。遠くまで何も知らぬままに運ばれて、石だらけの道を兵隊とともに歩き続ける馬のうるんだ眼も忘れられない。そのすべてが僕の中で曲になった。そして、あゝ、というところのメロディはね、……貴女の詩吟のおかげだ」

「詩吟の？」

金子はぷっと吹き出し、すぐに真顔になった。

「悲壮と言ってもいいメロディね。そしてとっても美しい。戦が悲しいって伝わってくる。大切な家族や妻をおいて、明日、命が奪われるかもしれない戦場に行かなくてはならない哀感が伝わってくる……好きよ、この曲。でも、大丈夫かしら。これを歌いながら戦うことはとてもできそうにないもの。軍の了解がもらえるかしら」

金子の心配はもっともだったが、幸い、軍の担当者からも了解がとれ、映画の封切りと同時に発売されたこのレコードは、たちまち大ヒットとなった。


マッチ、砂糖、木炭などが切符制で配給となった。

銃後を守り防空防災をみなで守るという目的で「隣組強化法」が制度化され、「七・七ぜいたく禁止令」も発令された。

豪華な着物や、首飾りや耳飾り、ダイヤやルビー、金銀品や象牙製品の製造が禁止され、一個五〇円以上の時計類も販売されなくなった。

町には、「ぜいたくは敵だ」という立看板が設置され、ぜいたく監視隊の女性たちが銀座などにくりだし、指輪全廃などと書いた名刺大のカードを街頭で配ったりもしている。

九月二七日、日独伊三国同盟が締結された。

ドイツ軍は北欧、オランダ、ベルギー、ルクセンブルクに侵攻、降伏させた。六月にはパリに無血入城。英国本土の空襲も開始している。

イタリアもまたフランス領に侵攻した。

これらドイツとイタリアとの三国同盟により、日本はヨーロッパとアジアでの相互協力と、ヨーロッパ戦争または日中戦争に参戦していない第三国からの攻撃に対する相互援助を定めたのである。

一一月、紀元二千六百年奉祝式典が国を挙げて催された。五日間にわたり提灯《ちょうちん》行列や旗行列、音楽行進が行われた。

この年、日本で開く予定だった万国博覧会は中止となり、オリンピック開催も辞退した。

貞子に男の子が生まれ、秀人と名付けられた。

11

昭和一六年の正月はことさら静かだった。前線の兵士へのものは別にして年賀状は自粛が呼びかけられ、門松も質素にするように通達がまわっている。

二月には車へのガソリン使用が禁止され、重油の配給制限もはじまった。そのため、明治以来、隅田川《すみだがわ》名物として人気があった一銭蒸気も姿を消した。

米も通帳による配給となり、衣料も切符制になった。

六年制の尋常小学校は国民学校と名前を変え、高等科を合わせると八年制となり、中等学校の制服は学生服から国民服と戦闘帽に変わった。

線路の脇や公園には、食糧増産のために野菜や麦などが栽培され、日比谷公園は日比谷農園とひそかに呼ばれている。日本ダービーが開催された目黒競馬場は、いまや広大な芋畑である。

「うわっ」

台所仕事を終えて、新聞を読んでいた金子が大きな声で叫び、目をむいた。ぴんと通る金子の声に、裕而がペンを持つ手をとめ、振り向く。六月のまぶしい日差しが部屋に差し込んでいた。

大きな目をくるりとまわして、金子が裕而を見た。

「ねぇ、貴方、ゲンゴロウやトンボ、食べたことがある？」

裕而が眉をわずかにひそめ、首を横に振った。

「じゃ、カタツムリは？」

「フランスじゃ、食べると聞いたことはあるけど、食べてる人は見たことがないよ」

「あら、カタツムリを食べる国もあるの？」

「らしいけど」

金子は頰に人差し指をあてた。

「ふぅ～ん。ところ変われば品変わる、ね。貴方、ちょっと、これを見て」

金子は裕而のそばにかけよると新聞記事を手渡した。裕而が絶句する。

「うひゃぁ、こりゃまた……」

十分注意をして調理すれば食べられる木の芽や野草、魚や虫の紹介記事だった。

「すごいな。ゲンゴロウのてんぷら、焼きトカゲ、焼きカタツムリ、トンボの佃煮……」

ひたひたと食糧不足が迫っていると感じられ、ふたりは不安に顔を見合わせる。

「ああ、すき焼きが食べたい！　ビフテキが食べたい！　鯛のお刺身が食べたい。鯛の塩焼きが食べたい。甘辛く煮たカレイの煮付けが食べたい。ごま塩をたっぷりかけたお赤飯が食べたい。お砂糖をいっぱい入れた卵焼きが食べたい。カステラをひと箱、全部ひとりで食べたい！　食べたい！　食べたい！」

やけくそのように金子が叫ぶ。裕而が苦笑した。

「ヒマワリのタネくらいでとどまってくれるかと思ったがな……」

ふたりは庭に目をやった。

狭い庭のいたるところに、本葉を広げた苗がまっすぐに育っている。「ヒマワリを植えましょう運動」が町の婦人部で奨励され、金子がタネから植えたものだった。観賞用のヒマワリではなく、タネを食べる食用のヒマワリだ。

「よく乾燥させて、皮をむいて食べると、柔らかくサクサクして美味しいって、婦人部会長さんがおっしゃっていたけど。……食べ盛りの子どもたちもいるし、これからのことを考えると心配になっちゃうわ」

金子はため息をついた。

ヨーロッパではドイツが破竹の勢いで進軍し、ついにソ連にも侵攻を開始した。日本は南方にも進出し、アメリカとの関係悪化が泥沼化している。

七月には、陸・海軍の後援を受けた読売新聞社の公募で選ばれた詩に、裕而が曲をつけた『海の進軍』（作詞・海老沼正男）が発売された。歌手は伊藤久男、二葉あき子、藤山一郎、それに合唱団も加わって、ドラマチックな一曲となった。

九月には「金属回収令」が実施され、どの家庭や職場でも、金属製品を政府に供出することになった。町から金属の看板や銅像、マンホールの蓋や鉄柵などが次々に回収されていく。銅像や寺院の梵鐘《ぼんしょう》、家庭の鍋や釜、ブリキのおもちゃ、郵便受けや火鉢、洗面器に至るまで半ば強制的に供出させられた。

長引く戦局による兵員不足を補うために、大学、専門学校などの修業期間は繰上げ卒業となり、本来ならば学生でいるはずだった若者も学徒動員の列に加わった。

一〇月には日米開戦を主張する東條英機内閣が成立。

そして昭和一六（一九四一）年一二月八日の朝、ラジオから臨時ニュースが流れた。

「臨時ニュースを申し上げます。臨時ニュースを申し上げます。大本営陸海軍部、一二月八日午前六時発表。帝国陸海軍は本八日未明、西太平洋においてアメリカ、イギリス軍と戦闘状態に入れり」

一二月八日、日本はハワイの真珠湾に奇襲攻撃をし、太平洋戦争に突入したのだった。風がきりっと冷たい、よく晴れた朝だった。

この日を境として、アメリカ映画の上映が中止され、アメリカから贈られた青い眼の人形が、各地の小学校で焼かれた。新聞やラジオから天気予報が消えた。灯火管制で、夜の町は真っ暗になった。

アメリカは大きく豊かだ。映画一本見ればそれがわかる。スケールの大きさに圧倒されずにはいられない。

そんな国と戦うなんて無謀としか思えない。金子は不安で、胸がつぶれそうだった。

野草や虫の食べ方までまことしやかに報じられるほど、日本は資源のない国なのに、巨大なアメリカに勝てるのだろうか。負けたら大変だ。負ければ、アジアの他の国のように植民地にされてしまうだろう。

満洲に行ったとき、中国人が金子たちを見た目を忘れたことはない。表面的には愛想良くしているが、目の奥に自分の国を奪われた怒りが宿っていた。

戦を始めた以上、もう後がない、戦うしかない。勝つしかない。

それが、金子の、そして世の人の心境だった。

日本軍はマニラ、ビルマ、シンガポール、インドネシアのジャワ島、スマトラ島、ラングーン、ニューギニアなどを次々と攻略し、西南太平洋の資源地帯を手中に収めた。
その「連戦連勝」ぶりに国民は歓喜し、金子の不安もやわらぎ、いつしか米英に日本が負けるわけがないと思いはじめた。

これだけ戦いに勝ちまくっているのだ。元寇《げんこう》という歴史もある。日本は神に守られている国だから大丈夫だと、気持ちにも少しだけ余裕が生まれている。

「慰問団に、楽団の指導者として行ってくれと、日本放送協会から頼まれた」

ある日、家に戻ってきた裕而が金子に言った。

金子は顔色を変えた。金子の中に生まれつつあった余裕はその瞬間、粉々に砕け散った。

中支に従軍したばかりなのに、裕而がまた戦争のまっただ中に行く。

他にも作曲家や指揮者はいるだろうに、なぜまた裕而なのだ。

団長は日本放送協会の演芸部長小林徳二郎、総合司会と漫談は徳川夢声《とくがわむせい》、歌手は内田栄一、浪岡惣一郎、奥山彩子、豊島珠江、藤原千多歌、落語の林家正蔵、そのほか、浪曲師、曲芸師、石井みどりが主宰する舞踊団、そして伴奏は東京放送管弦楽団の選抜一六名という大所帯だという。

断ることは考えられない。依頼は命令であり、裕而は潔い日本男児だ。

「大丈夫なんでしょう。日本は勝っているんだから、あなたも危ないところに行ったりしないわよね」

自分に言い聞かせるように、金子がつぶやいた。だが、裕而はため息をついた。目の色が暗かった。

「……六月のミッドウェー海戦で大敗を喫して以来、日本軍はなかなか厳しい状況が続いているらしい……南の方もかなりやられているようだ」

金子は耳を疑った。ラジオでは破竹の勢いで、日本軍が勝利を重ねていると毎日報じられている。

「そんな……」

「……軍が転進したと発表されているものはみな撤退だと、政治部の人がいっていたよ」

金子は絶句した。

「撤退？　負けてるってこと？　敗走？　うそ」

裕而は唇をかんでうむとうなずく。

「ソロモン諸島のガダルカナル島などは今、ひどい状況らしい」

金子は口を手でおおった。

「なんてこと……」

「大きな犠牲が出ている……ガダルカナルの兵士のほとんどが福島県の出身だそうだ」

息せき切って金子がたずねる。

「貴方が行くのはどっち？　南？　満州？」

「南だ。東南アジアの民謡研究と採譜も頼まれている」

「怖い……」

「僕もだ。でも、必ず生きて帰ってくる」

出発は一〇月。金子は雅子と紀子の手を引き、品川に裕而の見送りに行った。わかっているのは、大阪港から軍用船に乗ることだけだった。

「手紙を書くわ」

「子どもたちを頼む」

列車には出征する兵士も大勢乗っていた。兵士を見送る家族や友人、白い割烹着《かっぽうぎ》にたすき姿の国防婦人会の婦人たちがホームにあふれ、日の丸の手旗を振りながら、「ばんざい、ばんざい」と叫んでいる。

「金子、泣かないで。子どもたちが見てるよ」

涙ぐんだ金子の頭をそっとなでた裕而の目もうるんでいる。

「お母さんのいうことをよく聞いて、いい子にしているんだよ」

ひとりひとり子どもを抱き上げて裕而は頬ずりした。

「頼んだぞ」

「ご無事で。お帰りを待っています。帰ってこなくちゃいやよ!」

汽笛が鳴り、煙をはきながら列車が遠ざかっていく。金子はその煙が見えなくなるまで、ホームに立ち尽くしていた。

『お元気でお過ごしですか。お食事はちゃんと召し上がっていますか。

こちらは元気でやっています。もう初冬ですから、トンボはおりません。ゲンゴロウやトカゲも、まだ食卓には上っておりませんので、ご安心くださいね。

雅子と紀子は、おなかがすくと、ヒマワリのタネをかじっています。近ごろはカボチャのタネも炒って、おやつにしています。

また先日、富子姉さんが、栗をたくさん持ってきてくれました。なんでもお義兄さんの教え子が長野の庄屋さんで栗林をお持ちだそうで、わざわざ送ってくださったんだそうです。持つべきは教え子ですね。

そこで餅米を奮発して、栗ご飯を作りました。とても美味しくできて、雅子も紀子も人喜びでした。貴方にも食べてほしかったわ。

あら、食べ物の話ばかりしていますね。では近況を。

先日、隣組の方に誘われ、国防婦人の会に参加してきました。割烹着にたすきをかけて、千人針のお手伝いです。私が「お願いします」とメガホンを持って叫びますと、班長さんにメガホンをとりあげられました。

「あなたの声は特別ね。メガホンは必要ないわ。これは声の小さな人に貸しておあげなさい」ですって。

声楽を学び、戦時下の今は詩吟で鍛えている声は、やはり、ぴんと通るらしく、私が街角で声をあげると、何人もの方が振り向きます。その目をすかさずとらえて、針をもってもらいますので、私の千人針の前は行列ができるほどです。

芸は身を助くといいますが、何事も、無駄なものはないということかしら。

雅子と紀子もよく歌を歌っています。

「お父様にも聞こえるように大きなきれいな声で歌いましょう」といいますと、ふたりは、空を見上げて歌います。『欲しがりません勝つまでは』とか『月月火水木金金』など、子どもたちも流行りの歌が好きみたいです。

裕而さんが南方にいらっしゃっているなら、少し豊橋に戻ってこないかと、母がいってくれましたので、来週から一ヶ月ほど行って参ります。

いつも貴方の幸せとご武運をお祈りしています。

古関金子　』

『金子様
手紙をありがとう。

貴女の手紙がとても愉快で、元気が出ました。

台湾を経て、今はシンガポールにいます。

船の移動は大変でした。老朽化した客船なのは覚悟の上でしたが、手違いがあってか、われわれ慰問団は全員、甲板下の特別三等室に押し込められ、夕食は毎日鯨ばかり。狭いし、空気はよどんでいるし、楽しみの食べ物もこれではたまりません。みんな、だんだん意気消沈してしまったのですが、徳川夢声氏が替え歌を歌いはじめ、それが憂さ晴らしとなりました。

くじらくじら　今宵の皿は　見わたすかぎり　かす身かくずか　においぞ出《い》ずる
いやだいやだ　身も食えん

待てど暮らせど　出ぬ肉の　夕めしどきの　やるせなさ
今宵も　くじらが　出るそうな

今日もくじら　明日もくじら　これじゃ年がら年中　くじら
ラララ　ラララ　こりゃいやだ

なんの歌かわかりますか。
答えは『さくらさくら』『宵待草』『コロッケ』
勘のいい貴女は全部正解ですね。
こんな歌をいい大人がやけくそのように声をはりあげて歌うんですから、食い物の恨みはやはり根深いものなのかもしれません。

こちらでは着いた翌日から各部隊、軍の病院などで慰問演奏にあけくれています。放送局にもおもむき、内地向けの放送も行いました。

『大南方軍の歌』の作曲も頼まれ、各部隊で歌唱指導も行いました。

子どもたちに、そして貴女に会いたい。どうぞお元気で。

裕而　』

『裕而様

替え歌を歌っている貴方の姿を想像して、切なくなりました。今は食料難なので贅沢は言えませんが、私まで当分、くじらは食べたくなくなりました。

豊橋は東京よりもやはり食事は恵まれています。

貴方、ちくわ、お好きでしたよね。ヤマサのちくわ。

このちくわを南方まで届けてあげたいわ。運んでいきたいわ。貴方がどんなに喜んでくれるかと思うと、恋しくてたまらなくなります。

こちらでは、母や清子姉さんと久しぶりにじっくり話をしました。

みんな、貴方の成功をとても喜んでくれています。ふたりとも『暁に祈る』が大好きで、雅子や紀子と一緒に、にぎやかに合唱したりもしているんですのよ。

隣との間に距離があるので、大声で歌っても、気にする人もなく、隣組もきりきりしていないので、私も久しぶりにオルガンを弾いて、発声練習もしました。

ひとつご報告することがあります。

清子姉さんと謙治義兄さんは近々、関東軍の御用商人として渡満することを決めました。行き先はソ連国境に近い鶏寧だそうです。

豊橋の店は母にまかせ、ふたりは日本から通訳、料理人、従業員も家族ごと連れて行き、軍人家族用の食料品の販売、独身将校用の寮のまかない、軍事会館の運営にもあたると、張り切っています。

パン職人、菓子職人、うどん職人といった人々も、豊橋から、姉たちについていってくれるそうです。

まずは清子姉さんと謙治義兄さんが渡り、子どもたちを連れて行くのは来年だそう。その間、母と寿枝子が子どもたちの面倒を見ます。

ソ連との間には不可侵条約が結ばれていますし、関東軍は最強だから、なんの心配もいらないと、清子姉さんは張り切っています。

でも戦争中だということを考えると、ちょっと心配です。

兄さんは大連、松子は新京、清子姉さんは鶏寧。七人の兄姉妹のうち三人も満洲に行くなんて、不思議な気もします。

貴方のご無事を、いつも祈っています。

貴方の金子より　』

『金子様

帰国したら、豊橋にちくわを食べに行くことに決めました。

清子義姉と謙治義兄は、よく決断なさいましたね。

今までお義母さんはじめ内山商店が誠実に軍の仕事をしてきたので、それが認められ、渡満の話が出たのでしょう。満洲の情勢は落ち着いているようなので、心配はないと思います。

どうぞよろしくお伝えください。


今、ビルマです。現地の音楽と舞踊も見せてもらい、音楽は採譜しました。これだけでもこちらに来た甲斐があります。

高原地帯では日中は抜けるような好天気でさわやかですが、日没と共に気温が下がり、冬かと思うほど寒くなり、寒暖差の大きさに驚きます。夜はこちらでもらった英国兵のぶ厚い冬オーバーを着てなんとかしのいでいますので、ご安心あれ。

移動はもっぱらトラックです。これがなかなかきつく、徳川夢声さんが胃潰瘍に、豊島珠江さんは盲腸炎になってしまい、軍の病院に入院しました。舞踊の女性たちが乗った車が崖から落ちて、ひとりが肩を骨折するということもありました。幸い、他の人たちはかすり傷ですみましたが。

いろいろありますが、私たち慰問団が行くと、兵隊たちがとても喜んでくれるので、はりあいがあります。

先日は最前線の基地を訪ねました。わが軍と敵との間は峡谷の河を距《へだ》ててわずか一キロだそうで、望遠鏡を通して、敵の陣地に戦車やトラックが延々と続いて停まっているのが見えて、兵隊たちのご苦労がしのばれました。

ですから、事故で怪我をした舞踊団も大熱演で、歌手と共に兵隊たちも声をあわせて、感動の舞台となりました。

こちらは仏教国で、人民が僧を敬う様子は驚くばかりです。

また多くの人の風貌が日本人にそっくりで、ふと隣村に来たような気がし、言葉が通じないのが不思議にも思えます。

平和になったら、貴女にこうした国々の美しい町を見せたい。一緒に歩きたい。

どうぞお元気で、子どもたちをよろしくお願いします。

裕而 』

『裕而様
今、福島に来ています。

貴方の懐かしい故郷の話を、手紙に書きたくて、思い切って来てしまいました。

お義母さんはとてもお元気です。毎日、雅子や紀子をお友達の家に連れて行き、お茶を飲んで帰っていらっしゃいます。かわいいかわいいとお友達が雅子たちをほめてくださるので、とても楽しそうです。

私はお義父さんのお墓のお掃除に毎日、行っています。するとね、謡曲をうたうお義父さんの声が聞こえるような気がします。


先日は以前、貴方が連れて行ってくださった木原メリヤス店をたずねました。貴方の後輩の店主・佐藤昌次さんが出てきてくださり、大事にしまっておいた新品の肌着や靴下、手ぬぐいをそっと渡してくれました。切符制になってから、不自由していたものなので、本当に助かりました。

そうそう、佐藤さんは以前、貴方に書いてもらったというハンカチを見せてくれました。五線にオタマジャクシが並んでいました。『露営の歌』の一部だとすぐわかりました。

佐藤さんはそのハンカチを家宝にしているそうです。ありがたいですね。

福島のみなさんが親切で優しいのは、きっと、貴方やご両親が丁寧にみなさんとおつきあいをなさってきたからですね。

昨晩、雪がふり、貴方の好きな信夫山がうっすら雪化粧しました。まわりの高い山々はすっかり白銀で、朝日に照らされたときなどうっとりするほどきれいです。

お義母さんから、貴方がお好きだからと、イカ人参の作り方を教わりました。福島のおせち料理にはこれが欠かせないとか。人参のしゃきしゃきとスルメイカの歯ごたえの違いがおもしろく、癖になる味ですね。

明日、東京に戻ります。貴方が帰国したら、イカ人参を作ってさしあげてよ。そして、お疲れがいえたら一緒に福島に参りましょうね。

どうぞ、お体にお気をつけて。

貴方の金子』

裕而に手紙を書くのは、結婚前以来だった。毎日のように書きたかったが、郵便事情もよくなく、その上、海外ともなれば軍用船で手紙を運ぶわけで、届くまでに早くとも二週間はかかる。それでも三日おきに、金子は手紙を書いた。

裕而からの返信は三通だけだった。

金子はその手紙を繰り返し繰り返し読んだ。最前線まで慰問に行っていると思うと、どうぞ無事でありますようにと祈らずにはいられない。雅子は十歳、紀子はまだ七歳だ。父親が不在なのが不安なのか、子どもたちは以前にも増して、金子にまとわりつくようになった。若くてきれいな女性の舞踊団員や歌手と一緒に移動しているというのも、やっぱり気になってしまう。

こんなに手紙を書いてくれないなんて、何かあったんじゃないのか。家族のことを忘れているのではないか。天気が悪い日などは特に、悪い方に悪い方にと考えてしまうのだ。

金子が書いた手紙の一部はおりおり裕而のもとに届いたが、そのほとんどを受け取ったのは、帰り際に立ち寄ったシンガポールでだった。

台湾、シンガポール、ビルマのラングーンから奥地を回り、マレー半島のペナン、クアラ・ルンプール、そしてまたシンガポールにと裕而は戻ってきた。

裕而が帰宅したのは、二月の半ばだった。家を出てから四ヶ月半が過ぎていた。

シンガポールからの帰路の船には、捕虜になったオランダ将校たちも乗っていたという。

「一日中、日の当たらない船倉にじっとしている彼らを見てかわいそうになって、誰言うともなく、慰問演奏をしようということになったんだ」

帰宅した裕而は、この話を何度もした。

「船倉のふたをあけ、何曲も演奏した。『庭の千草』やシューベルトの『野バラ』をこちらが日本語で歌うと、彼らはオランダ語で歌うんだ。捕虜の将校の中に歌のうまい人がいてね。いつしか両方から大拍手が起こったんだ。芸術には国境がないと、つくづく思った。うちひしがれていた彼らをわずかなりとも慰め得たことは、音楽の徳であるとも思った」

東京駅に出迎えたときの裕而は珍妙な格好をしていて、金子は一瞬目を見張った。英国軍のものと思われる分厚いオーバーの下には合服の上下、しかしその下は開襟の半袖の夏服だった。

それでも、裕而の変わらぬ笑顔を見たとたん、金子は安堵に包まれた。

裕而が不在の間に、金子のまわりでは大きな変化が起きていた。

清子たち夫婦は大所帯で海を渡った。

貞子の暮らしも変わった。貞子は夫の留守を守り、舅、姑に仕え、生まれたばかりの赤ちゃんを育てていたのだが、それに加え、肺結核にかかった夫の弟の世話をするようになった。義弟は実家の離れで闘病しているが、病状はおもわしくないらしい。

以前はなにかと金子の家に顔をだしていた貞子だったが、夫のいない嫁ぎ先で、孤軍奮闘しているらしく、このごろはとんと連絡がない。

金子は防火訓練や配給の列に並ぶのに忙しかった。

開戦からわずか半年足らずで東京は空襲を受け、荒川区、王子区（現在の北区）、小石川区（現在の文京区）、牛込区（現在の新宿区）などが爆撃され、死者と多くの重軽傷者が出た。以来、隣組単位による防火訓練が町内で進められている。防空法が改正され、空襲時の避難禁止と消火義務が規定されていた。

金子はもんぺに割烹着を身につけ、雅子と紀子の手を引き、バケツと火叩きも持ち、今日も防火訓練に出かけて行く。

「わかってるよね。訓練に行っても、訓練を信じちゃいけないよ。濡れ筵《むしろ》で覆っても落ちてきた焼夷弾の火は消えない。手袋なんかしてたって焼夷弾は手づかみなんかできない。それだけは覚えておいてほしいんだ」

玄関まで見送りに来た裕而がいった。

「あら、貴方はいつもそんなことおっしゃって。人に聞かれたら大変ですから気をつけてくださいな。新聞にそうすればいいって書いてありましたでしょう。新聞がおかしなことを書くかしら。それにお国がそういっているんでしょ。逃げるな、火を消せ！　国民は命を賭して国土を守れ、って」

きっと振り向いて、金子がいう。行動的で責任感の強い金子は近ごろ、隣組の中で頼りにされつつある。

「そうはいってるが、実のところ、発火した焼夷弾に近づくなんて、自殺行為に近いよ。一瞬で家を燃やしてしまうほどの威力なんだ。そんな火叩きで消そうなんて……かえって火の勢いを増してしまうのが落ちだよ」

金子は手にしていた火叩きを見つめた。あり合わせの棒に縄を取り付けた自作のハタキのようなものだ。ふ〜っと肩をすくめて、金子は苦笑する。

「確かに、貴方がいう通りかも……でも、とりあえず我が家には、バケツ、水、砂、筵《むしろ》、火叩き、ひしゃく、鳶口《とびぐち》の「防空七つ道具」はちゃんと用意しているし、庭に防空壕も作ってもらったし……」

「そういうところは、金子はしっかりしていて、偉いと思うよ」

「このへんじゃ、準備万端の家で通っているんだけど」

「でもね、消防車も消防ポンプもなしに訓練だけを重ねても……」

「……あら、時間に遅れそう。行ってきます。お昼までには戻ってきますわね」

金子は裕而のことばを遮《さえぎ》って、外に出た。

家の窓という窓には新聞紙が貼ってある。「空襲！　さぁ窓に目張りしましょう」という標語の脇に描かれた挿絵そっくりだ。


通りを歩きながら、金子は唇をかんだ。

戦争はいやだけれど、国は戦争を始めてしまったのだ。

すでに大勢の若者が兵隊にとられ、南方などで戦っている。怪我をして戻ってきた若者もいる。軍事病院は、そうした人たちでいっぱいだ。

遺骨になって戻ってきた者も少なくない。あの最初の空襲では、近くに住む早稲田中学の男の子が校庭で爆撃を受けて即死した。知り合いの親戚の小学生も教室でガラス片をお腹に受けて、亡くなったという。

ひとつひとつ考えだすと、その凄惨さに胸がつぶれそうになる。

けれど、いや、だからこそ、できることはしなくてはならないと、金子は思う。せずにはいられない。何かしていなければ、やりきれない。

冷静に考えるのもいやだ。現実を直視したら、涙があふれそうになるから。

焼夷弾の件は、裕而の言うとおりだろう。

一瞬で家を焼き、何人もの人の命を奪うようなとんでもないものなのだ。

そんな砲弾が頭上から降ってきたとき、みんなで一列になってバケツリレーをすることなんて、そもそもできないかもしれないと、金子も思う。

バケツリレーをしている自分たちの上にも砲弾は落ちてくるかもしれない。猛烈な炎にまかれてしまうかもしれない。

何の役にも立たないことを、毎日、自分たちは一生懸命やっているのかもしれない。ほんとに悲しく、滑稽でもある。

懐疑的になると、思考が止まらなくなる。

物資は底をついているのではないだろうか。

以前は切符を持っていれば配給はもらえた。しかし最近は、列の最初のほうにいなければ、配給を受けられないこともある。

配給の食料も十分ではなく、そのせいか、みんなの頬がこけはじめている。

健康で若い金子は配給にも駆けていけるので、まだましだ。年配者しかいない家庭はそうはいかず、見て見ぬふりをできない金子はそうした人の分まで配給の受け取りも請負っていた。

戦争はいつまで続くのだろう。日本はいつ勝利を収めるのだろう。

兵隊として出征した若者たちは無事に帰ってくるのだろうか。

見上げると、青い空が頭上にすこーんと広がっていた。

日本軍が真珠湾を攻撃したと報道があったあの朝も、きれいな空だった。

この空を、爆弾を抱えたアメリカの飛行機がまた飛ぶのだろうか。誰かがまた命を落とすのだろうか。

私たちは生き残れるだろうか。

どんなことがあっても、雅子と紀子だけは死なせるわけにはいかない。

歌が歌いたい。

思い切り、大好きな『Vissi d'arte, vissi d'amore』を歌いたい。

気がつくと、金子は小さく口ずさんでいた。

Vissi d'arte, vissi d'amore,
non feci mai male ad anima viva !

Con man furtiva
quante miserie conobbi, aiutai.

「あ、お母さんの好きな歌だ」

雅子と紀子が声をあげる。ふたりの笑顔は変わらない。

戦争が起きて世の中がざわついていても、食べ物が少なくなっても、子どもたちは笑顔で母親の心をとろかしてくれる。桜色の頬がふわっと上にあがり、ふたりの口元から白い小さな歯がこぼれる。

「そう。お母さんの好きな歌。いつか、大きな声で素敵に歌ってあげるね。戦争が終わったら。日本が勝ったら」

子どもたちの手をきゅっと握り、口をつぐむと、金子は町会長さんの前に整列した。

12

人とわかれるときに、金子は「またね」というようになった。

「さよなら」という言葉は決して使わない。

死が近くにありすぎる。その影から逃れ、不吉なものを払うように、未来につながる言葉をあえて選ぶ癖がつきはじめている。言葉が、明日のある世界に自分たちをつなぎとめてくれるかもしれないと淡い期待を抱かずにいられない。たとえ、それが験担《げんかつ》ぎに過ぎないとしても。

昭和一八（一九四三）年、裕而の『若鷲の歌』がヒットしていた。海軍航空隊の予科練習生を描いた映画「決戦の大空へ」（東宝）の主題歌で、この歌を作るために、裕而は作詞を担当した西條八十とともに、土浦航空隊に一日入団までした。裕而は長調の曲と、短調の曲を作り、生徒たちが聴き比べをして、短調の曲が採用となった。

若い血潮の予科練《よかれん》の　七つボタンは桜に錨《いかり》
今日も飛ぶ飛ぶ霞が浦にゃ　でかい希望の雲が湧く

燃える元気な予科練の　腕はくろがね心は火玉
さっと巣立てば荒海越えて　行くぞ敵陣なぐり込み

（作詞・西條八十、歌・霧島昇／波平暁男）

裕而が作曲し、灰田勝彦が歌った『ラバウル海軍航空隊』（作詞・佐伯孝夫）も全国で歌われている。こちらは長調の軽快なマーチ風の曲だ。

しかし、前年まではソロモン諸島からビルマまで広大な地域を占領していた日本軍は、反撃にあい、撤退を繰り返している。戦局は刻一刻と悪化していた。

二月に日本軍はガダルカナル島を撤退。

四月にはブーゲンビル島上空で前線を視察中の連合艦隊司令長官山本五十六《やまもといそろく》海軍大将の搭乗機がアメリカ軍戦闘機に撃墜され、山本は戦死した。この事件はしばらく極秘にされたが大本営が五月二一日に発表すると、国民に大きな動揺が広がった。

金子もそのひとりだった。山本はアメリカ駐在の経験があり、ロンドン軍縮会議にも参加した海軍の国際派として知られ、国民の人望を集めていた人物で、その死により、希望をつなぐ糸の一本が切れたような気がした。

五月二九日には、日本軍アリューシャン列島のアッツ島守備隊がアメリカ軍との戦いで二千数百名全滅。大本営がはじめて「玉砕」と発表した。こうした現実に金子は打ちのめされそうだった。

九月八日には、イタリアが無条件降伏している。

学生の徴兵猶予が停止となり、一〇月二一日、冷たい雨の降る中、神宮外苑競技場で学徒出陣の悲壮な壮行会が行われた。

このとき、金子はラジオ放送を食い入るように聞いた。

関東地区の七七校から集まった数万人の学生たちが行進するザッザッという足音が耳に残った。そのひとりひとりに、やりたかったことがある。夢がある。けれど、自分が思い描く未来を脇に追いやり、この子たちは戦いにかり出されていく。

ふと、昨年、伊勢丹に行ったときに見かけた男子学生のことを金子は思い出した。どこの誰かも知らない。彼は、屋上で女子学生とマカロニを食べていた。学生服を着て、学帽をかぶり、早稲田の学生だということだけはわかった。女子学生と初デートなのか、かちこち顔をこわばらせていたのに、女の子が笑うと、ほどけたように笑顔が広がった。その笑みが初々しく、まぶしかった。

あの子もまた、銃を背負って今、神宮外苑競技場にいるのだろうか。あの女の子は、雨に濡れながら、行進していく男子学生を見つめているのだろうか。

東條英機首相が「諸君が悠久の大義に生きる、ただ一つの道なのであります」と訓示し、代表の東京帝大生は「生等《せいら》もとより生還を期せず」と答える。

君、死にたもうことなかれ——

与謝野晶子がかつて詠んだ言葉を、金子は口の中でつぶやいた。

兵隊ひとりひとりの後ろに、無事を祈る家族がいる。父母、祖父母、姉妹、兄弟、恋人、友人、仲間。

雨は見送る人々の涙のようだと、金子は思った。

裕而の母・ヒサが倒れたという連絡が来たのは、年の暮れが迫った一二月のことだった。

金子と裕而は子どもを連れて、すぐ福島に駆けつけた。

福島には重い雲がたちこめて、雪がちらちらと降っていた。

広い居間の真ん中に敷かれた布団に、ヒサは静かに眠っていた。火鉢にかけられた鉄瓶からしゅんしゅんと湯気が立ちのぼっている。

「血圧が高かったようですね。……今後の様子をみないとわかりませんが、半身に麻痺が残る可能性があります」

初老の医師が沈痛な面持ちでいった。裕而の弟の弘之《ひろし》と妻も駆けつけていた。

金子が弘之と会うのは久しぶりだった。それが義母の病ゆえというのは、ありがちな話であってもたまらない気がする。

「一ヶ月ほど前から、手がしびれるとか、めまいがするとよくおっしゃるようになって。でも、歳をとったせいだからしかたがないと……。数日前には目がよく見えないとも……。医者に行こうといったのですが、ちょっと疲れているだけだからと」

年老いたまさに代わり、数年前から住み込んでいる女中のハルが、涙ながらに続ける。

口をぽかんと開けて、眠っているヒサの枕元に金子は座った。

唇が乾燥して、ひび割れている。身だしなみがよく、いつもきれいに結っていたヒサの髪はとかれ、乱れていて、年よりもずっと老いてみえる。肌も黒ずんでいて、やせているせいか、骨にひっついているかのようだ。

寝息は鼻にかかったような音がした。

「お義母さん、聞こえますか。金子です。裕而さんも、雅子も紀子もそばにいます。元気出してください。元気になってくださいい」

金子が声をかけても、ヒサはこんこんと眠り続ける。

裕而はその晩、ヒサの枕元から離れようとしなかった。

「親父が亡くなった後、ひとりで、この家を守って……。もっと顔を見に来れば良かった。母さんが倒れるなんて思ってもみなかった。僕は、親不孝者だ。……母さん、お願いだ、目を開けてくれ」

慟哭《どうこく》する裕而の声が遅くまで聞こえた。

翌日の午後、ヒサは気がつき、医者が呼ばれた。

目はまだうつろで、舌がもつれている。立ち上がることはおろか、自分で体を起こすこともできない。水をのみくだすこともできず、脱脂綿にふくませた水で舌をしめらせてやることしかできない。

それでも日一日と、目に力が戻ってきて、数日すると、重湯をとることもできるようになった。

金子たちは、福島で静かに正月を迎えた。

ヒサはあいかわらず寝たきりで、女中のハルが中心になって面倒を見ているがそれも限界に近づいていた。実家の兄・茂平はじめ親戚のものがヒサに入院を勧めたが、それだけはがんとして首を縦に振らない。

「病院に入るくらいなら、このまま死んでもいい」

ヒサにそういわれると、誰も何もいえなかった。

裕而と金子もいつまでも福島にいるわけにもいかない。裕而は仕事をしなくてはならない。雅子は一一歳、紀子は九歳であり、学校も始まってしまう。かといって、ヒサを東京まで連れて行くのは、病状から考えても無謀であり、福島を離れる気がないヒサが納得するはずもなかった。

「中町の古関富助さんの家にお世話になりたい」

三が日が過ぎたとき、ヒサはそういった。

古関富助は、三郎次が親しく行き来していた親戚だった。おおらかな家風で、一九歳を筆頭に四姉妹がいて、みな、ヒサになついている。

富助はヒサの言葉を聞くと、しばらく考え込んだ。名家生まれのヒサは、寝たきりになっても、三食の時間がきっちり決まっていて、介護するものはそれを守らなくてはならなかった。一事が万事その通りでヒサの言うことは絶対な上、昼夜つきっきりで排せつの介助をもしなくてはならない。

やがて、富助は顔をあげ、うなずいた。

「お引き受けします。ヒサさんからそう言われたら、断れません」

翌日、ヒサはリヤカーに乗せられ、中町の古関富助の家に移った。この日もやはり、小雪が舞っていた。リヤカーにつきそいながら、裕而は何度も涙をぬぐった。

コロムビアから連絡が来たのは、東京に戻って梅の花がほころびはじめたころだった。午後遅く、帰宅した裕而はソファにどさっと体を預けるように座りこみ、重い口を開いた。

「なんですって。インパール作戦に？　なぜ貴方が」

話を聞いた金子は声を失った。

昭和一九（一九四四）年一月七日、大本営はインドから中国への補給路を分断しようと、ビルマからインド北東部アッサム地方のインパールへ侵攻するインパール作戦を華々しく発表した。

その特別報道班員として、裕而が派遣されるという。音楽界からは裕而、文壇からは火野葦《ひのあし》平《へい》、画壇からは向井潤吉が選ばれたのだ。

裕而は、母が病床にあり、子どもも幼いという理由で辞退を申し出たが、それは通らなかった。

「貴下に万が一のことがあった場合には、靖国神社にお祀りいたします、と、いわれてしまったよ。まったく……まいった」

裕而はこれまでに見たことがないような、こわばった顔をしている。

出発は四月半ば。羽田から飛行機で旅立つという。

このままの気持ちで、裕而を送り出してはいけないと金子は思った。不吉な思いは不運を招いてしまう。

不安で泣きたくなる気持ちを押し殺し、金子はにっこり笑った。

「引き受けた以上、仕方がありません。大丈夫！　貴方はきっとまた元気にもどっていらっしゃるわ。あとのことは私におまかせあれ」

「君は大丈夫なのか」

「大丈夫……でも約束よ。必ず元気に帰ってきて」

声が震えないように力をこめて、金子はいった。

靖国神社にお祀りだなんて……そんなこと、させるわけにはいかない。

けれど、状況の悪化は明らかだ。

昨年の一一月にはマキン島、タラワ島で日本軍が玉砕。二月にはクェゼリン島、トラック島、エニウェトク環礁の日本軍が玉砕した。その島々は太平洋の中にあるという。故郷から遠く離れた島々に、いったい、どれほどの若者の血が流れたのだろう。

今では兵士の命は一銭五厘といわれている。赤紙こと郵便はがきの値段だ。

裕而を送り出した翌日、近所の若者が戦死したとの連絡を受けた。

歌の好きな男の子だった。

金子が子どもたちと空き地で歌っていたとき、一緒に声を合わせたこともある。ビロードのように柔らかで弾力のあるテノールだった。金子はその子のために、千人針を求めて街角にも立っていた。

その死は、名誉の戦死とたたえられ、小学校で、他の戦死者と共に盛大な葬式が行われた。

戦死者を出した家には、「誉れの家」の標識が掲げられ、誉れの家らしくふるまうことが求められる。家族は戦死を伝える死亡告知書（戦死公報）を手に、涙をこらえ、その死を受け入れることになっている。

「おめでとうございます」

「ありがとうございます」

葬儀では、この言葉のやりとりが繰り返される。

母親の前に立ち「おめでとうございます」といおうとした瞬間、金子の胸にこみあげてきたのは怒りだった。名誉の戦死がめでたいことなのか。拳をきゅっと握った瞬間、金子の両目から涙がぼろぼろとこぼれ落ちた。

遺族の母親の震える唇が目に入った。金子は頭を下げるのが精一杯だった。

「気丈に耐えている母親の前で、他人のあなたが泣いちゃ困ります。あの息子さんはお国のために役立ったんです。万歳といって、見送ってやらなくちゃ、せっかく散った命がむくわれませんよ」

婦人部長がつかつかと近寄って、金子の肩を抱いた。そういった婦人部長の目の縁も赤かった。

白い旗を掲げ、墓場まで続く葬列を見送りながら、金子は無力さに気が遠くなりそうだった。あの子はもう二度と帰ってこない。あの歌声もあの子の未来も、永遠に失われてしまった。それでもおめでとうと言わなければならないのか。

それから何度、合同葬儀に参列しただろう。

五月に入った頃、金子はぞっとするような夢を見た。裕而がベッドの中でうなされていた。

顔は真っ青で、脂汗がにじんでいる。雨音がその部屋の屋根を激しくたたき、ときおり稲妻が光り、暗い窓がぴかっと光る。

はっとして飛び起き、胸に手をあてた。バクバクと心臓が鳴っていた。

あの人が無事でありますように。両手をあわせ、金子は一心に祈った。


貞子が看病していた義弟が亡くなったという連絡が来たのは、梅雨に入って数日たったときだった。

久しぶりに会う貞子は透き通るような肌をしていた。四歳になった秀人はやんちゃ盛りで、雅子や紀子にむしゃぶりついてくる。金子はふたりに秀人と別の部屋で遊んでやるようにいい、葬儀に加わった。

貞子の義父母はしきりに涙を拭いていた。次男は若くして病死し、長男は軍医として満洲に派遣されている。長男もまたいつ、命を落とすかわからない。

先に来ていた姉の富子が金子を手招きした。そばに座ると、富子が耳打ちする。

「貞子の顔色、悪くない?」

「看病疲れじゃないの?　もともと色白だし」

「それにしたって……」

「貞子が亡くなった弟さんの面倒を見ていたから」

「だから心配なの。……結核、移る病気だから」

僧侶の読経が始まった。前に両親や親戚が座っているが、貞子は割烹着を着たまま、次々に訪れる人の世話に明け暮れている。蠟《ろう》のように肌が白いせいか、目の隈《くま》が青く、唇がいっそう赤く見えた。

裕而からやっと手紙が届いたのは、葬式から数日たった日だった。

『金子様
　元気ですか。子どもたちはどうしていますか。

　こちらはなんとかやっています。五月に入った頃、熱帯特有の病気、デング熱というものにかかり、高熱に耐えながら、もしかしたら死ぬかもしれないという状態でしたが、夢の中に貴女が出てきて、不思議なことに、それから熱が下がりました。

　陥落まではしばし時間がかかるとのことで、毎日、奥地に向かう兵隊のみなさんや、ラングーンに住んでいる人たちのために演奏会を開いたり、各部隊から頼まれた部隊歌を作ったりしていましたが、まもなく出発できそうです。先日、火野葦平さんや向井潤吉さんが先に向かわれました。

　前線の雨は猛烈で、河川の氾濫、道路の決壊など想像以上に厳しいものだと察せられます。

　どうぞ、体に気をつけて。貴女の声が聞きたい。

裕而　』

『裕而様
　こちらは元気でやっております。

　私も同じ頃、夢を見ましたの。雨音が響く室内で、ベッドに横になり、苦しそうにしている貴方の夢でした。もしかしたら、貴方が病気で倒れているのではないかと不安になり、明け方までずっと貴方の無事を祈って手を合わせました。

　本当に高熱で苦しんでいらしたなんて。いとおしさに胸が苦しくなります。

　熱が下がって、本当によかった。

　貴方は貴方だけのものではなく、私の希望であり、憧れであり、命より大切な人。そして子どもたちのかけがえのない父親であり、福島のお母さんの宝物の息子です。

　どうぞ、命を大切に、私たちのもとに必ず戻ってきてください。


　　　貴方の腕に抱かれたい。貴方のぬくもりに包まれたい。貴方の金子より　』

　兵士からの郵便の内容については検閲があるが、こちらから出す郵便は比較的自由だった。それでもこれまでは人に見られてもいいと思うことしか書かなかった。しかし裕而が遠い地で重い病気にかかったことを知り、もう検閲があろうとなかろうと、人の目など気にしていられないと金子は思った。誰になんといわれようといい。自分の思いを裕而に伝えなければと、金子はペンを走らせる。

『裕而様

このごろ、あなたの『月のバルカローラ』をよく口ずさみます。

貴方が紡ぎ出すメロディは本当に美しく、胸を揺さぶってくれます。

ゆったりしたテンポ、月の輝く静かな夜、青い海の波に揺れるゴンドラにふたりで乗っているような、うっとりとした気持ちになります。雅子と紀子も、聞き覚えて、自然に歌えるようになりました。

お戻りになったら、聞かせてさしあげますね。

詩吟もいいけれど、やはり私は声楽です。

イタリアのヴェネツィアを思い、貴方はこの曲をお作りになったのよね。イタリアは昨年降伏してしまったけれど。

いつか、ふたりでイタリアに行き、ゴンドラに乗りましょう。

そしたら私のために、新しい歌を作ってください。

イタリアの劇場で、私が歌うための曲を。

そうそう、先日、婦人会の方に頼まれ、傷痍軍人《しょういぐんじん》が入院する病院を慰問し、歌を歌ってきました。『故郷』『赤とんぼ』『さくらさくら』、そしてあなたの『暁に祈る』をアカペラで歌いました。

みなさん、とても喜んでくださいました。アンコールは『利根の舟唄』。また来てほしいと病院の方々にいわれました。

音楽は国境も超えると、貴方が前におっしゃったけど、今の世の中には本当に音楽の力が必要です。

貴方の金子より　』

裕而への手紙には心配をかけるようなことは書かない。音楽、芸術、希望、家族が元気でいること。裕而が求めているのは、それだからだ。

覚悟していたことではあったけれど、病院の慰問は金子にとってはやはり衝撃だった。手や足を失った若者がベッドに横たわり、虚空をにらんでいる。頭に包帯を巻いた人がうなり声をあげている。消毒薬の匂いの中に、血や膿の匂いがまじっていた。

金子の歌を聴きに集まって来られたのは、軽傷の者ばかりだった。


北九州に空襲があったのはその数日後だ。八幡、小倉、戸畑、門司、若松などで多くの犠牲者が出たということだが、子細はわからない。

そして六月二三日、大本営から「我が連合艦隊の一部は、六月一九日「マリアナ」諸島西方海面に於て三群よりなる敵機動部隊を捕捉、先制攻撃を行ひ、爾後戦闘は翌二〇日に及び其の間敵航空母艦五隻、戦艦一隻以上を撃沈破、敵機一〇〇機以上を撃墜せるも決定的打撃を与ふるに至らず我方航空母艦一隻、附属油槽船二隻及び飛行機五〇機を失へり」という発表があった。

金子はそれをにわかに信じる気にはなれなかった。大本営発表の通りならば、これだけの人が傷つき死に、物資が不足するということがあるだろうか。

七月に入ってまもなく、富子がやってきた。

貞子が結核に罹患したという連絡が来たという。心配していたことが現実になった。看病していた義弟の病気が移ってしまったのだ。

「……なんてこと……」

貞子の夫は満洲だ。父親の顔を見たこともない息子の秀人は四歳になったばかりだ。

「それでね……貞子は豊橋で療養をしたほうがいいって」

貞子の義父母がそういったという。

弟の葬儀の時に青ざめた顔でくるくると働いていた貞子の姿が目に浮かぶ。義父母に邪険にされようと、体調が悪かろうと、愛する夫の家族のために、貞子はひたすら尽くしていた。

それなのに病気になったら、実家に戻れとはあんまりではないだろうか。

金子は唇をかんだ。

「豊橋に行くのは貞子だけだって言うのよ。秀人に移ったら大変だから、こっちに置いていくようにって。跡取りだから」

「それでいいの？　貞子は」

富子はうなずいた。

「しかたないって泣いていた……私が豊橋まで送っていくわね」

ここだけの話だが学童疎開がいよいよ始まりそうだとも、富子はいった。陸軍幼年学校で教えている夫がそういうことを匂わせていたという。

空襲への対策として建物の強制疎開がすでに始まっている。学校や駅など重要な場所を守るために、町に空間を作り空襲の被害を少なくするために市街地の立て込んでいるような各所の家々を、有無をいわせず取り壊している。柱にロープを回し、一〇人、ときには二〇人がかりで引っ張って、家を倒す。その光景に出くわすと、住んでいた人たちはどんなに悲しいだろうと、金子の胸が痛んだ。

田舎の親戚などを頼り、疎開を始めている人もいる。けれど、子どもたちを集団で移動させる学童疎開を国がやろうというのは、大事だった。

「このままだと雅子や紀子も学童疎開に？」

「覚悟しておいた方がいいわ。もし、子どもたちを手ばなすのがいやなら、家族で疎開することを考えてもいいかも」

「お姉さんちはどうするの？」

「貞子を豊橋に届けたら、私と子どもだけ、金沢に移ろうと思ってるの。以前、住んでいたから土地勘があるし、あの人の教え子や知り合いもいるから」

「豊橋じゃだめなの？」

「大丈夫だと思いたいけど……軍の施設があるから」

「ああ……」

「ちょっと心配ね……」

日本は神の国。アジア随一の一等国。だから負けるはずがない。アメリカ、怖るるに足らず。国も新聞も口をそろえて叫び続けているが、いよいよここまで来たかと金子は思った。子どもたちだけでも、豊橋か福島に疎開させた方がいいのだろうか。金子の胸は不安でふくれあがる。

それから富子は決意したように息を大きく吸い、一気に言った。

「国からの発表はないけれど、インパール作戦も中止になったようよ」

「中止？　中止ってどういうこと？　勝っているんじゃないの？　コヒマの敵陣猛襲って、新聞にも書いてあったじゃない。何万人もの兵隊が送り込まれているんでしょ！　あの人もそこにいるの！」

金子は富子の袖をぎゅっとつかむ。富子はかみしめるようにつぶやく。

「わからない。わからないけど……日本はインパールでは負けたんだと思う」

金子はわっと両手で顔をおおった。

「あの人は無事よね。あの人に何かあったら、私がわからないわけがないもの。帰ってくるわよね」

「帰ってくるに決まってる。裕而さんが金子を残していくわけがないもの」

金子の震える背中を富子はさすり続けた。


七月一八日、大本営からサイパンにいる兵士が全員壮烈な戦死を遂げたという発表があり、同日、東條内閣が総辞職した。

戦争を始めた総理大臣がやめた。サイパン島陥落の責任をとっての内閣総辞職だ。これから日本はどうなるだろうと不安に思ったのは金子ばかりではない。日本国民のすべてがこの報道には衝撃を受けた。

新たに成立した小磯國昭《こいそくにあき》内閣は「大東亜戦争はこれからが天王山」と戦争継続の声をあげ、続いて「帝都学童集団疎開実施細目」が政府の方針として発表された。

八月四日、第一陣の児童たちが東京を発ち、宮城、山形、福島、茨城、栃木、群馬、埼玉、千葉、新潟、富山、山梨、長野、静岡などに向かった。

福島の裕而の母、ヒサが危篤という連絡が届いたのは、翌五日の午後だった。夕方には訃報が届いた。

子どもたちをつれ、金子は翌朝、福島へ向かった。列車はひどく混んでいた。戦時のために不急の旅は制限されていたが、疎開する家族や田舎に食料を調達に行くための人々で車内は立錐の余地もないほどだ。途中からふたりがけの席に三人で座ることができたのは幸いだった。

ヒサは古関家の居間に敷かれた布団に横たわり、顔には白布がかけられ、胸の上に懐剣が置かれていた。

今朝早く、古関富助の家からリヤカーに乗せられて自宅に戻ってきたという。白布をとると、上品な顔立ちはそのままで、まるで眠っているかのようだった。

前日、いつものようにお昼を食べ、昼寝をしたヒサはそのまま意識が戻らず、二本松に住むヒサの姉の今泉フクが駆けつけたのを待っていたかのように、息をひきとったと、最後まで世話をしてくれた幸子がいった。幸子は古関富助の次女である。

「裕而さんはいつ戻ってこられますか」

昨晩のうちに、金子は関係者に連絡をして裕而に電報を打ってもらったが、返事はいつくるかわからない。

朝日新聞東亜部の記者・石山慶二郎という人物から電報が届いたのは、三日後のことだった。なぜ裕而本人からではないのか。受け取った電報を手に、金子は血の気が引き、目の前が暗くなりかけた。

雅子と紀子が不安げに金子を見上げている。私がしっかりしなくてどうすると、金子は自分を励まして、中を開く。

文面を読んだ途端、くたくたと金子は崩れおちた。

裕而が生きているとわかったからだった。

裕而はこれから仏印派遣軍に同行するために活動せねばならず、すぐには帰国できないが無事でいる。なるべく早く帰国するつもりではいるが、まだ日時がわからないので、葬儀のことはすべて金子にまかせるとのことだった。

ヒサの葬儀は、裕而の帰国を待ち、九月五日に福島で執り行われた。裕而は、南方で日焼けした頬をふるわせて泣いた。


裕而の土産に、雅子や紀子たちは歓声をあげた。フランス製の大型チョコレート五〇枚、羊羹《ようかん》四八本を持ち帰ったからだ。フランス語で書かれた「フランス領インドシナの音楽考」上下二冊、ラオス族の民族音楽の楽器もあった。

帰国前にいたのが、ベトナムのサイゴンで、そこには食料はまだふんだんにあったらしい。チョコレートも羊羹も参謀長が酒を飲まない裕而のために用意してくれたものだという。

本当は、羊羹は五〇本あったのだが、日本に帰って福岡から東京まで乗った汽車の中で弁当の持ち合わせがなかったために仕方なく一本食べ、さらに隣り合わせたおばあさんとおにぎり二個と羊羹一本を物々交換したと裕而が笑った。

だが、インパール作戦の話となると、裕而は急に言葉少なになった。

「僕は幸いと言っていいかわからないが、前線までは行かなかった。けれど、火野さんと向井さんは先行していたからその状況を目の当たりにしてね……」

前線では食糧不足で骨と皮だけになった兵士が立つことさえできない状態で、雨の中、戦っていたという。作戦を中止しても、密林や山岳地帯を多数の傷病兵をかかえた部隊が撤退するのは至難の業で、帰り道には腐乱した死体が累々と重なっていた。

「考えられないほど多くの兵士が、戦いではなく飢えや病気、獣に襲われて命を落としたんだ。その骨さえ、日本には戻ってこない……」

裕而の言葉が重く、金子の胸にのしかかる。

「泥濘《でいねい》と豪雨、そしてペストやコレラの流行。かろうじて命を保っているだけの兵隊に、地図だけを見て、上が進撃命令を下すなんて愚の骨頂……すべては無謀、無駄な作戦だったと火野さんは嘆いていた。それがこの戦争の真実かもしれない」

金子にはとても信じられなかった。信じたくなかった。

裕而が大変な現実に放り込まれ、九死に一生を得て戻ってきたということはわかる。本当にありがたいと思う。

だが、インパールの戦いではそうだったかもしれないが、それは日米戦争の一部であって、すべてではないはずだ。

これだけ多くの人が傷つき、死んだのだ。負けるわけにはいかない。そんなはずはないと、思いたかった。

一一月二四日、B29爆撃機による東京への空襲が始まった。次女の紀子は、疎開児童として伊豆に他の児童と共に連れられていった。

昭和二〇（一九四五）年に入ると、「一億総玉砕、本土決戦」というスローガンが町にあふれた。

金子は町の防空群長として、連日、訓練に出かけて行く。

「爆弾が落ちてきたら、爆風にやられないように、ものかげに入りましょう。隠れる場所がなければ、地面にふせてください。このとき、手で目と耳と鼻をおさえ口を開けるようにしましょう」

「防空ずきんは必ず、水をくぐらせます。火の粉が降ってきても、水をふくんだ防空ずきんであれば、頭と肩を守れます」

「みなさん、胸に血液型を書いた名札をつけていますか。万が一、怪我をしても、血液型がわかれば輸血が迅速に行われます。非常用として三角巾や消毒液、ろうそく、干し飯《いい》などを入れたかばんも用意しましょう。手提げかばんではだめです。両手が使えるように、肩掛けかばんかリュックに限ります」

町の人の前に立ち、よく通る明るい声で歯切れ良く金子は話した。

警戒警報が頻繁に鳴るようになっている。向島《むこうじま》などの下町や川崎などが爆撃され、知り合いを頼ってこの町に避難してきた人もいる。

「防空壕に逃げ込んでも、爆弾に直撃されたらひとたまりもないって」

「私の親戚もやられた。防空壕が崩れて、みんな蒸し焼きになっちゃったの……考えられる？今まで元気だった人が一瞬で死んじゃうなんて」

「横浜に住んでいた中学からの親友の一家が空襲で亡くなったの。五歳の女の子、三歳の男の子もいたんだけど、みんな一緒に……」

「かわいそう、むごすぎる」

「神戸にも大空襲ですって」

「あそこは港があるから……」

「火の海だったって、従姉妹からの手紙にあったわ。何百人、何千人も死んだって。ほんとにきれいな町だったのよ。外国みたいな」

「ここは大丈夫かしら」

「さあ、大丈夫であってほしいけど……」

「何百人もの人があっけなく死んじゃうなんて……想像することさえできない」

集まればみな頭をよせて声をひそめて話す。

「こんな防空訓練って、ほんとに役に立つのかしら」

「金子さんは張り切ってらっしゃるけど」

「あの方だって、お嬢さんを学童疎開で手放されたんでしょ」

金子にも、こうした話は伝わっている。みんな、戦争にうんざりし始めている。

一瞬のうちに大切な命があっけなく奪われ続けている。出口がまったく見えない。だからこそ、金子は救える命は救いたかった。この町から犠牲者がでないように、準備できることはやっておきたい。何を言われようと、行動しないで後悔したくないと決意している。

配給はますます少なくなり、麦飯に漬物、イモなどでも食べられればましになった。

学童疎開している紀子もお腹をすかしているらしく、金子が炒り豆を送ると、驚くほど喜んで、はがきを書いて寄越す。そんな紀子がいじらしく、育ち盛りの子どもに十分な食事を与えてやれない自分が情けなくなる。

雅子は、軍需工場で働かされている。学校にいるときも竹やりで敵と戦う教練や防火訓練をさせられている。

裕而は軍事歌謡の作曲で忙しかった。灯火管制で電気を消した後は、ろうそくの火を頼りに五線紙に向かった。

三月に入ってまもなく、金子は紀子を伊豆から引き取った。伊豆は、米空軍の進入路にあたるといわれていたし、紀子は慣れない環境と食糧不足で栄養失調寸前になっていた。

紀子は大喜びで帰宅し、なんとか元気を取り戻した。


久しぶりに家族がそろったのも束《つか》の間、裕而に召集令状が来た。

「徴兵検査で丙種だったのに、召集だなんて……。インパールから帰ってきたばかりなのに。

……三月一五日横須賀海兵団に入団なんて、あと一〇日もないじゃない……」

赤紙を見つめ、金子は絶句した。

戦争は金子たちに、穏やかな家族の暮らしなど与えはしないと、思い知らされたような気持ちだった。

しかし、なぜ今、裕而なのか。

兵員の不足から、甲種に満たない乙種・丙種でも徴兵されるようになっているとは聞いていたが、これまで裕而は音楽家として従軍し、慰問団の中心メンバーとして軍の要請に応えてきた。今だって、その海軍から命じられ、『特幹練の歌』を作曲している。

「海軍人事局に、いちおう問い合わせてみよう」

その日のうちに、裕而は人事局に出かけて行った。そしてわかったのは、人違いで召集令状を発行されてしまったということだった。しかし、一度出した召集令状は取り消すことは不可能で、入団したら一週間ほどで召集解除すると担当将校が確約してくれたという。


三月一〇日に日付が変わったばかりの零時過ぎ、空襲警報が鳴った。

あわてて、娘たちと裕而を起こし、金子は外に出た。

冷たい風がうなりをたてていた。庭の木々が枝ごと大きく揺れている。

そして暗い空の奥から、ごぉ〜〜っという機械音が低く重く聞こえた。

「飛行機……爆撃機の音だ。……きやがった」

裕而がつぶやく。金子は人数分の防空ずきんを水瓶《みずがめ》にひたすと、雅子と紀子をうながして、かぶせた。

「冷たいっ」

ずっしりと濡れた防空ずきんに紀子が悲鳴をあげる。

金子はバタバタと台所に戻り、おひつに残っていたご飯と、用意してあった梅干しでおむすびにしてリュックにつめ、肩にかつぎながら出てきた。

「根津山に行きましょ」

歩いてほどないところに、根津山とよばれる小高い丘がある。武蔵中学、高校などを創設した財閥・根津家の所有で、そこに防空壕がたくさん掘られている。この近辺ではそこがいちばん安全だといわれている。

根津山をのぼりかけたときだった。空気が破裂したような音がして、金子は振り返った。遠くの空に赤黒い炎が舞い上がっていた。

火柱だ。火柱は踊りながら火の粉をまきちらしている。

地上で燃えさかる炎が空を赤く染め、低空を飛ぶ爆撃機の群れを映し出した。

何十、いや何百、飛んで来たのだろう。

まるでウンカの群れのようだ。機体は火を照り返し、その腹が真っ赤に染まっている。

そしてさらに大きな炎があがる。

「下町だ。……下町がやられている」

空襲警報は二時間以上も鳴り続けた。

この日、東京を襲ったのは三〇〇機以上のB29だった。三八万発、計一七〇〇トン以上の焼夷弾が投下され、深川区、本所区（現在の墨田区）、浅草区（現在の台東区）、日本橋区（現在の中央区）、城東区（現在の江東区）、芝区（現在の港区）など東京三五区の三分の一以上が焼失した。被災家屋は二六万超、罹災者は一〇〇万人超、死者数は推計一〇万人を超えた。

翌日から縁故者を頼って、焼け出された人たちが世田谷にも行列になってやってきた。

その姿にも金子は衝撃を受けた。髪が焼け、焼け焦げた着物の間から見える肌は火傷でただれている。顔からも体からも血をにじませている。

亡くなったことに気付いていないのか、だらりとした子を背おったまま歩いている母親もいる。その目に何が映ったのか、人々の目からは光が失われていた。

日は無情に過ぎ、五日後の三月一五日、裕而は、隣組の人々が歌う自作の『露営の歌』で送られ、横須賀海兵団に入団した。

だが約束の一週間たっても、二週間が過ぎても、裕而は帰ってこない。

三月二一日、大本営は硫黄島守備隊の玉砕を発表した。

金子は裕而のことが心配でたまらず、何度もコロムビアの担当者に問い合わせた。海軍とのパイプを持っている担当者は、裕而がどこかに派遣されることはないはずだというが、まさかのことだってありうる。そもそも人違いで召集令状がきたのだ。兵隊にとられたら、どこにいるか、何をしているかなど、家族には何も知らされない。

だが数日後、コロムビアの担当者からの手紙に金子はほっと胸をなでおろした。

「先生は、芸術家、学者などの特殊技術者ばかりが集められた第百分隊に配置され、二等水兵として名簿作成やら、デッキ洗いなどなさっているそうです。軍に招かれたコロムビア慰問団に、なんと古関先生がお茶やお菓子をだしてくださったそうで、歌手たちが恐縮して先生から急須をひったくったそうですよ。先生はお元気です。お帰りもまもなくではないでしょうか」

すました顔で、恐縮している若い歌手にお茶をさしだす裕而の姿を思い浮かべて、金子はくすっと笑った。

四月一五日、待ちに待った裕而が帰ってきた。

「ただいま!」

金子が抱きつこうとすると、裕而は両手を前に突き出して押しとどめた。

「ダメだ、ダメだ。シラミがうつるよ」

「あらいやだっ」

金子が飛び退く。それからは大わらわだった。金子は急いで風呂をわかし、裕而は浴室で衣類を全部脱ぎ捨てた。

その晩、城南京浜大空襲が起きた。

羽田、大森、荏原《えばら》、蒲田、隣接している川崎市がやられ、六万八四〇〇戸が焼失した。前々日の一三日には豊島、荒川、王子、小石川、四谷、牛込、麴町《こうじまち》などが爆撃され、こちらは焼失一七万戸。東京は焦土になりつつあった。

そして五月二四日未明、五〇〇機以上のB29が渋谷、世田谷、目黒、大森、品川地域を爆撃した。三月一〇日の東京大空襲を上回る三〇〇〇トン以上の爆弾を投下したのである。

さらに翌二五日の夜二二時過ぎから、再び四七〇機のB29による大規模空襲が始まった。中野、四谷、牛込、麴町、赤坂、世田谷方面などの山手地域から霞ケ関、丸ノ内付近まで大火災が発生した。

二五日の深夜、金子たちが空襲警報の音と爆音とで外に飛び出したときには、もう近隣の家が火に包まれていた。

焼夷弾の束が空中で三〇本くらいにほどけて、ばらばらに飛び散って、家々を焼きつくすのだ。

次の瞬間、炎に包まれた敵機がゴーッという怪音と共に自分たちに向かって落下してきた。

「もうだめだよっ」

裕而はそういって、子どもたちと金子をぎゅっと抱きしめ、しゃがみこんだ。

「金子、顔を伏せて」

けれど、金子は裕而に抱きしめられながら、顔をあげていた。ぱらぱらと火の粉をまき散らし、火の玉となって落ちてくる飛行機を見つめた。

火の玉はどんどん近く、大きくなる。飲み込まれそうなほどの大きさだ。

何も知らずに死にたくない。何が起きたのか、自分の目に焼き付けよう。そうでなければ浮かばれない。最後の瞬間まで金子は全部見とどけたかった。

コントロールを失った機体は、屋根の上、わずか三、四メートルをすれすれに滑空していく。

火の粉がわっと舞い落ち、金子は思わず目を閉じた。なんとか目を開けると、町内の先で高くあがる火柱が見えた。

また敵機がくる。焼夷弾が落とされる。

「お母さん、お向かいの家に爆弾が！」

そう叫んだ雅子を金子は抱き寄せて地面に倒し、かばうように覆い被さる。

どんと音がし、大地が揺らぐ。けれど爆音がしない。振り向くと、隣の家の玄関と便所のあたりの屋根に大きな穴があいて、土煙が立っていた。

「不発弾かもしれない。この隙に雅子、紀子を連れて根津山に行って」

「お母さんたちは」

「私たちはここを離れちゃいけないの。類焼を防ぐために大人は残れって命令が出てるから。大丈夫、がんばる。早く行って」

「はい!」

どうぞ無事でいてと祈りながら雅子と紀子を見送り、金子と裕而は隣組の人たちと合流した。

やがて根津山が焼けているという叫び声が聞こえた。金子はぞっとして走り出した。

命令を無視することになるが、そんなことかまうものか。雅子と紀子のところに行かなくてはならない。助けなくてはならない。

根津山の方向は真っ赤だった。どの道も炎でふさがれて、先に進むことができない。

「金子! 行くな! 馬鹿なまねはよせ」

「馬鹿じゃないわ。子どもたちが」

裕而が腕をつかみ、ぐっと金子を引き寄せる。

「しっかりするんだ。前に進んだら焼け死ぬぞ。貴女に何かあったら、僕も子どもたちも耐えられない。今は自分の命を守ろう」

まんじりともせずに一夜を過ごした。

古関家は焼け残ったが、隣組の多くの家は焼け落ちた。

朝になっても、いたるところで燃え残りの炎が赤い舌を伸ばしている。

根津山のほうに向かって、金子は真っ白の灰に覆われた道を、裕而と共に歩いた。

しばらく行ったところで、声が聞こえたような気がして、足を止めた。

「お母さん、お父さん！」

雅子と紀子だった。すすで汚れ、真っ黒な顔をしている。

「よかった。うちのほうが燃えてるって、避難してきた人がいってたから、お母さんもお父さんも空襲で死んじゃったかと思った」

ふたりは幼い子どもみたいに、えんえんと泣き出した。すすと涙がまじりあい、頬に黒い筋ができる。

「せっかく美人に生んであげたのに、これじゃ台無しよ」

ふたりの顔を手ぬぐいで拭きながら、金子も黒い涙を流していた。


それから金子は町内を走り回り、防空群長として指示をだし、ぶすぶすと煙をあげ続ける家などにバケツリレーを行った。怪我をした人を病院に運び、軽い怪我の人の手当もした。

この空襲で、三〇〇〇人以上が亡くなり、一六万戸以上が焼失した。

また、秩父宮、三笠宮、閑院宮《かんいんのみや》、東伏見宮、伏見宮、山階宮《やましなのみや》、梨本宮《なしもとのみや》、北白川宮の各宮邸、

東久邇宮《ひがしくにのみや》鳥居坂御殿、李鍵公御殿、外務省、海軍省、運輸省、大審院、控訴院、特許局、日本赤十字社、帝国ホテル、海上ビル、郵船ビル、歌舞伎座、新橋演舞場の一部ないしすべてが焼け落ちた。

この空襲を機に、金子と裕而は、雅子と紀子を福島の新町に住む弟・弘之の家に疎開させた。子どもがない弘之夫妻は、雅子と紀子を快く引き受けてくれた。弘之の奔走で、成城学園女学校一年の雅子は福島の高等女学校に、紀子は裕而の母校である師範学校女子部附属国民小学校に転校することもできた。

放送の仕事で忙しい裕而を支えるために、金子は東京に残った。金子は町の人たちの相談にものっている。家の片付け、葬儀の手配、竹槍訓練、さらには食糧調達のために、くたくたになるまで毎日動き回った。

二五日の晩の空襲を最後に、東京への敵襲は急に途絶えた。

「もう壊すものはないということかね」

皮肉交じりに裕而がいう。まさにその通りで、東京はほぼ全域が灰燼《かいじん》に帰していた。

東京にかわって、横浜、名古屋、大阪、神戸、呉《くれ》、徳山、台北、奈良、日立、鹿児島、浜松、四日市、福岡、静岡などの地方都市が爆撃されている。

「貴方、豊橋もやられたって」

「お義母さんたちは無事か!?」

たった今ポストからとってきた手紙から顔をあげて、金子がうなずく。

「家は焼けなかったって。でも、町は焼け野原だって……」

豊橋は六月一九日にB29による空襲を受けたと、みっつの手紙に書いてあった。

「どうなるのかしら。日本は……」

それ以上、金子は口にすることができない。

姫路、水島、佐世保、岡山、青森、下関、高松、徳島、高知、千葉、甲府、清水、明石、和歌山、堺、岐阜、仙台、宇都宮、敦賀、一宮、釜石、北海道が爆撃を受け、六月二三日、ついに沖縄が陥落した。

放送局に出入りしているので、大本営が発表しないことも、いやでも自然に裕而の耳には入ってくる。

七月に入ってすぐ、裕而は血相を変えて戻ってきた。

「福島もやられているそうだ。郡山《こおりやま》や富久山《ふくやま》町、平《たいら》……。市内は危ないかもしれない。飯坂《いいざか》温泉はどうだろう。あそこに知り合いがいる。雅子と紀子をお願いしてみようか」

裕而はすぐに手紙を書いた。

数日して飯坂から返事が来た。十分なことができるかどうかはわからないが、できるだけのことはさせてもらうという内容で、金子はほっとした。手紙には疎開児童のことも書いてあった。飯坂には、今、東京から一三〇〇名を超す疎開児童がきているという。

「小さな町でそれだけの子どもを預かるのは大変でしょうに……ありがたいことよね」

金子は翌朝、福島に向かった。

弘之夫妻は雅子と紀子を手放すのは寂しそうだった。わずか一ヶ月だったが、子どものいる暮らしは張りがあったらしい。

「実はこのあたりでも疎開する人が増えているんです。……飯坂ならここから近いし、ときどき顔を見に行きますよ」

裕而とよく似た目元を細めて、弘之はうなずいた。

その晩、金子と雅子と紀子の三人で風呂に入った。ふたりの背中を流してやる。湯をはじくふたりの肌がまぶしい。ふくふくと育っていく、この命をなんとしてでも守らなくてはと、金子は改めて思った。

翌日、金子はふたりを連れて飯坂に向かった。山間の道を列車はゆっくり走る。

列車は人でぎっしりだった。福島は東京よりは食糧事情はいいものの、やはり配給だけでは足りず、農家をまわって野菜などをわけてもらうために、大勢の人が農村に向かうのだ。

終点の飯坂温泉駅でおり、裕而のメモ書きの住所を頼りに、摺上川《すりかみがわ》とその支流の流れ沿いに旅館が軒を連ねる町を歩く。坂の多い小さな町だが、松尾芭蕉や正岡子規、与謝野晶子、さらにはヘレン・ケラーも訪れたという名湯で知られている。

驚くほど子どもの姿が多い。東京からきた疎開児童なのだろう。親から離れて、子どもたちが、ここでけなげに暮らしている。

東京の大空襲をこの子の親たちは生き延びただろうか。この子たちがまた親と共に暮らせる日がくるだろうか。そう思うと、金子はひとりひとりの子どもを抱きしめてやりたくなってしまう。

飯坂横町の二階堂魚店はすぐに見つかった。

角にある二階建ての家で一階が店になっている。だが店頭には魚は一切れも並んでいない。魚も配給で、それも滅多にないことだった。

「お待ちしていました。困ったときはお互い様ですから」

初老の二階堂夫妻が快く迎えてくれたのがありがたかった。二階堂家は古関家とのつきあいが長く、裕而のことも子ども時代から知っていた。

「古関さんちの前を通るといつもハーモニカの音がして。こんなに立派な音楽家になられるとは。『露営の歌』や『暁に祈る』を知らない人は日本でいませんよ。でも、私はね、『福島夜曲』が好きだなぁ」

遠い山河　たずねて来たに　吾妻しぐれて　見えもせず
吾妻山かと　窓あけたもの　山は歩るいて　来ないもの
吾妻山みち　うつむきがちに　誰が会津に　越えたやら

金子が口ずさむと、二階堂の妻がはっと目を開いた。

「なんてきれいな声。歌手みたい」

「こんなご時世で歌う機会がないんですけど、私、歌の勉強をしていたんです」

金子が苦笑した。

雅子と紀子のために奥座敷の六畳と四畳半、二間が用意されていた。きれいに掃除がしてあり、耳を澄ますと、川のせせらぎが聞こえる。

隣の部屋にはやはり東京から疎開してきた女子医専の女学生が下宿しているという。

娘たちが新しい環境に慣れるまで、金子はここに一緒にいるつもりだった。

毎日、娘たちが勉強するのを見守り、三人で「ちゃんこちゃんこ」と呼ばれる石段をのぼりおりして、町を歩いた。寺や旅館の人と知り合うと、金子は疎開している子どもたちを訪ねて、歌の会をする約束もとりつけた。

童謡でも何でも、大きな声で歌えることが金子は嬉しく、時間を見つけては人気のない川のほとりで、発声をし、歌を歌う。

夜、共同浴場の温泉の広い湯船に手足を伸ばすと、これまでの疲れがすっと消えるような気がした。当初は温泉のお湯の熱さに驚いたが、くせのないまろやかな湯質で、肌もしっとりしてきた。

防空訓練もなく、空襲警報も聞こえない。こんな穏やかな日々は、久しぶりだった。

体がだるいと気がついたのは、飯坂に来てわずか数日後だった。

「風邪をひいたのかしら。節々も痛むの。夏なのに流感じゃあるまいし……」

「きっと疲れがでたのよ。お母さんは動きすぎ。世田谷じゃ竹槍訓練の指導までして、こっちでだって、雀の学校の先生みたいに毎日歌を歌って……ゴリラじゃないんだから疲れるわよ」

生意気盛りの雅子がここぞとばかりいう。金子が口をとがらせた。

「親に向かって、ゴリラはひどいんじゃない」

「お姉ちゃま、ゴリラだってお母さんほど丈夫じゃなくてよ」

「あら、そうね。ゴリラに悪かったわ。とにかく、お母さんはゆっくり休んで早く治して」

紀子と雅子がうなずきあう。金子は首をすくめて、布団を首元に引き寄せた。

憎まれ口をきくくらい、娘たちが大人への階段をのぼりつつあることが嬉しい。

けれど、どうしたことだろう。夏真っ盛りなのに、布団をかぶっても寒気がおさまらない。

翌日には起きられるだろうと思ったのに、熱はあがる一方で、四〇度近い。

風邪薬を飲んでも、まったく効き目がない。

だるさは経験したことがないほど辛く、やがて目を開けることもできなくなった。頭痛に加え、腹痛と下痢も耐えがたいほどだ。日日薬どころか、日を追うにつれ、症状はひどくなる。

「……胸や背中、お腹に淡いピンク色の発疹がありますね、そして熱のわりに、脈が遅い……もしかしたら腸チフスかもしれません。腸チフスだとしたら……設備の整った病院に移さないと」

うつらうつらしている金子の耳元に、若い女性の声が聞こえた。隣室に住んでいる女子医専の学生の声らしい。

それっきり、金子の意識がなくなった。

気がつくと、裕而の顔が目の前にあった。

「僕がわかるか」

頭を動かすのもしんどかったが、金子は必死で小さくうなずく。

「ここはどこ？」

「福島の病院だよ」

裕而が言った。また金子の意識が遠のいていく。

女子医専の学生の見立て通り、金子の病名は腸チフスだった。手指などから感染するものだという。どこで感染したかはわからない。けれど空襲で家々が破壊され、町が壊され、衛生状態が悪くなり、腸チフスはじめ様々な感染症に罹患する人も少なくなかった。

幸い、雅子や紀子、二階堂魚店の人々には感染しなかったが、金子は命が危ぶまれるほど重体だった。

飯坂から福島までは、弘之が木炭自動車を手配したという。燃料を提供しなければ自動車を動かすこともできない時代、弘之は友人知人に働きかけ、木炭一俵を用意した。

連絡を受けて駆けつけた裕而は、片時も離れることなく、金子の看病をした。海兵団で腸チフスの予防注射をしていたので感染の心配がなかったのは不幸中の幸いだった。

金子の病状は一進一退を繰り返した。

病室からは福島の空が見える。朝から耳が痛くなるほど蟬が大きな声で鳴いている。

同病の一九歳の青年が脳症を併発し、亡くなったときも、その蟬の声が聞こえていた。

ようやく金子が快方に向かったのは八月に入ってからだった。

福島でも空襲警報が鳴るようになっており、そのたびに、裕而は金子を背におぶい、二階の病室から階段をおりて待避壕に向かった。

「ごめんなさいね。重いでしょ」

「ちっとも重くないさ。軽い軽い」

金子は裕而の背中に体をひたっとつけ、首元にそっと口づける。

「貴方がこんなに力持ちだとは思わなかったわ」

「見くびってもらっちゃ困るよ」

裕而が首をまわして微笑んだ。

八月六日、人類史上はじめて原子爆弾が広島に落とされた。

八月九日、今度は長崎に原子爆弾が落とされた。


八月一〇日、やっと退院の許可がおり、金子は飯坂に戻った。それを見届け、裕而は一四日の夜汽車で東京に戻った。

退院したとはいえ、金子の体は本調子にはほど遠く、一五日の朝も横になっていた。

「お母さん、正午に天皇陛下の玉音放送があるんですって」

外に出かけた雅子と紀子が駆け戻ってきた。

「天皇陛下が私たちに直にお話しくださるってこと？」

「じゃないの!? 玉音ってくらいだから。でも何をおっしゃるのかしら。一億総火の玉? それとも本土決戦!?」

「さぁ、何でしょうね」

金子は時間になると、床からはいだした。布団の上で玉音を聞くわけにはいかない。窓の外に青空が広がっている。蒸し暑い夏の日だった。

くぐもった声がラジオから流れ始めた。

いつしか金子の頬に涙がつたっていた。

「お母さん、どうしたの?」

放送を聞いても、内容がわからなかった紀子がたずねる。雅子は口を手でおさえて、嗚咽をこらえていた。

「……日本は負けたの。アメリカに降伏したの。戦争が終わったの」

雅子が絶句する。紀子は首をひねった。

「で、どうなるの? 日本は? 私たちは?」

「さぁ、どうなるのかしら……」

しばらくして、赤い日の丸をつけた日本の飛行機が編隊を組んで空を飛んでいるのが見えた。抑えていた涙がまた金子の目からほとばしり出た。

裕而は翌日の夜、疲れ切った顔で飯坂に戻ってきた。仕事があり、内幸町の放送局に行ったものの、入り口に憲兵が立って、説明しても中に入れなかったという。

「降伏したのだから、放送内容だって変わる。当分、僕もこっちにいるよ」

やがて飯坂にもジープを連ねて米軍が入ってきた。

他の地域では横暴な兵もいたようだが、飯坂にきた兵たちは規律を守り、拍子抜けするほど整然としている。敵機が飛ぶこともなく、ぽっかり穏やかな日が戻っている。

金子は歩けるようになると、ヒサの着物を持って農家を訪ね歩き、食料と取り替えてくるようになった。米は不足しているけれど、飯坂近辺は果樹王国で、水蜜桃、ブドウ、リンゴなど、東京では考えられないほど豊富にあったのはありがたかった。

体力が回復すると、小学校のピアノを借りて、金子は歌の練習を再開した。近くに、福島民報新聞社社長の令息で上野音楽学校を卒業した中目《なかのめ》徹も疎開していて、裕而と三人でピアノを囲むこともある。

アコーディオンの上手な長谷川藤一が二階堂魚店の奥座敷に出入りするようになったのもそのころだ。歌を歌い、音楽の話を語り合う。その中で、金子の気持ちも少しずつ癒えていった。

日本は負けた。大勢の命が失われた。けれど、この世は続いていく。

戦争は終わった。空襲もないし、兵隊に男たちがとられることもない。人が国のために殺し殺されることも、もうない。

英語の歌も、イタリアやドイツの歌も、自由に歌える。

ある夜、長谷川のアコーディオンに合わせて、金子は久しぶりにイタリアの歌曲を歌った。

Di Spagna sono la bella, regina son dell' amor !
Tutti mi dicono stella, stella di vivo splendor……

Stretti, stretti nell'estasi d'amor !
La Spagnola sa amar cosi, bocca e bocca la notte e il dì.

『La Spagnola（ラ・スパニョーラ）』を歌い終えたとき、外から拍手が聞こえた。障子をあけると、アメリカ兵が一〇名ほどそこにいて、手をたたいている。金子が顔をだすと、「ブラボー」という叫び声が返ってきた。

裕而は飯坂小学校の校歌の作曲を頼まれ、快諾した。

校歌発表会を兼ねた音楽会が催され、雅子がピアノ伴奏をし、和服姿の金子が歌った。長谷川のアコーディオン伴奏で、『La Spagnola』などイタリア歌曲も歌った。

そして一〇月、金子と裕而、雅子と紀子、家族全員で帰京した。

終戦を家族全員が生きて迎えることができたのである。

13

お腹に新しい命が芽生えたのを知ったのは、帰京してまもなくのことだった。裕而の喜びようといったらなかった。

「歌をあきらめることはない。体を大切にしつつ、レッスンを再開してはどうか」

裕而は背中を押してくれたが、これまでどうということがなかったのに、今回はつわりに悩まされて、年明けまでは金子は歌どころではなかった。

食糧不足も深刻で、闇市で法外な値段で買ってくるしかない。家族のために食べ物を用意するだけで精一杯だった。

「闇市では野菜も何もかも目の玉が飛び出るほど高いの。アメリカの救援物資の横流しかしら、今日なんて真っ赤なセーターなんかまで売られていたのよ。その脇で義手や義足をはめた傷痍軍人があなたの『暁に祈る』をアコーディオンで弾いて、わずかなお金をもらっているの。気の毒でならないわ。……おかしいわよ、間違ってる！」

義憤にかられ、金子がカッカしながら話す。裕而はしぶい表情でうなずいた。

「傷痍軍人に金子は献金した？」

「ええ。申し訳ないじゃない」

「よかった。僕もそういう人の前をとても素通りできない。いくらかでも献金しないと気が済まない……食べ物が高すぎるのは困ったことだけど、闇市があるだけ、僕に仕事があるだけいいと思って、今は暮らさないと。そういうことに、ちゃんと怒る金子はとても魅力的だけど」

裕而にそう言われると金子は機嫌をなおさないわけにはいかない。

確かにうちは恵まれていると金子は思う。町には失業者や傷痍軍人、空襲により家も親も失った戦災孤児たちがあふれていた。

裕而は、菊田一夫《きくたかずお》との仕事にとりかかっている。

菊田は力のある劇作家で、以前にも裕而と放送劇「当世五人男」や「思い出の記」「八軒長屋」でタッグを組んで評判をとった。菊田が座付き作家として在籍していた劇団「笑の王国」の公演の音楽も手がけ、菊田が東宝に移籍した後も互いの才能を認め合う仕事仲間である。

「山から来た男」「夜光る顔」「駒鳥婦人」「音楽五人男」……戦後の娯楽に飢えた時代、ラジオ・ドラマは大衆の最大の楽しみだった。

ヒット曲も生まれた。

柳青める日　つばめが銀座に飛ぶ日　誰を待つ心　可愛いガラス窓
かすむは春の青空か　あの屋根は　かがやく　聖路加か
はるかに　朝の虹も出た　誰を待つ心　淡き夢の町　東京

橋にもたれつつ　二人は何を語る　川の流れにも　嘆きをすてたまえ
なつかし岸に聞こえ来る　あの音は　むかしの　三味《しゃみ》の音か
遠く踊る　影ひとつ　川の流れさえ　淡き夢の町　東京

君は浅草か　あの子は神田のそだち　風に通わすか　ねがうはおなじ夢
ほのかに胸にうかぶのは　あの姿　夕日に　染めた顔
あかねの雲を　みつめてた　風に通わすか　淡き夢の町　東京

悩み忘れんと　貧しき人は唄い　せまい露路裏に　夜風はすすり泣く
小雨が道にそぼ降れば　あの灯り　うるみて　なやましく
あわれはいつか　雨にとけ　せまい露路裏も　淡き夢の町　東京

サトウハチローの詩によるこの『夢淡き東京』は金子のお気に入りでもある。映画「音楽五人男」の主題歌だった。

戦争で昔の東京の町並みは失われた。けれど、人々の心にはその姿がちゃんと残っていて、今も息づいている。辛い思いをしたと自分たちを哀れむことなく、哀れまれることも求めず、目の前の風景の美しい部分をすくい取り、懐かしい匂いを思い出し、すっくと立っている。そんな叙情を金子はこの歌に感じる。

この映画では、若山牧水の短歌に曲をつけた『白鳥の歌』も裕而が作った。

昔から裕而は牧水の短歌が好きで、自分でも短歌や俳句を詠んだりする。

「自分が作った曲はどれも好きだけど、これはちょっと特別だね」

裕而がそういって楽譜を渡してくれたとき、金子は嬉しかった。

白鳥《しらとり》は　かなしからずや　空の青　海の青にも　染まずただよふ
いざゆかむ　行きてまだ見ぬ　山を見む　このさびしさに　君は耐ふるや
幾山河《やまかわ》　越えさりゆかば　さびしさの　はてなむ国ぞ　けふも旅ゆく

以来、裕而は色紙を頼まれると「白鳥は……」「幾山河……」と書くようになった。得意の山や海の絵を描き添えることもある。

戦争が終わったんだと、毎朝思う。空襲警報が聞こえない。灯火管制もなくなり、夜は家々に灯がともる。みなお腹をすかせているが、町は活気を取り戻しつつあった。

ただひとつ金子を悩ませていたのは、満洲に渡った姉の清子、妹の松子、大連に住んでいた兄の勝英のことだった。戦争が終わってしばらくたつのに、消息がわからない。

昭和二一（一九四六）年になってもまだ安否はわからない。

七月、長男・正裕が誕生すると、古関家に明るい光がまたさしこみ、金子は三度目の子育てに明け暮れるようになった。

男の子は手がかかると聞いていたが、確かに正裕はよく泣き、よくお乳を飲む子どもだった。喜怒哀楽がはっきりしていて、大変なことも多いが、その分かわいかった。正裕が泣き出すと、金子は裕而の仕事の邪魔にならないように、おぶってよく外を歩いた。もちろん、子守歌を歌いながら。

待望の知らせが届いたのは、終戦から一年以上が過ぎたその年の九月末のことだ。

清子と謙治と子どもたち、松子と子どもたちが佐世保に船で着き、豊橋にたどり着いたのだ。松子は豊橋に二泊すると、長野の夫の実家に、外地で生まれた二人の子どもを見せにすでに発ったという。

清子の手紙には終戦と引き揚げのことが事細かに綴られていた。

『終戦の三ヶ月ほど前、日本が負け、ソ連が満洲に入ってくるという噂を聞き、軍司令部も南方に移動することになったので、とりあえず万が一に備え、一緒に豊橋から満洲に来てもらった従業員を、準備を整えて日本に帰すことができたのは不幸中の幸いでした。

私たちも鶏寧を引き揚げ、ハルピンに移動しましたがまだ向こうはそれほど危機感がなかったのです。けれど、八月一二日、ソ連がいきなりハルピンに空襲をしかけてきて、これは大変なことになったと、私たち家族は翌日、まずは新京に向かいました。

新京からさらに奉天へ。目的地は大連でした。

しかし奉天まで普段なら半日で着くのに、二日かかり、そこでラジオで終戦を知らされました。列車は混んでいますし、時刻表など関係ない状態で、まともに動いていませんでした。

これではとても大連までは行けないと途方に暮れていたところ、たまたま列車の中で動けなくなっていた日本人のおじいさんを助けてあげたのが縁で、「私の家にいらっしゃい」と誘っていただき、お言葉に甘えて、危険なその時期、一ヶ月ほどお世話になりました。

その後、松子たちを探しながら一年ほど満洲にとどまり、今年の七月に松子たちと引き揚げ船に乗ることができました。

八月には佐世保に着いたのですが、コレラの疑似患者が船内で出たということで、湾内に船を係留したまま四二日間とめおかれ、精も根も尽き果てたところで、解放されました。

あと数日でも上陸が延びていたら、私の末の子と、松子の子どもは生きられなかったかもしれません。

佐世保の土を踏んだときは感無量でした。松子も一緒に帰国できた喜びもこみあげて、しばらくはものもいえない状態で広場に横になりました。

そんなとき、広場のラジオから音楽が流れてきました。「三日月娘　作曲古関裕而」という声に続き、歌が聞こえてきました。

松子と私は起き上がり、顔を見合わせて「ああ、古関さんも健在で、こんな歌を作曲しているんだね、よかった」と言い合いながら涙ぐんでしまいました。

日本に着いてはじめて耳にしたラジオの歌が古関さんのものだった。この感激は忘れられません。

その三日後、豊橋に着きました。幸いにも家が焼けていなかったので、これからなんとか暮らしを立て直したいと思っています。

残念ですが、松子の夫の渡辺さんの行方はわかりません。けれど、渡辺さんは人格者で知られた申し分のない人物です。きっとご無事だと信じています。

母から貴女が長男を出産したことを聞きました。

おめでとうございます。よかったですね。

男の子、かわいいでしょう。いつか赤ちゃんの顔を見せてください。

こちらが落ち着き次第、お祝いを贈ります。

どうぞお元気で。古関さんにもよろしくお伝えください。

清子』

手紙を読みながら、安堵の涙が金子の頬を伝った。

しかし、それからわずか二ヶ月後、貞子が死去したという連絡が入った。

一家で豊橋に駆けつけた。

貞子の顔は静かできれいだった。けれど、これ以上ないほどやせ細っていた。

姑と舅が貞子の息子の秀人を連れてきていた。秀人は母の死をわかっているのかいないのか、泣いたかと思うと、はしゃぎ出す。人が大勢集まって、秀坊、秀坊とかわいがってくれるのが嬉しいらしい。こんなかわいい子どもをおいて亡くなるのは、貞子はさぞ心残りだっただろうと、金子の胸が詰まった。

葬儀の後、金子と正裕は豊橋に残った。

覚悟していたこととはいえ、娘を失った母みつの悲しみは深かった。

「勝英もどうしているんだか」

兄からはまったく連絡がない。松子の夫の安否もわからなかった。

「もう疲れた。貞子、私もすぐに逝くからね」

男勝りで気丈なみつが、仏壇に手をあわせてはこういって涙を流す。金子は慰める言葉がみつからなかった。

金子が貞子の遺品を整理していると、大きな布袋の中から軍医として満洲に行っている夫からの手紙がどっさりとでてきた。


『体の具合はどうですか。無理をしないで、体を休めて、栄養をたくさんとってください。軍の宿舎のまわりにひなげしが咲いています。あなたの髪に飾ったら、どんなにきれいでしょう。貞子のことをいつも思っています』

『今日は夕陽がとてもきれいでした。真っ赤な空に、夜の藍が少しずつ混じり合い、地球はなんて美しい星なんだろうと思いました。あなたの肩をだいて、共に空を見たい』

『ご飯をしっかり食べていますか。秀人と離れて、さぞ、寂しいことと思います。けれど、今は体を治すことだけを考えてください。そしていつか、僕たちは三人で仲良く暮らしましょう。僕のいない中、秀人を生み、育ててくれたあなたを、僕は誇りに思います。疲れたときは少し休んでいい。休んで、次に備えればいい。僕はいつもあなたの最大の味方です。あなたは最愛の妻です』

悪いかなと思いつつ、金子は手紙に目を走らせた。貞子に対する愛の言葉が並んでいる。気がつくと、金子の目に涙があふれていた。

貞子の生は短かった。けれど、与えられた命の中で、精一杯、存分に生きたのだと思えた。

満洲から戻ってきた姉・清子は夫の謙治と共に豊橋駅前で食堂を始めている。引き揚げる途中、何度も死線を超えた清子は賢くたくましかった。

「大丈夫よ。お母さんはへこたれたりはしない。あとのことは私にまかせて。裕而さん、待ってるんでしょ。もう東京にお帰りなさい。お母さんに手紙を書いてあげてね」

裕而との手紙のやりとりをはじめたときから、ふたりのことを応援し続けてくれる清子はそういって、金子の背中をぽんとはたいた。

兄・勝英から、生きていてすでに帰国しているという手紙をもらったのはそれから数ヶ月後のことだった。豊橋にも戻らず、得意の英語とロシア語を生かして、アメリカ軍の通信ベースキャンプに通訳として雇われ、ジープを乗り回しているとのことだった。同棲していたロシア人の女性のことは手紙では触れずじまいで、サングラス姿でジープの前で撮った写真が同封されていた。日本人離れした風貌で、その姿がよく似合う。

自由で、大胆で、日本という枠にとらわれない生き方しかできない兄だった。安定を求めず、何があっても、愚痴一つこぼさず、自分らしく生きようとする勝英は金子の心に開いた窓のような存在で、無事でよかったと心底思った。

レコード会社の工場は大半が空襲で焼かれていたが、幸いコロムビアの工場は焼失を逃れ、裕而も『雨のオランダ坂』などレコードを発売していた。

菊田一夫と裕而のコンビによる連続ラジオ・ドラマ「鐘の鳴る丘」は日本中の老若男女の共感を呼び、大ヒットとなった。復員してきた主人公が孤児たちと知り合い、信州の山里で共に明るく強く生きていくさまを描く物語である。

緑の丘の　赤い屋根　とんがり帽子の　時計台
鐘が鳴ります　キンコンカン　メーメー子山羊も　啼いてます
風がそよそよ　丘の家　黄色いお窓は　俺らの家よ

緑の丘の　麦畑　俺らが一人で　いる時に
鐘が鳴ります　キンコンカン　鳴る鳴る鐘は　父母の
元気でいろよと　言う声よ　口笛吹いて　俺らは元気

とんがり帽子の　時計台　夜になったら　星が出る
鐘が鳴ります　キンコンカン　俺らはかえる　屋根の下

父さん母さん　いないけど　丘のあの窓　俺らの家よ
おやすみなさい　空の星　おやすみなさい　仲間たち
鐘が鳴ります　キンコンカン　昨日にまさる　今日よりも
明日はもっと　倖せに　みんななかよく　おやすみなさい

愛らしく、明るくやさしく、けなげな歌で、金子も正裕によく歌って聞かせた。

だがこのころから、裕而の帰宅が遅くなった。以前はずっと家で仕事をしていたのに、それでは間に合わないと言って、放送局に詰めるようになった。帰宅は深夜に及ぶことも多く、金子とろくに話をする時間もない。

「今日、正裕がね……」

「ごめん、まだやらなくちゃいけないことがあるんだ」

その日も裕而の帰宅は零時を過ぎていた。裕而は金子に手をあわせると、書斎にこもってしまう。一歳になった正裕がはじめて靴をはいて外を歩いた日だった。

裕而の書斎のテーブルの上には書きかけの楽譜が並べられている。空が明るくなるまで、作曲を続けるに違いない。

「お帰りは何時ころ？　お食事は召し上がる？」

「何時になるかわからない。食事はすませていてくれ。それで申し訳ないんだが、今日、写譜の人たちが七、八人くることになっているんだ。やることは指示しているが、お茶の準備だけ頼めるかい？」

翌朝も、かきこむように朝食をとり、あわただしく裕而は出て行った。

亭主元気で留守がいいと昔からいわれるが、金子は寂しかった。

放送はすべて生放送である。マイクに向かって俳優が台詞をいい、その場で奏者が楽器を奏でる。

菊田は台本の仕上がりが遅く、裕而が奏者に楽譜を放送直前に渡すという綱渡りさながらの日々が続いた。ついには、楽譜を書く時間さえないという事態に陥り苦肉の策で裕而がハモンド・オルガンを弾くようになった。そのため、裕而は昼は放送局に詰めて演奏し、夜は引き受けている他の楽曲の作曲もしなければならない。

オーケストラの楽譜は膨大な量で、それを清書する人たちも連日、家にやってくる。書斎においた折りたたみの机にひしめくように座って作業するのだ。

お茶とお茶菓子を用意し終えると、その日、金子は正裕を連れて富子の家を訪ねた。

「寝る時間もないんですもの。これじゃ、あの人、菊田さんに殺されちゃうわ」

金子ははじめて弱音をはいた。

「そう。それは大変ねぇ。……でも前から裕而さんは、音楽のこととなると、体が悪くなるほど、根を詰める人だったんじゃない？　文通しているころだってそうだったじゃない。本質的には何も変わってないように私には見えるけど、違うかしら」

確かに富子のいうとおりだと金子も思う。

手紙のやりとりをはじめたころ、裕而は、昼は銀行勤めで、夜に作曲と音楽の勉強をしていた。疲れ果てて熱をだすこともあった。

「少し休むようにって、あなた、裕而さんにいえる？」

「……いえないことはない……けど」

働き過ぎていることは、裕而がいちばんわかっているはずだった。

それでも休まない。菊田だってそうだ。猛烈に働き、作品を生み出そうとしている。何かが爆発しているかのように。

なぜ、裕而がこれほど働いているのか。作品を作ろうとしているのか。金子は、答えをとっくにわかっている。

戦時中も、裕而はひたむきに音楽を作った。戦時歌謡の依頼にも応えた。けれど、金子は知っている。

「自分の作った歌を歌いながら前線で戦った兵士がいる。若い命を失い、嘆き悲しむ家族もいる。それを思うと、なんともいえない複雑な気持ちになるんだ」

ときおり、裕而は暗い表情でそうつぶやいていた。

「貴方の歌を歌いながら、兵士は故郷や家族を思ってなぐさめられていたのよ。そして、残された家族は貴方の歌を聴きながら自分たちを守るために異郷の地で戦う夫や息子の無事を願っていたのよ……。貴方のメロディには望郷や悲しみ、家族や友への思いがちりばめられている。

だから貴方の歌がみんな大好きなのよ」

金子がそういっても、裕而の唇がゆるむことはなかった。

戦後しばらくの間、戦時歌謡を作ったということで裕而が戦犯だと噂されたこともあった。軍部からの要望は断れるものではなかったのに。そしてその枠の中で戦場へ赴く兵士やその家族に対する精一杯の励ましを裕而はメロディに織り込んだのに。

今までいい歌だと賞賛していたのが、戦後手のひらを返し批判するようになった人もいる。それに対し、裕而は憤りの言葉も愚痴ももらすことはなかった。ただ「そうか」と静かにつぶやき、心の中にしまいこむ。奥歯をかみしめ、目を閉じていた。

戦争が終わり、しばらくたったけれど、裕而はそのことを忘れたりはしない。そうした思いを消し去ったりはしない。裕而はそういう人だ。

ひたすら、明日に進もうとする人々を励まし、その背中を押すような音楽を作り続けている。人の営みをいとおしみ、その中にある美しさをそっとすくい上げるような音楽を作っている。疲れているだろうに、裕而が微笑みを忘れないのは、ようやく訪れたこの創作の日々に喜びを感じているからだろう。

「富子姉さん、私、決めた」

「何が?」

「……裕而さんを応援する。全力で!」

「それでなくちゃ! 金子はそういう子よ」

富子がぽんと、金子の背中をたたく。金子がくしゃっと笑った。

「そして、もうひとつ、気がついたことがあるの。私にもやり残したことがあるって」

「やり残した？」

金子がこくんとうなずく。そばで遊んでいた正裕が金子の膝に甘えてすり寄った。どっこいしょと金子は正裕を抱き上げる。

「オペラ歌手になるってこと」

「あなた、すっかりあきらめたんじゃなかったの？　……そんな小さい子を抱えて、忙しい裕而さんを支えて……」

「そう思ってた。今の今まで。でもね、裕而さんがあれだけがんばってるんですもの。負けてられないわ」

富子はあきれたとでもいうように、肩をすくめた。

「一度でいいの。一度、オペラを人前でしっかり歌いたい。歌えるようになりたい。そしたら、私、あとは裕而さんや子どもを支える側、後方支援に回る。そのために、声楽の練習をもっともっと本気でやらなくちゃ。だから、お姉ちゃん、お願い！　協力して」

金子は一気に言った。一度でいい。裕而と約束した夢を、自分もかなえたい。裕而にその姿を見せたい。

「金子がそういう人でもあるってこと、思い出したわ。わかった、できることはさせていただきましょう」

富子はとんと自分の胸をたたいた。

しかし、これまで師事していた声楽の師・ベルトラメリ能子は鎌倉に移住している。小さい正裕を富子に預けたとしても、鎌倉に定期的に通うのは難しかった。

事情を話すと、能子は自分の師であるディナ・ノタルジャコモ女史を快く紹介してくれた。戦中から日本に住んでいたイタリア人声楽家で、東京芸術大学でも教えているベルカント唱法の第一人者だった。


『若人の歌』、ラジオ・ドラマの『鐘の鳴る丘』、復興大博覧会記念『恋し大阪』、引揚援護「愛の運動」の歌『ふるさとの土』と『愛の花束』……街に裕而の歌が流れない日はなくなった。

昭和二三年四月に学制改革により、新制高等学校と新制大学が発足した。

夏に行われていた全国中等学校優勝野球大会も、全国高等学校野球選手権大会と名称を改められた。挙行されるのは、従来通り、歴史ある甲子園球場である。

主催の朝日新聞社がこの新大会の歌を企画し、新聞紙上で歌詞を募集していたことは、金子も知っていた。

寄せられた五二五二編から最優秀作品に選ばれたのは、加賀道子という人の詩『栄冠は君に輝く』だった。

雲は湧き　光あふれて
天高く　純白の球《たま》今日ぞ飛ぶ
若人よいざ　まなじりは歓呼に応え
いさぎよし　ほほえむ希望
ああ　栄冠は君に輝く

風をうち　大地を蹴りて
悔ゆるなき　白熱の力ぞ技ぞ
若人よいざ　一球に一打に懸けて
青春の　讃歌を綴れ
ああ　栄冠は君に輝く

空をきる　球のいのちに
通うもの　美しく匂える健康
若人よいざ　緑濃きしゅろの葉かざす
感激を　まぶたに描け
ああ　栄冠は君に輝く

「すごく素敵な詩よ。気持ちが高揚してきちゃう。青空の下で額に汗をびっしり光らせながら一生懸命に野球をやっている若者の姿が見えるみたい」

「ほんとに金子はうまいことというよね」

「うまいこと⁉」

「言葉の表現力があるってほめてるんだよ。金子は文学少女でもあるから」

朝食を終え、出かける前にお茶を一杯のんでいた裕而が顔をあげる。金子が白い歯をみせた。

「やだ。もう三人の子どもがいるのに、少女だなんて、おかしいわ」

「じゃ、なんていえばいい？」

「婦人？　マダム？　……それより、この詩を読んでみて。高校球児だけじゃなく、若者すべてを力づけてくれる詩よ。これが全国高等学校野球選手権大会の大会歌の最優秀賞ですって。納得ねえ……この詩に誰が曲をつけるのかしら」

金子は裕而に新聞を渡した。

「ほんとだ。いい詩だねぇ。……誰が作曲するんだろ」

「……誰がなさるのかしら」

ふたりは顔を見合わせる。金子の目が大きくなった。

「まさか……だったりして」

人差し指で裕而の鼻をさす。

そのまさかだった。七月に入って、朝日新聞学芸部から電話があった。電話の主は、インパール従軍の時に一緒に苦労した野呂信次郎だった。

「若人の夢と希望、青春の情熱をたたえるようなメロディをお願いしたい」

「ありがとうございます。ご期待に添うべく、がんばります」

受話器を持ちながら、腰をおり、頭を下げた裕而を見ながら、金子も嬉しさをかみしめた。

高校野球は県大会の真っ最中だった。強豪校、古豪校、新鋭校が入り交じり、連日、熱気あふれる戦いを繰り広げている。

裕而が『六甲おろし』などを作曲したこともあり、金子も野球は大好きで試合の結果を新聞で読むのを楽しみにしている。相撲と並んで、野球は国民的スポーツといっていい。

しかし、野球もまた戦争に大きく翻弄されたもののひとつでもある。

太平洋戦争がはじまった年は地方大会の途中で中止となり、翌年から四年間、大会は非開催となった。そして終戦とともに、甲子園球場は米軍によって接収された。

けれど、終戦の翌年に、全国中等学校野球連盟（現・日本高等学校野球連盟）が発足。西宮球場で大会が再開され、そして昨年、七年ぶりに全国大会が再び甲子園球場で行われ、参加校数は一〇〇〇を超えた。

八月の本大会で、この曲を披露することが決まっているため、裕而が作曲に費やせる時間は多くない。だが、作曲はなかなか進まなかった。

「……思い切って、甲子園にいらしたら」

ある日、金子が裕而にいった。

「甲子園に？」

「ええ。ずっと前、潮来に取材にいらして、『利根の舟唄』を生み出されたことがあったじゃない。甲子園球場に立ったら、きっと、貴方の中に何かがあふれてくるような気がするの」

裕而は大阪の朝日新聞社に打ち合わせで行った帰り、甲子園球場に足を延ばした。

帰宅した裕而は金子の手を両手で包んだ。

「ありがとう。貴女のいうとおりだった」

球場に頼みこみ、裕而はマウンドに立たせてもらったという。マウンド上から裕而はぐるりと周囲を見回し、天を仰いだ。

「見えたんだ。紺碧の空の下、白球を追ってきた若者たちの姿が。スタンドを埋め尽くす応援の人々が。そして聞こえた。白球をバットで打つ音、打球をグラブにおさめるときの音、プレーに喝采を送る歓呼の声……」

裕而はそういうと、金子の肩をぽんぽんとたたき、書斎に入った。

その年の夏の甲子園開会式で『栄冠は君に輝く』が合唱された。さわやかで、躍動感があり、人間愛が感じられるメロディは高校球児だけでなく、まだ戦災の跡が生々しく残っている町で復興に汗を流す人々をも力づけた。現在にいたるまで毎年八月、「夏の甲子園」のテーマソングとして愛されている名曲である。

作詞をしたのは、実は加賀道子の婚約者だった加賀大介で、当時婚約者だった道子へのプレゼントとして、「加賀道子」として応募したものだった。それが公になるのは二〇年後の第五

○回大会のことである。
オペラを歌うという目標をもう一度立ててから、金子は肝が据わったような気がしている。だが、以前とは気持ちのあり方が違う。違いすぎて、自分でもとまどうことがあるほどだ。

ずっと感じていた焼けるような焦燥感に悩まされることがなくなった。

前は絶対に人に負けたくなかった。ことに、幼い頃から音楽的環境に恵まれた人たちに負けたくなかった。貪欲に学び、チャンスを逃がすまいと、いつも前に手を伸ばしていた。

そういう生き方しか知らなかった。

あのころ、音楽は自分にとって、目の前にそびえる高い山のようだったと思う。その絶壁にしがみつきながら、金子は頂上だけを仰ぎ見ていた。

上からの眺めはどんなものだろう。雲海はわいているだろうか。朝日が見えるだろうか。風は吹いているのか。いつか見えるであろう美しい光景を心の中に思い浮かべるのが楽しかった。でも何より、早く早く頂上にたどり着きたいと切に思っていた。

けれど今は違う。この先の山の頂上に音楽があるのではなく、自分の中に音楽がある気がする。

大切なのは自分を研ぎ澄ませること。少しでも進化すること。

一番でなくてもいい。主役でなくてもいい。端役でもなんでもいい。オペラの舞台を一度踏みたい。

そのために、できることはすべてやりたい。体を整え、声帯を自由にし、言葉をきれいに発して、歌の心を伝えられるようになりたい。

「歌が変わりましたね」

ディナ・ノタルジャコモ女史がその日、金子の歌を聴いて微笑んだ。

「歌は言葉です。感情の表現です。声に頼るのではなく、声を生かす。金子さん、貴女はそれがわかってきたのかしら。とてもいい」

はじめて女史にほめられた。女史の指導で、声量も音域も広くなり、金子はよりドラマティックに歌えるようになっていた。


裕而から創作オペラ『朱金昭』『トウランドット』『チガニの星』の楽譜を手渡されたのは昭和二四年の春だった。

「貴女に歌ってほしい」

「オペラを私が？　貴方のオペラを？」

金子は裕而を見つめた。裕而が表情を緩めてうなずく。

「貴女の声を聞いた放送局の人が、演芸部の近江浩一さんに推薦してくれたんだ。塚本嘉次郎さんからも、奥さんのためにオペラを作るべきだといわれていただろう」

塚本嘉次郎は海外でも活躍した関屋敏子や藤原義江のマネージャーだった。

裕而は続ける。

「何より、オペラは僕の夢で、それを貴女に捧げるというのは、ふたりが出会ったときからの約束じゃないか」

金子は裕而の首に手をまわし、かじりついた。

オペラの台本を担当したのは、宝塚歌劇の制作演出を多く手がけた東郷静男で、出演は金子の他に、藤山一郎、山口淑子、栗本正、東郷の妻であり元宝塚歌劇団の小夜福子、それに放送合唱団と数十名のオーケストラという豪華さだった。

『朱金昭』の舞台は中東のバクダッド。

『トウランドット』はすでにプッチーニのオペラで知られているが、オリジナルのプッチーニ版にも負けないという裕而の自信作だ。

『チガニの星』の舞台はハンガリー、そこで生きるジプシーの物語だった。

裕而は中国的な、アラブ的な、あるいは民族的な香りがする、ある意味エキゾチックな音の並びが好きで、この三作品にはその趣向がこらされていた。

この三編のオペラは、昭和二四年、二五年に渡り、それぞれ三〇分に渡る放送を、二、三回連続で放送するということだった。

「ありがとう、貴方。私、全力を尽くします」

金子はそういうのが精一杯だった。

この年の四月、裕而の代表作のひとつとなる『長崎の鐘』（作詞・サトウハチロー、歌・藤山一郎）が発売された。

こよなく晴れた　青空を　悲しと思う　せつなさよ
うねりの波の　人の世に　はかなく生きる　野の花よ
なぐさめ　はげまし　長崎の　ああ　長崎の鐘が鳴る

召されて妻は　天国へ　別れてひとり　旅立ちぬ
かたみに残る　ロザリオの　鎖に白き　わが涙
なぐさめ　はげまし　長崎の　ああ　長崎の鐘が鳴る

長崎医大で放射線研究をしていた永井隆博士の著書『長崎の鐘』『この子を残して』を元に作った曲だった。博士は原爆投下により愛妻を失い、自らも被爆し、ふたりの子どもと共に、如己堂《にょこどう》と名付けた焼け跡のバラックに住み、病床でペンを握り続けていた。

永井からは、すぐにお礼状が届いた。

『ただ今、藤山さんの歌う、長崎の鐘の放送を聴きました。私たち浦上原子野の住人の心にぴったりした曲であり、ほんとうになぐさめ、はげまし、明るい希望を与えて頂けました。作曲については、さぞご苦心がありましたでしょう。この曲によって全国の戦災荒野に生きよう伸びようと、がん張っている同胞が、新しい元気をもって立上りますよう祈ります。

長崎　永井隆　』

それから裕而と永井の手紙の往復が始まった。あるとき、永井からマリア像の絵に短歌を添えたものが届いた。

『原子野に　立ち残りたる　悲しみの　聖母の像に　苔つきにけり
新しき　朝の光の　さしそむる　あれ野にひびけ　長崎の鐘』

裕而は、永井から手紙がくるたびに、金子に見せる。永井の件に限らず、裕而と金子はほぼすべてを共有していた。

「なんて清らかな歌なのかしら。奥様を失い、ご自分は立つこともできなくなってしまわれたのに、本当にご立派な……裕而さん、この短歌を歌にできないかしら」

「貴女もそう思う？　僕もそう思っていたんだ」

裕而はすぐにこの短歌「新しき朝の」に曲をつけ、手紙と共に永井に送った。

『拙い歌にこんな美しい曲をつけて頂いたことは何というありがたいことでしょう。池真理子さまがそれを歌って下さいました。私は心の澄み切るのを感じつつ聴いていました。原子野が忽《たちま》ち浄化されてゆくように思われました。原子野を美しい想いに変えることは私の念願でもあります。

私と同じ境遇の人々にきっと美しい慰めと励ましを与えるでしょう。新しき朝もまた、人々から愛唱されることでしょう』

後日、永井からの手紙が届いた。


そしていよいよ、オペラ放送の日がやってきた。

前日まで金子の胸はざわざわしていたのに、当日は不思議なほど気持ちが落ち着いていた。

「大丈夫。貴女ならできる」

裕而がきゅっと金子の手を握る。金子はうなずきながら、握り返した。

「三、二、一」

ディレクターが無言でスタートの合図を送る。裕而の指揮棒があがった。

低音がひたひたと響くオーケストラの演奏が始まる。

金子は歌った。なめらかに。ときには激しく。あるいは柔らかく。

自分はもはや自分ではなく、役そのもののような気がする。

中東のまぶしく強い光、その分濃く深い影。

金子はその世界に生きている女だった。

「ＯＫです。……素晴らしい」

ディレクターの声が遠くに聞こえる。山口淑子が長いまつげをばたばたと動かしながら歌い終えた金子に、感嘆の声をあげた。

「金子さん、こんな素敵なお声をもってらっしゃったなんて。日本にもこんなソプラノがいてくれたんですね」

「いや、驚いたな。金子さんの歌に、圧倒されましたよ」

藤山一郎はそういって、金子に手をさしだした。

指揮台のほうから拍手が聞こえ、振り向くと、裕而が指揮棒を指揮台におき、にこっと笑いながら手をたたいている。

拍手に包まれながら、金子はみんなに深々とお辞儀をした。

「次の放送も楽しみになってきたな」

「反響もね」

スタッフたちも金子に賛辞を惜しまない。

『トウランドット』、そして『チガニの星』と放送は続いた。

最後の放送日、伴奏のチェンバロの音が消えたとき、金子はやりきったと思った。

これでいい。十分だと思えた。

家に帰ると、待っていた正裕を抱き上げた。

「いい子でお留守番をしてくれてありがとう。これからはお母さん、ずっとそばにいるわね」

裕而と約束したオペラ歌手になるという目標は果たすことができた。ずっと夢見たことが叶った。金子はこれまで味わったことがないほどの達成感と充実感に包まれていた。

もちろんこれからだって金子は歌を手放しはしない。でも、舞台に立つことを切に望むことはもうない。

自分がこれから生きる舞台は、家庭だからだ。裕而を支え、難しい年頃になってきた雅子と紀子を見守り、正裕を育てていく。

音楽は自分の中にある。

雅子や紀子、正裕の成長の中にも、音楽を感じる。

裕而との会話にも音楽が流れている。

「さ、お夕飯を作りましょうね」

金子はとっておきのワンピースを脱ぐと、普段着に着替え、エプロンをさっと結んだ。


裕而は菊田一夫との連続ラジオ・ドラマシリーズ「鐘の鳴る丘」に続き、「さくらんぼ大将」を大ヒットさせた。

やはり菊田一夫と組んだ『イヨマンテの夜』（歌・伊藤久男）、同じ福島出身の作詞家、丘灯至夫と組んだ『あこがれの郵便馬車』（歌・岡本敦郎）、父が福島生まれの作詞家、門田ゆたかと組んだ『ニコライの鐘』（歌・藤山一郎）も全国的に流行した。

末っ子の妹、寿枝子は、貞子の夫だった本間のもとに嫁ぎ、貞子の忘れ形見である秀人を自分の子のようにかわいがっている。

裕而の忙しさはあいかわらずだったが、全国の学校の校歌や応援歌の作曲依頼は引きも切らない。裕而はそうした依頼を断らなかった。中でも福島の学校の歌はどんなときでも引き受けた。聞かなくても、金子にはその理由がわかる。

校歌や応援歌は子どもや若者が歌いついでくれるからだ。

報酬は二の次で、予算がないといわれれば無料で引き受けることもある。

「生徒たちからのお礼です」と小豆を一斗缶にぎっしり送ってきたのは、北海道の小学校だった。せめて校歌のお礼にと、生徒がひとり一握りずつ家から持ち寄った小豆だという手紙が添えてあった。

金子は甘党の裕而のために、その小豆でお汁粉やおはぎをせっせと作った。

「これが作曲のお礼だと思うと格別な味ね」

紀子がおしゃまな口をきく。金子はそれがおかしくてたまらない。

今でもときどき金子は、裕而に放っておかれているような気がすることもある。でも、もう焦ったりはしない。

このごろ、金子は絵を描きはじめた。文章も書く。ときおり、新聞にも投稿し、投稿仲間もできた。同人誌にも参加して、詩やエッセイも発表している。

絵の中に音楽を、文章の中にリズムを感じる。

音楽の中に色や形、風景、言葉が見えたように。

「貴女の情熱は無限だね」

「欲張りなのね、私はきっと。おとなしくしていることができないの」

「一度しかない人生、欲張りくらいがいいんじゃないか」

「貴方ほどじゃないけど」

金子がそういってじっと見つめると、裕而は声をあげて笑った。


松子の夫、渡辺の安否はまだわからない。それだけが金子の気がかりだった。

「初めてお電話いたします。古関裕而さんのお宅でしょうか」

共同通信社の記者から電話があったとき、金子はまた社歌か何かの依頼かと思った。裕而はあいにく不在だというと、一瞬、考えたあとにその人はまた口を開いた。

「そちらさまは古関さんの奥様でしょうか」

「ええ、家内の金子でございます」

「……本来ならば、古関さんご本人にお伝えすべきですが、一刻も早くご家族にご安心いただきたく……実は私は先般、シベリアへ抑留の取材に行き、古関さんのご親戚にお会いしまして、伝言を頼まれましたものですから……」

金子は息をのんだ。

「もしかして、渡辺でしょうか」

「はい、渡辺さんという方です」

「生きているんですね！」

この記者はシベリアで、松子の夫の渡辺に会ったという。

「古関裕而の親戚の渡辺といいます。日本に帰ったら、私が生きていると古関に知らせていただけませんかと。何しろ、面会の時間が限られておりましてそれだけを頼まれました……」

「ありがとうございます」

松子がどんなに喜ぶだろうと思うと、目頭が熱くなってしまう。松子は当初は、子どもたちと共に、長野の渡辺の実家に身を寄せていたが、今は豊橋で渡辺の帰りを待っていた。

渡辺は、やせてはいたが、割合元気そうに見えたという。

「人望があり、ロシア語が堪能な方なんですね。抑留兵とロシア側との通訳やみなさんのまとめ役、交渉などもなさっているようでした」

極寒の中で、粗末な食事しか与えられず、重労働を強いられてなお義弟がたくましく生き抜いてくれていることに、金子は感謝の気持ちしかない。

松子はもちろん、ふたりを結びつけた清子と謙治、母のみつ、ずっと心配していた富子や寿枝子にすぐに連絡すると、みな、思いがけぬ吉報に安堵の息をはいた。


昭和二八（一九五三）年、裕而は菊田らと共にこれまでの功労が認められ、ＮＨＫ放送文化賞を受賞した。裕而は四四歳、金子は四一歳になっていた。雅子と紀子は日本女子大学の家政学科に在学し、正裕も小学生である。

「ラジオの時間には町の銭湯の女湯がガラ空きになる」という話がまことしやかに語られた「君の名は」が大ヒットし、若い女性たちは真知子巻きに憧れた。このドラマの全曲を作ったのも裕而だった。

昭和三〇（一九五五）年の秋になって、共同通信社の記者からの連絡があって以来、再び音信不通になっていた渡辺がやっと帰国するという情報が入った。帰国後すぐに豊橋に向かうという。

一〇年という歳月をかけて戻ってきた義弟を金子も、迎えてやりたいと思った。

翌日東京駅で豊橋に向かう汽車に乗ったとき、「金子！」と窓に駆け寄ってきた人を見て、金子は驚いた。仕事で豊橋に行けなくて申し訳ないといいつつ、今朝、出かけて行った裕而だった。

裕而は一抱えもある包みを持っている。

「これを、渡辺さんに！」

最初の仕事が早く終わったので、三越に駆けて行き、おみやげに喜ばれそうなものをかたっぱしから買ったという。

「こんなに！」

「くれぐれも、ご苦労様と渡辺さんに伝えてほしい。無事で、とにかく無事に日本に戻れてよかったと、祝ってあげてくれ！」

汽車が出てから中を見ると、虎屋の羊羹、文明堂のカステラ、榮太樓《えいたろう》飴、花園万頭《まんじゅう》……見事に甘いものばかりだ。甘党の裕而らしいと思った瞬間、おかしいのに、涙がこぼれてならない。

渡辺が帰国し、やっと戦争にひとつの区切りがついた気がした。

14

「あら、貴方、年賀状、私に書いてくださったの？」

昭和三八（一九六三）年の元日の朝、お屠蘇《とそ》をのみ、おせち料理を食べ、年賀状を見ていた金子は、驚いて裕而を見た。みかんを食べていた裕而が、苦笑してうなずく。

『明けましておめでとうございます。

今年も仲良くしましょうね。

裕而　』

和服姿の金子のイラストが添えてある。

「嬉しいわ。私も書けば良かった。そうね、本当に今年もどうぞよろしくお願いします。仲良くしましょうね」

窓からは光が降り注ぎ、風もない。裕而は五三歳、金子は五〇歳になった。

雅子はすでに結婚し、二歳の男の子の母である。紀子も結婚して家を出た。受験を控えている正裕は「もはや神頼み」とうそぶいて、今朝早くから嬉々として友人と初詣に出かけた。もう少ししたら、新年の挨拶に来る客で家はいっぱいになるはずだが、今は裕而とふたりきりだ。

七年前に裕而は胃潰瘍で倒れ、手術で胃の四分の三をとった。

医師に「切除したものを見ますか」と聞かれ、金子は「はい」と即答した。

それは手のひらほどもあり、古びたゴム管のようなひび割れが走っていた。真ん中は二、三センチも盛り上がり、真上にミミズが入れるくらいの穴があいている。

医師が「そこが出血部です」といった。「まるで浅間山みたいですね」と金子がつぶやくと、医師は、驚いたように金子を見た。

あとで、切り取った患部をあれほどしげしげと見て、さらに浅間山みたいとつぶやいた女性など未だかつていないと医師からいわれた。

金子は切除部を見ておもしろがっていたわけではない。

胃に浅間山ができて、噴火するほど、裕而はがんばって生きてきたと感じたのだ。

穏やかで、感受性が人一倍豊かな裕而——。

口には出さないけれど、大変なこと、悲しいこと、悔しいこともいっぱいあったはずだ。そうしたことが少しずつふり積もり、ついに体が悲鳴をあげたのだろう。

音楽以外のことは自分が引き受けよう。もう裕而の体の中に浅間山は作らせない、噴火させないと、患部を見つめながら金子なりに誓っていた。

裕而は放送から舞台にと、活動の場を移している。菊田一夫が東宝の演劇部門の重役に就任し、ミュージカル東宝グランド・ロマンスなどの音楽を創作するようになった。

エノケン、古川緑波《ふるかわロッパ》、越路吹雪《こしじふぶき》、宮城まり子が出演した東宝第一回ミュージカル「恋すれど恋すれど物語」を皮切りに、「パンと真珠と泥棒」「盗棒大将《どろぼう》」「メナムの王妃」「アイヌ恋歌」、そして「敦煌《とんこう》」……すべて菊田とのコンビによる作品である。

中でも「敦煌」は、シルクロードに若い頃から興味を持ち、それぞれの地域の音楽にも魅力を感じていた裕而がとびきり熱と力を注いだ一作だった。

中村萬之助、市川中車《ちゆうしや》、若手の人気スター・高島忠夫、八千草薫が出演し、金子もこれは裕而の代表作のひとつだと思った。

裕而は今、やはり菊田演出の、井上靖原作でジンギスカンが主人公の「蒼き狼」の作曲をしている。読売ホールで公演される予定だが、好評であれば東宝グランド・ロマンスとして再演されそうだった。

「主役のジンギスカンは市川染五郎さん、王女役は三益愛子《みますあいこ》さん、そして中村萬之助さん、八千草薫さん、加茂さくらさんかぁ。これほど豪華な役者が集まったなんて。……私、あなたの西域ムードの音楽がとっても好き。どんな歌ができるかと思うとどきどきしちゃうわ」

「ちょっと見てみる?」

裕而は二階にあがり、すぐに戻ってきた。手に、楽譜を持っている。

『わがふるさと』とタイトルが書いてあり、音符が並んでいる。金子はさっと目を走らせ、驚いたように裕而を見た。

「とってもきれいなアリアね。ずいぶん音が高くない？　これを歌うのは……」

「歌えるんだよ。加茂さんは。素晴らしいソプラノで……彼女の澄んだ高音が僕は大好きでね」

「ま、そう。そうなのね。加茂さんは元宝塚で、すごくおきれいな方よね、芝居にも定評があって歌も歌える。天は二物、いや三物を与えたもうたか……」

ぽりっと金子がおせんべいを噛む。

オペラを歌い終えたときには、もうこれでいいと思ったけれど、裕而が素敵な曲を作り、自分ではない誰かが歌うと思うと、今でもやはりちくっと金子の心が痛む。

なにもまた、人前で歌いたいとか喝采を浴びたいとか思っているわけではない。

今の自分にも納得している。裕而を支え守れるのは自分だけだとも自負している。

それでも、舞台に生きている人がふとうらやましくなるときがある。

裕而には自分がどう映っているのか不安になることもある。

仕事柄、裕而は歌の世界に生きる、美貌にも恵まれた歌手たちと、いつも一緒にいる。

歌うことをある意味あきらめた自分は、裕而にとって魅力なき存在になっているのではないか。そくそくと寂しさがこみあげることもある。

昭和三二年に作られた芸術座のこけらおとし公演も菊田・裕而のコンビが手がけた。森繁久弥、三益愛子が出演した「暖簾《のれん》」である。森光子主演の「放浪記」もロングランを続けている。

菊田と裕而はラジオ・ドラマ「由紀子」に続き、「忘却の花びら」も手がけている。

劇場用ドラマの音楽、映画音楽、ラジオ音楽など、裕而はあらゆる分野の作曲をしていた。

二年前には金子と裕而は欧州旅行にも出かけた。まだ一般の旅行は許されず、金子は通訳という肩書きをつけ、裕而に同行し、若い頃からのふたりの夢をかなえた。

イギリス、フランス、イタリア、スペイン。

裕而はどこの国でも真っ先に楽譜を買い、ホテルに戻るとふたりで歌ったりもした。

中でも想い出深いのは、スペインだった。マドリードのホテルの楽団に楽譜を渡すと、快く演奏してくれ、からっと高いスペインの空に裕而の音楽が響き渡った。マドリード空港では、インドネシア人青年が裕而作曲の「『愛国の花』が大好きなんです」と話しかけてきた。

「この日本の歌を、インドネシア人はみんな知っています。スカルノ大統領は、インドネシア語に翻訳して、パーティーなどでも歌うんですよ」

「本当ですか。私が作曲者です。私の歌が国を超えて愛されているなんて、こんなに嬉しいことはありません」

裕而がそういったときの、青年の驚いた顔といったら、目と口が大きく広がり、顔からこぼれ落ちそうだった。

金子が日本語で口ずさむと、青年はインドネシア語で唱和する。

真白き富士の　けだかさを　こゝろの強い　楯《たて》として
御国につくす　女等《おみなら》は　輝やく御代の　山ざくら
地に咲き匂う　国の花

老いたる若き　もろともに　国難しのぐ　冬の梅
かよわい力　よくあわせ　銃後にはげむ　凜々《りり》しさは
ゆかしく匂う　国の花

（作詞・福田正夫、歌・渡辺はま子）


女性たちを「桜」「梅」「椿」「菊」と花になぞらえる優美なワルツだ。

インドネシア語の歌詞は「日本では桜を、インドネシアではジャスミンを国の花として愛している。ともに花を愛する同じアジアの人間だ。花を愛する思いは同じである」という意味だという。

空港の片隅でそっと歌ったはずなのに、いつしか人々に囲まれ、予期せぬ拍手に金子たちは包まれていた。

一月の後半になると、ぐっと気温が下がった。

福井や富山などの北陸を中心に大雪となり、雪崩や雪の重みによる家屋の倒壊が相次ぎ、鉄道はストップ、道路も除雪が追いつかず、孤立する集落が多数出た。

そんなある日、オリンピック組織委員会から裕而が呼ばれた。

「あれ、お父さんは？」

「ちょっと出かけてるの。まあ、お手てがこんなに冷たくなって。お部屋の中は暖かいわよ。早くストーブに当たりなさい」

長女の雅子が孫を連れて遊びに来た。金子は玄関で三つになったばかりの孫息子を抱き上げ、小さな手からミトンの手袋をはずし、居間に向かう。

お汁粉を食べているとき、裕而が帰ってきた。金子が玄関に迎えに行くのも待たず、ただいまというなり、コートも着たまま、靴を脱ぎ散らかして、居間に駆け込んできた。

「貴方、どうなさったの？」

裕而はまっすぐ金子の前に来ると、肩を両手でつかんだ。

「僕が、僕が東京オリンピックの行進曲を書くことになったよ」

「オリンピックの？」

「そう。来年のオリンピックの、開会式の入場行進曲だ」

金子は両手で口をおおった。

東京でオリンピックが開催されると決まったのは終戦から一四年後の昭和三四（一九五九）年五月だった。西ドイツのミュンヘンで開かれたＩＯＣ総会で、東京は総数五八票中三四票を得る圧勝でオリンピック開催を決めた。

それがいったいどういうことなのか、金子は最初、今ひとつ、ぴんとこなかった。

もちろん昭和一一（一九三六）年のベルリンオリンピックでのラジオ放送「前畑頑張れ」の熱気と興奮は覚えている。けれど、オリンピックが普通の運動競技大会とどう違うのかまではわからなかった。オリンピックはどうやらすごいものだそうだと人々に語られ始めたのは、昨年の暮れあたりからである。

「世界中から、国を代表するスポーツマン、スポーツウーマンが集まり、共に競技をするのがオリンピック」

「オリンピックは平和の祭典」

「オリンピック開催は国の誉れ」

「アジア初のオリンピック」

晴れがましいスポーツ大会であるだけでなく、オリンピック開催は、日本が国際社会の一員として迎えられるという意味を持っているということが人々にもだんだんと浸透してきた。それは、敗戦でうちひしがれた国民が何よりも求めていることでもあった。

戦争で、全国の主要都市のほとんどが廃墟と化した。

多くの人が死に、傷ついた。多くの人を戦争で傷つけ、殺したという痛みも抱えていた。だからこそなんとかして新しい未来を切り開きたいと、みな黙々と働いた。

経済白書が「もはや戦後ではない」と宣言したのは昭和三一（一九五六）年だった。

今では、年平均一〇パーセント以上の経済成長を達成し、昭和三五（一九六〇）年には池田勇人《はやと》内閣が「所得倍増計画」を発表。国民の所得も増え、「白黒テレビ、冷蔵庫、洗濯機」が文化生活の三種の神器として人々の憧れとなっている。東京の道路、地下鉄・鉄道などの都市交通の整備も進んでいる。

「オリンピックを開催することで、日本人はもう一度、日本人としての誇りを取り戻せる。僕はその手伝いをしたい」

裕而は興奮した面持ちでいう。裕而の情熱は出会ったときと少しも変わっていないと、金子は思った。

オリンピック開催を目指し、東京は目を見張る勢いで変わっていく。

アメリカ軍が接収していた代々木のワシントンハイツの返還交渉がまとまり、そこに選手村が作られた。

二月には、ようやく国立代々木競技場の工事がはじまる。

柔道がオリンピックの競技種目に決定されたのを受けて、日本武道館の建設が始まったのは一〇月だった。

どちらも、開催日まで一年半、あるいは一年という土壇場での工事着工だ。

この間に、オリンピックに関する報道がどんどん行われ、金子はいっぱしのオリンピック通になっている。

昭和一五（一九四〇）年に日本の東京府東京市で開催されることが予定されていたオリンピックは、日中戦争のために日本政府が開催権を返上、実現には至らなかった。もし実現すれば、それが史上初めて欧米以外の有色人種国家、アジアで行われる五輪大会だったのだ。

昭和二七年、オリンピックに復帰することになった日本は、昭和三五年の第一七回夏季オリンピックを東京に招致したいと表明したが、IOC総会の第一回目の投票で落選。

日本に入ったのはわずか四票。最低の得票だった。

けれどそれであきらめなかったのがすごいなぁと、金子は思う。

再び、日本人は、各国の支持を集めるために動いた。万全の準備をして、昭和三四年のIOC総会に臨み、昭和三九（一九六四）年に東京でのオリンピック開催が決まった。

このときの得票数は東京が半数を超える三四票、アメリカのデトロイトが一〇票、オーストリアのウィーンが九票、ベルギーのブリュッセルが五票。四年間に、四票だった賛成票を三四票にまで日本は積み上げた。

総会での立候補趣意演説を行った元外交官の平沢和重や、中南米諸国の支持を集めるために、すべて自己資金で見返りを求めることなく奔走した日系アメリカ人の実業家、フレッド・イサム・ワダ、「日本レスリングの父」といわれた八田《はった》一朗《いちろう》、八田と共に活動した当時都議であった北島義彦らの功績が大きかったという。

開催が決定すると「東京オリンピック組織委員会」が組織され、国家予算が組まれ、オリンピックは国家プロジェクトとなった。

首都高速道路や地下鉄、モノレールなどが整備された。

しかし土地取得の問題で米軍との交渉がもつれ、オリンピック施設の建設は遅れに遅れた。五月に来日したIOCアベリー・ブランデージ会長は国立代々木競技場の工事現場を視察して「アメリカ人がやるのなら絶対に間に合わないと思うが、私は日本人の能力を信じている」と微妙な言葉を残している。

工事はどこも二四時間体制だった。

昭和三九（一九六四）年八月三一日、国立代々木競技場は明治神宮の森の中にオリンピック大会まで残すところ三九日というところで完成する。世界に類のない吊り屋根方式の美しい建造物だった。

武道館ができたのは、さらに半月後の九月。

東海道新幹線は一〇月一日に開業。開会式にぎりぎり間に合った。


そしてその日がやってきた。

一〇月一〇日土曜日、金子は国立競技場のスタンドに裕而と共に座っていた。七万二〇〇〇人の観客がぎっしりスタンドを埋めている。

昨日は台風の接近により雨が降ったが、この日は朝から抜けるような青空だった。

NHKテレビ、ラジオはもちろん、通信衛星を使った宇宙中継でアメリカではNBC、イギリスではBBCでも放送されている。オリンピック史上初の同時中継だ。

世界中がこのスタジアムを見つめている。

團伊玖磨《だんいくま》の『オリンピック序曲』が流れ、開会式が始まった。

参加国の国旗が競技場の観客席の最後段にあるポールから掲揚される。万国旗が風になびくさまを、金子はうっとりと眺めた。

続いて黛敏郎《まゆずみとしろう》の『オリンピック・カンパノロジー』が演奏され、天皇陛下と皇后陛下がロイヤルボックスに着席された。

「いよいよだよ」

裕而が金子の耳にささやく。金子は黙ってうなずく。

裕而の入場行進曲『オリンピック・マーチ』の演奏が始まった。

弾むような心躍るリズム、軽快でありつつ華やかでかつ凜としたメロディ。温かく優しく、情熱と規律が同時に感じられ、これから始まる世紀の祭典への期待と喜びが、みなの胸に広がる。

『オリンピック・マーチ』に乗って、オリンピック発祥の地ギリシャ選手団を先頭に、アルファベット順に次々に様々な国の選手たちが入場してくる。

日本の国旗である日の丸の小旗を振りながら歩く選手団もいる。

終戦後二つに分断された東西ドイツが合同のドイツ選手団として共に行進したときにはスタジアムは感動に包まれた。

やがて曲は、行進曲のメドレーになり、順番の最後に近づいた米ソ各選手団が入場した時、再び『オリンピック・マーチ』に戻った。

天皇陛下は、ギリシャ選手団の入場から終始起立し選手団を迎えている。

最後に開催国の日本選手団が入場すると、各国の外交団が全員起立した。拍手と喝采の声がひときわ大きくなり、スタジアムが『オリンピック・マーチ』と一体になる。

感動で金子は胸がいっぱいだった。

あの戦争を経て、こんな日がくるなんて、誰が想像しただろう。

世界中の選手が笑顔で、日本の競技場を歩いている。スタンドの人たちの拍手に応えるように手や日の丸を振りながら。裕而の曲に包まれながら。

裕而はこの光景を目に耳に焼き付けようと、真剣にスタジアムを見つめている。

裕而はどんなに嬉しいだろう。晴れがましいだろう。それを思うと、金子の喜びがいっそう深くなる。

参加九三ヶ国、五一五二人の選手団が入場行進後、スタジアムの中に整列し、『オリンピック・マーチ』が鳴り止んだとき、裕而の口から安堵のため息がもれたような気がした。

安川第五郎東京オリンピック組織委員会会長、アベリー・ブランデージ会長の挨拶に続き、天皇陛下の開会宣言があり、今井光也作曲のファンファーレが鳴り響く。

『オリンピック賛歌』の合唱。オリンピック旗の掲揚に続く、三発の祝砲。

小学生の鼓笛隊の音楽をバックに、オリンピック旗の引継ぎがなされ、五色の風船が青い空に放たれた。

そして聖火リレー最終ランナーの坂井義則が聖火を掲げながら入場した。広島に原爆が投下された昭和二〇年八月六日に広島県三次市で生まれた陸上競技選手だ。

スタジアムの階段を軽やかに駆け上がり、聖火台の横に立ち、右手に聖火を高く掲げて立ち、聖火台に点火する。ぼっと聖火台に炎が燃え上がった瞬間、力強い火炎太鼓の演奏が始まった。

「彼は平和の象徴そのものだ」

裕而がまた金子の耳に口を寄せた。金子は涙が止まらない。

「ほんとね。……『オリンピック・マーチ』もそうよ。貴方のあの曲は平和の象徴よ。……みんな、よく生き抜いてきたわよね。もう戦争なんかしちゃダメよね」

清水脩作曲、佐藤春夫作詞の『東京オリンピック賛歌』の合唱の間も、金子はハンカチを放すことができない。

選手宣誓が行われ、鳩が空に放たれる。

日本国歌『君が代』の斉唱のとき、ざっと音がした。スタンドの人が立ちあがる音だった。君が代が流れると、みんなで声を合わせた。金子も歌った。美しく力強いソプラノで。あたりの人がその声の美しさにはっとしたように金子を振り返る。

金子は自由に歌う。喜びとともに歌が青い空に抜けていく。

その空にブルーインパルスが五輪の輪を描いた。

「スポーツも音楽も、国境を超えるって本当ね。貴方の『オリンピック・マーチ』は世界中の人に届いたと思う」

膝においた金子の手に、裕而は自分の手を重ねた。

「貴女にそういわれるのがいちばん嬉しい」

二人は笑みを交わす。裕而が続ける。

「貴女と巡り会えてよかった。貴女は僕の創造の源泉だ」

金子は思い切ってたずねた。

「私はもう歌っていないのに。それでもそういってくださるの？」

「……貴女には申し訳ないと思っている。素晴らしい歌い手でずっといられたのに。子どもたちと僕のために人生を捧げさせてしまって」

「そんなことない。それが今の私の喜びなの……」

裕而は重ねた手に力をこめる。

「僕は貴女と一緒になるときに、この人の望みを叶えてやりたいと思った。この人が一生、天真爛漫《らんまん》なままでいられるようにするのが自分の役割だ、と誓った」

「そんなこと、初めて聞いた」

「初めていうよ。笑ったり、泣いたり、怒ったり、悔しがったり。貴女は僕にないものを持っている。それがとても正直で魅力的で、いつも感動するんだよ」

「……子どもっぽいってことかしら」

「さぁ」

裕而が首をひねる。それから金子の目を見つめた。

「貴女は出会ったときから今まで、僕を魅了し続けているよ」

なんだか照れくさくなって、金子はするりと手を抜くと、裕而の手を上からポンと打った。

「裕而さんは私の喜びそのものよ。貴方と一緒にいるとき、生きてる、自由だって感じがするの。出会えたことを神様に感謝してる、とっても」

裕而と出会ってから三四年が過ぎている。

世界的ソプラノ歌手にはなれなかったけれど、本当に幸せだと金子は胸をはっていえる。

これからも、ふたりは共に歩いて行く。

小さな喜びを拾い集め、それを愛でていく。ささやかな目標をたてて、ちょっとだけがんばってみる。そんなふたりの暮らしが続いていく。

「これからも仲良くしてね」

「あれ、それ、僕が年賀状に書いたことじゃない？」

「あら、ほんとう」

ブルーインパルスの機影はもう見えない。けれど、五輪マークは消えずに、青い空に残っている。

金子の耳奥に、裕而の『オリンピック・マーチ』がもう一度聴こえたような気がした。

〈謝辞〉

本書の執筆にあたって、古関正裕氏より貴重な資料をご提供いただきました。また、福島商工会議所青年部の渡邉啓道氏、齋藤健悟氏、株式会社オフィスノベンタの矢崎潤子氏に多大なご協力をいただきました。篤く御礼申し上げます。

著者

主な参考文献

〈書籍〉

『日本のうた　第1集　明治・大正』野ばら社、一九九八年
刑部芳則『古関裕而　流行作曲家と激動の昭和』中公新書、二〇一九年
菊池清麿『評伝　古関裕而　国民音楽樹立への途』彩流社、二〇一二年
古関裕而『鐘よ鳴り響け』日本図書センター、一九九七年
古関裕而編『古関裕而作品集』全音楽譜出版社
小瀬村幸子訳『オペラ対訳ライブラリー　マスカーニ：カヴァレリア・ルスティカーナ／レオンカヴァッロ：道化師』音楽之友社、二〇一一年
齋藤秀隆『古関裕而物語　昭和音楽史上に燦然と輝く作曲家』歴史春秋社、二〇〇〇年
早乙女勝元『東京大空襲』一九七一年、岩波書店
澤井容子『記憶の涯ての満州』幻冬舎メディアコンサルティング、二〇一六年
堀内敬三・井上武士編『日本唱歌集』岩波書店、一九八六年
与田準一編『日本童謡集』岩波書店、一九八六年

〈歌詞カード〉

「プッチーニ：歌劇《トスカ》全曲」ユニバーサルミュージック、二〇〇三年
「讃美歌～アヴェ・マリア　ベスト」キングレコード、二〇一八年
「ビゼー：歌劇「カルメン」全曲」BMG JAPAN、二〇〇八年

本書は書き下ろしです。

装　丁　大岡喜直
（next door design）
装　画　小池ふみ

日本音楽著作権協会（出）許諾第1914481−901号

帯写真　一九五二年頃の金子と裕而（写真提供・古関正裕）

五十嵐佳子（いがらし　けいこ）
山形県生まれ。作家、フリーライター。お茶の水女子大学文教育学部卒業。女性誌を中心に広く活躍。著書に『ゲゲゲの女房』『八重の桜』『花燃ゆ』『ひまわりと子犬の7日間』などのノベライズのほか、小説『妻恋稲荷　煮売屋ごよみ』『読売屋お吉　甘味とぉんと帖』など多数。

金子《きんこ》と裕而《ゆうじ》　歌《うた》に生《い》き　愛《あい》に生《い》き

二〇二〇年二月二十八日　第一刷発行

著　者　五十嵐佳子
発行者　三宮博信
発行所　朝日新聞出版
〒一〇四-八〇一一　東京都中央区築地五-三-二
電話　〇三-五五四一-八八三二（編集）
〇三-五五四〇-七七九三（販売）

印刷製本　中央精版印刷株式会社

ISBN978-4-02-251666-4
定価はカバーに表示してあります
落丁・乱丁の場合は弊社業務部（電話〇三-五五四〇-七八〇〇）へご連絡ください。
送料弊社負担にてお取り替えいたします。

奥田英朗

沈黙の町で

いじめられっ子の不審死。だが、だれも本当のことを語れない――。静かな地方都市を震撼させる中学生転落死事件の真相は？　被害者や加害者とされる少年とその家族、学校、警察などの視点から描き出される傑作長編サスペンス。

文庫判

恩田 陸

錆びた太陽

「最後の事故」で、人間が立ち入れなくなった地域をパトロールしているロボット。彼らの居住区に、国税庁から来たという財護徳子が現れる。人間である彼女の命令に従わざるを得ないロボットたち……。恩田陸の想像力が炸裂する本格長編小説。

四六判／文庫判

恩田 陸

ネクロポリス（上）（下）

懐かしい故人と再会できる聖地「アナザー・ヒル」を訪れたジュンは、連続殺人事件の犯人捜しに巻き込まれる。真実を知るために、聖地の地下へ向かうが……。ミステリーとファンタジーが融合した魅惑の恩田ワールド！

文庫判